地平线上的风景

——自驾游摄影完全手册

郑玮刚 著　北京拓客影像传媒工作室 组编

人民邮电出版社

北京

"如果你希望一个男人着魔——就送给他一辆越野车；

如果你希望一个男人破产——就送给他一台相机……"

当越野车与相机相遇，所开始的自驾摄影旅行无疑是一场真正的冒险。

就是这场冒险，一次次激荡起现代都市人血管里残存的人文情怀、对远方的渴望和对自由的向往——无论男人还是女人。

面对一场冒险，只有激情和向往是绝对不够的！

这不是一本枯燥的工具书，书中汇聚着几位资深旅行摄影师在路上的数年、数十万公里里程与数百万次按动快门所凝聚的经历、体验和感悟——它像一位成熟老练的旅伴，伴着你在激情的路上渐行渐远……

目录

目录

SECTION 2

目录

SECTION 3

目录

SECTION 4

目录

SECTION 5

目录

向着地平线远行

一个人开着车满世界乱跑，究竟有什么意义？

这个问题就像"人生究竟有什么意义？"一样，要么没法回答，要么只能用几句漂亮话搪塞过去。

就算完全没意义的事，也照样会有很多人做——只要它有意思。

挤在都市里的现代人的确活得挺可怜：为了一份体面的工作、为了还上婚房每月的月供、为了孩子能上个好学校、为了买辆让自己有面子的车、为了赶在四十岁之前提上副局级、为了公司压垮对手而不被对手压垮……总之，为了无数顶顶重要的事情、为了达到一切别人的和自己的标准而日复一日、年复一年地奔波忙碌着。为什么有那么多人渴望着远行？——诸如开阔视野、陶冶情操、锻炼意志之类的话统统不得要领——实际上，只是为了让要窒息的肺能够呼上几口自由的空气，为了重温一下早已忘记的关于浪迹天涯的少年梦想……

　　小时候我也幻想过很多事——包括开着飞船拯救地球什么的，却唯独没想过有朝一日开着自己的越野车远走天涯——当时，这样的画面显得太像美国电影了……要感谢这个创造奇迹的时代——仅仅在几年之内，家用汽车就一步跨出了电影屏幕，成了我们身边的一件寻常事。在夏天的假日里，北京周围的每一个高速服务区都停满了各式各样挂着新牌照的车，正载着全家老小和宠物狗喜气洋洋地准备去什么地方。无论坐的是宝马 X5 还是奇瑞 QQ，车里每个人脸上幸福的和渴望幸福的表情都非常非常地动人——每个人的第一次自驾游就是这么开始的。

　　开着车上路，是件很需要花钱的事。花钱的事，往往就更需要理由——摄影就是一个很好很现成的理由。这个说法并不是我发明的，伟大的布列松早就说过："我愿意拍照片，只不过因为它给了我一个满世界走走看看的理由。"当然，想拍出杰作不一定要远走天涯，实际上，我更钦佩那些在家门口 500m 之内就能拍出好作品的摄影师。不过，既然你已经有了一辆自己的车，既然还能挤出一点可以自由支配的时间和钱，那么，为什么不带上相机出去走走呢？

经常和我结伴出行的朋友大致可以分成两个圈子：一种是因为喜欢摄影进而变得热衷于驾车旅行；另一种是从酷爱越野开始慢慢爱上了摄影——每个圈子里都不乏成名的英雄和无名的高手，我在中间则不由自主地扮演着一个滑稽的角色——在越野高手面前我是摄影方面的专家，经常要"指点"一下关于器材和拍摄方面的事情；在摄影的圈子里，我又成了另一方面的专家，时常要给各位大师充当越野车方面的顾问——很不幸，统统都是免费的。冒充专家的日子久了，也就慢慢生出了做这样一本书的想法——越野车和相机之间的缘分，仿佛是天造地设的。

以我常年的"专家"经验来看，人们更感兴趣的不是复杂枯燥的技术说明和演示，而是更鲜活的个人体会与判断。书店里关于摄影的方方面面的书已经不胜枚举；对于越野车的发烧友来说，也有像《越野世界》、《越玩越野》这样内容很精彩的杂志可读。因此，在这本书里，我会尽量略去那些在所有书里都能找到的基础知识部分，而直接切入与旅途和摄影结合的领域。如果因此带来阅读时的不甚了了或是意犹未尽，那么建议还是参阅有关的专业书籍。因为内容侧重个人的经验体会，难免会让诸多主观偏颇与肤浅之处更加暴露无遗，在此，首先恳请读到这本书的朋友们见谅！

此外，个人很不喜欢"自驾游"这个词——总感觉透着一种游手好闲无所事事的味道，因此书中往往用"自驾旅行"一词来代替。尽管翻译成英文是一个词，但"自驾旅行"听起来显得专业和严肃多了，是不是？

2010 年 12 月

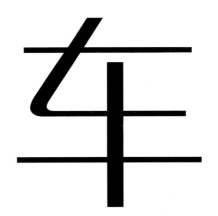

车

摄影旅行的全能座驾

　　我有一位摄影师朋友，最近一直计划着用两年时间徒步走遍中国的海岸线——一半为了专题的拍摄，一半为了体验在路上的人生状态。他已经"试走"完成了三个省，当你读到这些文字的时候，他也许正在路上继续走着——如此的勇敢坚韧是我这样的平庸之辈绝对望尘莫及的。

　　聊以自慰的是越野车可以带我们去更远的地方，看你的邻居看不到的人和风景，还可以让路途变得更加有趣和轻松。

CHAPTER 1

你需要一辆什么样的车？

需要什么样的车，完全看你准备走什么样的路。

　　自驾旅行摄影，不一定非要有一辆越野车，需要什么样的车，完全看你准备走什么样的路、拍摄什么样的题材。如果只是准备在假日里去郊区或者海边转转，那么任何一辆车都足以胜任。随着我们的公路网越来越发达，只有硬派越野车才能到达的地方已经越来越少了。事实上，这几年经常听说某个朋友开着一辆奥拓或是小面走完了青藏线，甚至还见过一位真正的大侠开着奇瑞 QQ 就跑完了西藏阿里的大北线……不过，恐怕不能就此下结论说 QQ 就是非常适合摄影旅行的车辆。起码在目前的道路情况下，开着 QQ 跑大北线，对人和车都是一种接近极限的挑战，普通人恐怕是难以胜任的，即便可以胜任，一路上也未必能保持很轻松的拍摄状态。

　　在我的朋友中，也有几位真正的"成功人士"——他们可以平时开一辆保时捷卡宴或是奥迪 Q7，再很轻松地买上一辆 JEEP 牧马人罗宾汉或是丰田 FJ 酷路泽用于比较艰苦的穿越。面对这样的朋友，心里难免会升起一丝"羡慕—嫉妒—恨"之类的情绪……与之相比，我则属像大多数人一样：永远要在自己钟爱的车型和令人头痛的价格之间进行折磨人的取舍和权衡。

　　话说回来，大多数成功人士的牧马人或者 FJ 酷路泽，也不见得真是用来越野的，更主要的是为了在街头呼啸而过时展示一下主人有一颗越野的心；而真正揣着一颗越野的心，开着 QQ 也同样可以远走天涯的。

　　就像大多数钟爱摄影的人往往会变成狂热的器材发烧友一样——热衷于旅行和越野的人常常也会不可避免地痴迷于越野车。因为经常要走一些非常难走的路，在不知不觉中，我对车辆的标准已经越来越向硬派越野车靠拢了；在这本书里有关车辆的选择、驾驶几乎完全是以硬派越野为标准的——这样的标准有着相当的代表性，并没有什么不对，但是并不全面：事实上，自驾摄影旅行当然不是非有硬派越野车不可——车辆的性能可能影响你能走到什么样的地方，与照片的好坏则没有任何关系！如果因为不厌其烦地强调越野性能而令部分读者感到不快，在此提前送上真诚的歉意——显然我已经中毒太深了……

关于 SUV

路越来越好，对绝大多数人来说，车辆的越野能力似乎已经变成了一项"装饰性"的功能。于是，一种被称为 SUV(即 Sport Utility Vehicle——运动型多用途车) 的车型广泛出现了。

实际上，今天市面上卖得最火的"越野车"绝大多数都属于 SUV 的类型，以至于不少人把 SUV 当做越野车的统称——就像当年国人把"吉普车"当作越野车的统称一样。

这两年，SUV 车型大行其道，不仅销量增长速度令人瞠目，而且越高端豪华的车型反而越好卖。SUV 的热销当然不意味着一个"全民越野"的时代已经到来了——绝大多数 SUV 的购买者看重的是高大威猛的外形、高高的坐姿——当然，必不可少的还有 SUV 带来的越野"范儿"……除了不太符合低碳生活理念之外，这些也并没什么不好，只不过由此带来一个问题：大多数 SUV 车主虽然并没有多少越野的需求和兴趣，但都理所当然地认为自己开的是一辆"越野车"——那么，众多的 SUV 车型中，哪些只是适合用来摆摆 POSE？哪些是真正能用来跋山涉水的呢？

因为保留了一定的越野性能同时针对公路驾驶进行了不同程度的改良，所以 SUV 的情况相当复杂：其中既包括像铃木超级维特拉这样装备着全时和低速四驱、越野能力非常接近硬派越野车的选手；也不乏类似本田 CR-V、丰田汉兰达这样离开公路基本上就无所作为的同志……

下面是澳洲《OVERLANDER 4WD》杂志对于市面上常见四驱车的一种分类方法：共分为交叉车型、城市 SUV、轻型越野车和越野车 4 大类别，越野能力依次增强（车型与简评来自《OVERLANDER 4WD》杂志，由于上市时间与地域差别，部分车型未收录，对国内不常见的车型做了删减）。

地平线上的风景

NO.4 交叉车型

"交叉车型（Crossover）车辆通常基于轿车平台而来（大部分情况下也采用轿车车身），对付泥泞道路或乡村道路还算在行，但是也仅止于此。这并不是说它们完全不能挑战沙滩，甚或较为简单的越野小路，不过我们通常建议您还是别太难为它了。"

本田 CR-V：本来越野能力就一般，现在更是一代不如一代。

雷克萨斯 RX350/400h：极其精致；混合动力技术领域的扛鼎之作；但越野能力别太指望了。

马自达 CX-7：路面表现灵动，但低离地间隙和18英寸的轮毂限制了其越野表现。

斯巴鲁傲虎：开起来很爽，但过长的前悬是个问题，甚至在沙滩上也不是那么自如。

斯巴鲁驰鹏：斯巴鲁造了很多好车，可惜这辆不是。

丰田汉兰达：基于轿车平台。如果您确实想买一辆能够越野的丰田家用车……还是选普拉多吧！

NO.3 城市 SUV

"这些城市 SUV 在设计时多少考虑到了越野需要，至少走马沙滩的能力还是有的，但是也别指望太多。"

奥迪 Q7：没有表兄弟途锐和卡宴的分动箱高低挡传动。

宝马 X3：四驱系统比其他任何紧凑型软调越野车都要来得精细，但轮胎是个限制因素。

宝马 X5：公路表现也太好了，好到没人会舍得让它去越野。而且，漏气保用轮胎也限制了越野能力。

福特翼虎：表现平庸。

现代新胜达：我们（澳洲）喜欢柴油版的，您估计也一样。

现代途胜：还是用这笔钱买辆柴油版的新胜达吧。

JEEP 指南者：典型的城市 SUV，但仅是有名无实的 JEEP。

起亚狮跑：前辈们那强悍的越野风采在它身上荡然无存。

路虎神行者：最好的软调 SUV 之一，不过价格也不菲。

三菱欧蓝德：在其前辈基础上有了很大改进，应该不错。

日产奇骏：刚刚面世的新一代车型，路面和越野表现都不错。

斯巴鲁森林人：开起来很爽，（手动版）低速四驱有力，但是前悬过长。

丰田 RAV4：比前任大，但是越野能力有所下降。

沃尔沃 XC90：改款后推出了柴油版和 V8 版，被严重低估。

地平线上的风景

NO.2 轻型越野车

"沙滩和小路对于这些车辆来说不在话下。之所以把它们归为轻型四驱，不是因为它们越野能力有所欠缺，而是考虑到它们在轮胎和改装件的选择上不够丰富，因此不太适合作为越野和内陆长途旅行的第一选择。"

现代特拉卡： 悬挂越野改装必不可少，否则越野性能会失色不少。

起亚索兰托（上一代）： 如果悬挂的表现能再稳些，车辆表现算得上不过不失。

梅赛德斯－奔驰ML（带越野套装）： 能力很强，而且还可以选择全尺寸备胎。

梅赛德斯－奔驰GL： GL标配越野套装，但是和上面的ML一样，售后改装选择有限。

保时捷卡宴： 品种繁多的原装配件确实把它打造成了一位实力选手，但是别指望在比较偏僻的地方还能享受这些配件服务。

双龙享御： 低速四驱帮它挤进了这一阵营，否则它顶多也就是辆城市SUV。

铃木超级维特拉： 价钱合理、各项参数也很合理。装备电子底盘辅助系统的版本尤为突出。

铃木吉姆尼： 您能用它赢得越野大赛，但是长途驾驶是种折磨。

大众途锐： 性能不错，可惜全尺寸备胎只能作为选配。

NO.1 越野车

"我们之所以简单将这一类车称为'越野车'，就是因为它们的确是传统意义上的越野车。尽管实际能力可能各有千秋，但越野对于它们来说绝对是家常便饭。它们都有着全套的越野本领，绝不会轻易辜负您对于一辆越野车的期望。"

JEEP 切诺基：堪堪挤进这一阵营。有种意见认为应该把它归入轻型越野。

JEEP 指挥官：出色的柴油发动机和四驱系统，但是悬挂调教相对就没那么出色了。

JEEP 大切诺基：和指挥官共享其出色的柴油发动机和四驱系统，但底盘比指挥官更为出色。

JEEP 牧马人：原汁原味的"罗宾汉"车型就已经堪称刀枪不入。限量版则更为全面。

路虎卫士：越野界的标杆。

路虎发现 3：领军人物之一，但 V8 版的燃油里程有待提高。

路虎揽胜：豪华越野的名头可不是吹的，放下身段陪您去玩玩泥巴也不在话下。

路虎揽胜 SPORT：V8 款各方面都让人目瞪口呆，V6 款还算价格公道，两者携手，可谓天下无敌。

雷克萨斯 LX470：雷克萨斯旗下唯一一款真越野。2008 年推出了新车型 570。

三菱帕杰罗：谁说四驱车采用全独立式悬挂和承载式车身就不能玩越野了？

日产途乐：坚韧、能干、脚踏实地、从不轻言失败，这就是越野老兵的风采。

丰田普拉多：全天候、全方位的四驱车。功力炉火纯青。买它绝不会有错的。

丰田陆地巡洋舰：不管是过去的 100 型，还是现在的 200 型，不过是一个经典代替另一个经典罢了。

美国式、澳洲式与中国式越野

世界上的越野文化，有两个国家最发达：一个是美国；另外一个是澳大利亚。欧洲和日本虽然是世界第一流越野车的诞生地，但是限于地理和自然条件，并没有太多越野的需要。

美国源于其地理条件，越野更看重的是山地越野——"爬石头"。像著名的JEEP牧马人罗宾汉的名称就来自于以艰难著称的一条美国山地越野小道。基于这个特点，美国的越野车改装也以强调极限性能为主——典型的如改装成有着夸张的离地间隙和4个巨大轮胎的"大脚兽"。

澳大利亚内陆广阔，地形复杂——山地、河流、湖泊、沼泽、沙漠无所不包，所以澳洲的越野更看重综合的穿越性能，对车辆改装的要求也比较全面。此外，除了通用公司的子公司生产霍顿品牌汽车之外，澳大利亚没有特别发达的本土汽车工业，对于外来品牌的态度也比较客观。因此前面的分类和点评虽然只是一家之言，但总的来说还是相当客观可信的。

与之相比，我们国家的越野起步虽晚但发展很快，而且人气旺盛——对一个有着13亿人的国家来说，什么事情都不会缺

少人气的。也许是受两类越野赛事——场地赛和拉力赛——的影响太深，中国式越野相当追求各种极限性能——通过性的极限和通过速度的极限。所以民间越野又叫"豁车"：顾名思义，把车"豁"出去了！

我的朋友中有这么一个热衷于"豁车"的圈子。虽然这些年我从他们那里学了不少东西，也时不时参加一下活动，可说老实话，每次回来，都少不了有车被直接拖进修理厂的。我慢慢发现：跟这帮大侠一起出行，除了修车费用激增之外，还很少能拍出像样的片子——除了"豁车"的精

彩瞬间。看来，如果很在意拍照片的话，还是少走那么"极限"的路为妙：不断遭遇陷车、救援、拖车、修车这一类事情，铁杆儿的越野发烧友可能从中获得很大的乐趣；而对一个摄影师来说，可能就完全不是这么回事了。

CHAPTER 2 全能战车的诱惑

在很多人眼里，一辆车只是"从 A 地到 B 地的工具"；而对另一些人来说，一辆越野车则是远走天涯时唯一可依靠的搭档和伙伴。

对于一个狂热的越野发烧友来说，一辆车起码应该是非承载式车身、前后硬轴或至少是后硬轴悬挂，一定要有低速四驱、经过升高的底盘、MT 或者至少是 AT 轮胎、可加装绞盘的保险杠、涉水器、行李架和改装射灯等，看起来才像个样子！对于满街跑的城市 SUV，则一概斥之为"样子货"、"假四驱"和"伪越野"。

显然我也中毒不浅——在一干人等的打击和煽动之下，我拿自己刚刚一年车龄的"伪越野"换了一辆有点年头的"硬派

机器"，然后又经过了几个月的折腾——所有业余时间和兜里的"活钱"都花在了改装店、修理厂和汽配城——终于让自己的车看起来比较"像样"了。折腾得心满意足、筋疲力尽之后才想起来问自己：对于一个旅行摄影师来说，一定非得有一辆如此硬派的车不可吗？

话虽如此，打造一辆全能型的战车，对许多男人来说都是一个无法抵御的诱惑。在我眼里，所谓"全能"意味着必须满足以下的全部条件：

1．它必须既适合长途跋涉，也适合每天开着上下班、接送媳妇和去菜市场买菜。

2．它应该既可以在周末载着父母大人去远郊转转，也可以载上两三个同伴拉上辎重远走阿里——这意味着车不能太小，必须有比较舒适的后排空间和宽裕的后箱。

3．它必须具备基本可靠的质量，不能动不动就把我扔在山野小路上——起码要在全面收拾一下之后达到基本可靠的程度。

4．它应该在高速公路和越野性能两方面有比较好的均衡：在高速上不能开着太痛苦；越野方面未必需要"挑战极限"，但起码的砂石路、泥地、沙地、冰雪路面以及简单的涉水等都应该能比较从容地应付——这意味着它必须备有全时或分时四驱，低速四驱也应该是标准装备。

5．它必须是喝93号汽油的——你试过在青藏线上去找有97号汽油的加油点吗？

6．它必须有比较大的保有量，能够很容易地修理和找到零件——最好达到一个县城的修理工就基本能应付的水平。

7．它最好能够很容易地找到改装前杠、减震器、弹簧等改装件，以便需要的时候提升一下越野性能。

8．它必须能够达到北京的上牌标准——这已经把柴油车和几款国Ⅱ、国Ⅲ排放标准的很不错的车型排除在外了。

9．最后也是最重要的：它必须是我买得起、用得起的车——这听起来像是十足的废话——很遗憾，也是我和多数朋友必须面对的最大问题。

哪些车适合去西藏旅行？

很多人——尤其是那些没开车去过西藏又很想这么做的同志——都非常关心诸如"这辆车能不能跑西藏"这样的问题。如果"西藏"指的仅是从北京开车到拉萨的话，那么在目前的道路条件下，只要别在雨季赶上大规模的修路，无论开着QQ、奥拓跑到拉萨的都不乏其人；至于大名鼎鼎的"大北线"，也有艺高人胆大的高人开着QQ跑过……不过众所周知，西藏道路情况复杂，气候和季节对交通的影响很明显。西藏的自驾旅行对于车辆的要求最主要的表现在三个方面：动力系统的可靠性、悬挂系统的强度和耐久性。在西藏修车的条件远远不如内地，除了丰田系列之外，别的车系的零配件在西藏边远地区都不好找——车辆的小毛病往往可能带来大麻烦；此外，阿里等地的搓板路对于悬挂系统的性能和耐久性也是很大的考验——类似减震器漏油、后桥钢板断裂这样的事在那里可不是什么新闻。如果希望有更充分的硬件基础的话，前面说的"全能9条"已经基本包含了西藏行车的要求——全面超出这些要求的，恐怕就只有坦克了。

看看"前车之鉴"无疑是有好处的：在西藏当地的车型中，丰田陆巡系列的比例无疑占了绝对优势；近两年，猎豹、长城等车型也渐渐多了起来。

当然，车只是其中的一个方面，跑什么路和如何去开其实更重要——即使在北京周边的延庆、密云，也不止一次发生过数辆硬派越野车被困一筹莫展，只能呼叫救援的情况……

CHAPTER 3

"量力而行"的解决方案

前面一大串的"必须"，实际上已经将市面上超过 95％的车型排除在外了，比如说：铃木吉姆尼的越野能力曾经很让我心动，但是它完全不符合前面说的 2、4 两条；铃木超级维特拉也是我喜欢的车型，但是它无法满足 6、7 两个条件……而最后一条其实是最致命的——如果完全不必考虑预算，选择、打造一辆全能战车将是一件多么爽的事！这才是真正的废话……还是回过头来面对现实吧：一切少不得又要从钞票说起：

5万~8万元的预算

可以肯定的是，要满足前面的"全能 9条"在这个预算之内只能选择二手车了（二手车选择的门道相当多，限于篇幅，这里就不细说了）。首先抛开那些有过较大事故的或者应该开进解体厂的"高端"车型的诱惑，然后再把价格很诱人的两驱车型排除在外，最直接的选择只有国产切诺基了。

切诺基 国产的"小切"绝对是一款让人爱恨交织的车——纯正的 JEEP 血统、出色的越野能力、大量的零配件和改装件……更重要的是很亲民的价格，让它成为大多数越野发烧友的入门之选。为此必须准备付出的代价是：你必须习惯隔三差五就同修理厂打交道，直到你自己变成半个修理工或者实在无法忍受把它卖掉为止。这方面的话题已经说得太多——感兴趣的话不妨上网搜一下——这里就不多讲了。我的看法是：如果有足够的耐心和一定的机械方面的天赋，那么切诺基仍然是一辆堪当重任的好车。不过，如果准备开着它远涉大川的话，那么最好把自己变成半个修理工并准备好半个行李箱的备用零件——这可不是开玩笑，我认识的开着小切单车走藏北的大侠差不多都是这么干的！

9万~14万元的预算

到了这个价位，二手"名车"的诱惑力会进一步加大：例如，你可以找到有 10-15 年车龄丰田 LC80——陆地巡洋舰；还可以很容易地找到 1998 年、1999 年的原装帕杰罗 V33 和 2004 年、2005 年的 6 缸猎豹……不过，还是别纠缠二手车的复杂和麻烦了——在这个价位，较直接的选择是长城的哈弗 CUV、陆风 X8 和北汽骑士。

哈弗 CUV：厂商指导价 12.38 万元（四驱豪华款）

虽然外观看起来走的是城市化路线，哈弗 CUV 实际上源自日本五十铃的 AXIOM，这决定了它骨子里还是一把越野好手。哈弗 CUV 曾经占据 SUV 车型销量榜首好几年，凭这点就很说明问题。另外一个重要的旁证是在西藏跑的哈弗 CUV 这几年已经越来越多了，这意味着现在或者不久的将来会很容易在当地得到必要的配件和维修。哈弗 CUV 基本上符合"全能 9 条"的标准——唯一不"达标"的是目前还不太容易找到成熟的改装件。

虽然两驱版本的 H5 价格很有吸引力（起步价 8 万多元），但是对于经常渴望着驾车远行的人来说，还是强烈建议选择四驱的型号——哪怕因此可能超出了这个预算。我认识的经不住价格诱惑买了两驱越野车的人，事后没有一个不后悔的——除非他从来不把车开下公路。

北汽骑士：厂商指导价 9.72 万元（2.2L 手动四驱）

虽然更换了标牌和发动机，北汽骑士基本上继承了北京吉普切诺基全部的优点和缺点。特别看重越野和改装的人可以考虑，否则还是哈弗 CUV 比较保险一些。

此外四驱型号的江铃陆风 X9 和华泰特拉卡也是不错的选择——可惜已经很久没见到能够达到北京排放标准的型号了。

15 万 ~22 万元的选择

之所以超出了 20 万元这个"整数"，是考虑了购置税、保险等购车时的费用。

在这个价格区间，已经有很多外形、配置、空间和性价比都显得很诱人的城市 SUV 可选了：其中包括北京现代的途胜、东风悦达起亚的狮跑、华泰现代的圣达菲……如果提升一点预算甚至可以包括低配版本的国产奇骏和丰田 RAV4。应该承认，这些车型看起来往往相当诱人——配置和空间、内饰和同价位的硬派越野车绝不是同一水平。从空间和公路性能来说，它们都非常适合长途驾车旅行——如果不太考虑越野性能的话。显然，这些车没法达到"全能 9 条"中的第 4 和第 7 条。尤其吸引我的是 3 门版的铃木超级维特拉——非常可惜，它完全不符合前面说过的第 2、7 两条标准。

也许我受那帮越野狂热分子的毒害实在是太深了，在这个价位，我可能的选择是郑州日产的帕拉丁和长丰猎豹 2.4 排量的黑金刚——当然都是四驱版本。在多数人眼里，这很像是"脑袋进水"后的选择，而且我非常清楚这 2 款车都存在着高速加速性不足和舒适性相对较差的问题，另外质量方面的小问题也远多于同价格段的城市 SUV，性能配置与人性化设计更远不在同一水平上……不过，在经历了几次让我印象深刻的单车穿越之后，我宁愿在高速性能和舒适性方面做出妥协，也不愿在越野能力方面更多地让步。

长丰猎豹黑金刚：厂商指导价 17.98 万元（黑金刚 CFA6470LP 2.4MT 四驱）

　　源于三菱帕杰罗的 V31 和 V33——精明的日本人在本土停产后，将帕杰罗 V31 和 V33 的技术与生产线分别卖给了中国和韩国，于是就衍生出了猎豹黑金刚与华泰吉田和现代特拉卡。黑金刚曾广泛地列装部队并被公安、司法部门大量采购。虽然国产后的车型不可避免地生出了许多小毛病，但是可靠的平台和出色的基础让这款车仍可以胜任各种艰巨任务。

郑州日产帕拉丁：厂商指导价 20.48 万元（KA24 四驱标准型）

　　源自尼桑皮卡的一款纯本土化车型，跟国外版本的尼桑 Xterra 虽然外形很像，但骨子里并不是一回事。帕拉丁上市多年，以吃苦耐劳著称，部队、公安和各种对越野有需求的机关单位装备不少，但个人车主就相对少多了——原因很简单：它唯一的长处在于越野，其他方面的性能与目前主流的 SUV 根本不在同一水平上。

25 万 ~30 万元的选择

　　这个价位已经可以买到能让大多数家庭心满意足的轿车和很多不错的 SUV 了，遗憾的是，对于我们要求的"全能车型"来说，仍旧没有太多的选择。

长丰帕杰罗 V73：厂商指导价 29.8 万元（GLS3.0 手动）

　　国产的三菱帕杰罗，与目前进口的帕杰罗 V93 和 V97 相比属于上一代车型，虽然它的外形可能吓跑了许多购买者，不过基本性能与最新一代帕杰罗相比并没有本质上的差距。长丰帕杰罗 V73 虽然开始采用半承载式车身和四轮独立悬挂，但是越野性能仍然堪称强劲。只不过，较为落伍的发动机技术让它在某种程度上延续了帕杰罗 V33 和 6 缸猎豹黑金刚高速提速性能明显不足的毛病。此外，近一年来长丰、广汽和三菱之间翻来覆去的整合，也让这款车型的前景、归属和售后服务显得有些扑朔迷离。

30 万 ~40 万元的选择

到了这个价位，虽然还不能随心所欲地选择最理想的车型，但总算可以不必在价格、越野能力和公路性能之间进行"痛苦"的取舍了。

三菱帕杰罗 V93：厂商指导价 39.8 万元（3.0 豪华手动版）

普拉多的劲敌，技术先进，性能全面提升的同时仍然保持着强劲的越野能力。在目前情况下有着较突出的性价比。

JEEP 大切诺基 3.7L：厂商指导价 40.99 万元

JEEP 的品牌在中国还是有着很深的影响力的，与 4.7 或是 5.7 的版本相比，这个版本无论油耗或是价格无疑都显得更亲民了。

40 万 ~55 万元的选择

这个价格区间已经包含了多数越野发烧友的"梦幻车型"——JEEP 牧马人和丰田 FJ 酷路泽；很不幸，在目前的市场情况下，这也超过了大多数工薪阶层买车所能承受的极限。

厂商指导价
牧马人撒哈拉 3.8 四门版： 45.69 万元
丰田 FJ 酷路泽 4.0： 55 万元

JEEP 牧马人 Rubicon 版堪称是目前世界上量产车原厂车中越野能力最强的，而只需稍加改装，牧马人 SAHARA 版和丰田 FJ 酷路泽就可获得完全不逊于牧马人 Rubicon 版的越野能力。

虽然牧马人经典的外观显然有更高的人气，但是如果在这两辆车中选择，我很可能最终还是会选 FJ——它的内部空间显然比牧马人更适合长途旅行。

话说回来，这 2 款车同样未能完全符合"全能 9 条"和西藏旅行的用车标准：短期内，未必能指望在边远地区得到它们的配件和维修。哪怕再好的车，谁敢保证它们绝对不会出故障呢？前一阵，牧马人的"自燃门"与丰田的"刹车门"都被媒体和网络炒得沸沸扬扬，在我看来，完全不懂车或是对车一知半解的人更会热衷于此类话题，内行都应该明白：只要是工业产品，就必然存在问题——真正完美的车是不存在的。

60 万元以上的选择

超过了 60 万元的价位，各种豪华的 SUV 开始纷纷登场，而动辄超过 10 万元的价格差距，似乎也不那么让人敏感了。说老实话，到丰田普拉多和三菱帕杰罗 V97 为止，此后的车型已经完全跟性价比扯不上任何关系而只是沿着豪华的台阶一路向上攀升了。所以，"全能战车"的方案到了丰田普拉多和三菱帕杰罗 V97 为止，就基本可以画上完美的句号了。

与牧马人、FJ 酷路泽等完全倾向越野性能的车型不同，丰田普拉多和三菱帕杰罗 V97 在保持着强劲越野能力的同时，每一代车型都朝着不断完善铺装路面操控性能的方向迈进。对任何自驾旅行来说，越野路面所占的比例往往是低于 10% 的，大多数时间仍然是在公路上驾驶，一辆车的公路表现对旅行质量的影响是更直接的。开着丰田普拉多或三菱帕杰罗 V97 长途旅行，肯定比开一辆牧马人跑长途要轻松得多。

我不知道我们的日常生活中有哪些标准是"世界领先"的；不过，我们正享受着"世界领先"的车价则是不争的事实。稍作比较就能发现，包括那些已经国产的国外品牌在内，我们市场的车价往往比美国、日本和澳洲要高出一倍以上！尽管如此，也挡不住先富起来的国人对于豪华 SUV 的热情——有太多当今的国人还是把住别墅、开豪车当做成功人生的标志了，哪怕再贵一些也照样有人会趋之若鹜的。

未必只是出于"酸葡萄"心理：我对豪华车一直没有太大的兴趣——也许兰德酷路泽 LC200 系列是个例外。在我看来，"豪华"只是在停车场泊车时的感觉，对于边远地区比较艰苦的旅行来说，豪华的配置丝毫帮不上忙——如果不帮倒忙的话。我也曾见过由路虎、保时捷卡宴、奥迪 Q7 等组成的车队浩浩荡荡地开往西藏旅行，不过，还有一辆装满 97 号汽油的加油车远远地一路跟在后面……

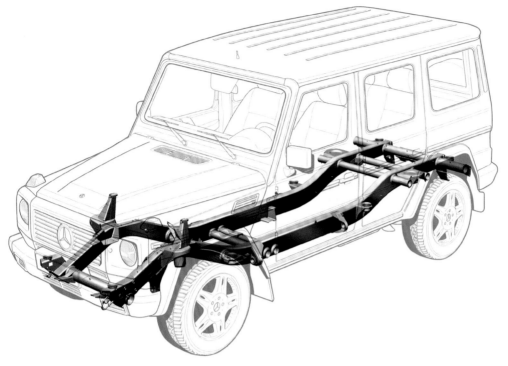

再说 SUV

　　在本章节中，讨论和推荐的车型无疑是非常侧重于越野性能的——这显然已经偏离了当今多数人的选择——类似 CR-V、汉兰达、RAV4、奇骏等城市 SUV 车型，才是当今绝对的主流。

　　凡是存在的必然有它的道理。与基于轿车平台的城市 SUV 相比，传统的硬派越野车也存在着显而易见的不足：采用非承载式车身的越野车因为装备有沉重的车架（大梁），至少让越野车的重量增加了 500 公斤，在拥有更高强度车身的同时，也让这些越野车的油耗远高于同等排量的城市 SUV；越野车较高的车身和硬轴悬挂带来高强度的同时，也让车子在铺装路面的操控性远逊于城市 SUV——在过弯、高速并线等方面的性能差距尤其明显；传统类型的越野车多数采用四驱或后轮驱动，与多数城市 SUV 的前驱平台相比，后驱方式不仅更加消耗功率，也在隔音、降噪等方面带来了更多的问题；传统越野车的动力特性往往更偏重于更大的扭矩，这让多数中等排量的越野车都带有高速时动力不足的毛病……这些因素让传统越野车在动力、油耗和操控性等方面都远逊于同等排量的城市 SUV。在传统越野车上解决这些问题并非不可能，不过，这也必然需要更大的排量、更高的成本。在目前的市场情况下，只有价位在 40 万元以上的越野车才有条件更好地解决越野与公路性能两方面的平衡问题。低于这个价位，就不得不在公路和越野性能之间做出取舍。

　　这里，我们探讨的是"全能"越野车——对于多数自驾旅行者来说，往往不见得需要那么强的越野性能——事实上，超过 90% 的地方，城市 SUV 与硬派越野车同样可以到达。对于大多数自驾旅行者来说，城市 SUV 可能仍是更合适的选择。

CHAPTER 4 改还是不改？这是个问题

尽管可能会遇到一系列的麻烦，但通过改装让自己的越野车变得更强悍，始终是一个难以抵挡的诱惑。

对于车辆改装，下面的话可能代表了目前最普遍的看法："任何一款汽车在投入生产之前，车辆性能与各部件的搭配，都是经过精密计算的，随意盲目改动车辆的任何一部分结构，都有可能会产生重大的安全隐患。"

此话当然没有任何错误——事实上，如果这样的看法能成为一种广泛的共识，恰恰说明国人对于汽车的认识和常识已经有了很多的提升。

可是，翻开任何一本越野杂志，在每一期上都能看见兴高采烈地介绍各种改装车和改装件的内容——其中大部分来自美国和澳大利亚——难道这些人真是不知死活的疯子？

问题的关键就在于"随意"和"盲目"这两个词上。

汽车的确是一件很复杂的"系统工程"，各个部分的性能存在着复杂的关系，正可谓"牵一发而动全身"——对某一部分的改动，必然会带来整体性能的变化。匹配和调教，是汽车研发和生产过程中一项很高级的技术，各个成熟的汽车厂商在这方面都有一套独特的本领。任何一款成熟的车型，在出厂时各方面性能确实已经达到了最好的平衡状态——既然如此，为何还要去改装呢？难道有人比生产厂家更了解自己的汽车么？

个中原因有二。

一．汽车出厂时最佳的平衡状态是对于大多数的普通用户而言的，总有一些"特殊"的使用者希望能够加强某一方面的性能——当然，某一方面性能的加强必然意味着另一方面性能的减弱。

二．汽车厂家最怕的大概就是自己的

车需要三天两头地开进维修厂——显然，有些汽车生产者在这方面有着过人的胆气——为了产品形象与售后考虑，汽车出厂时的设置往往在性能方面有一定的保留，以避免车辆经常出于性能的极限状态从而增加故障率、缩短正常使用寿命。而改装者所做的恰恰是把厂商"有所保留"的性能"激发"出来——可以肯定的是：性能越接近"极限"，对使用寿命的影响就越大。

改变车辆的某一部分，打破了车辆出厂时的平衡状态，必然要通过一系列的手段和零件达到一种新的平衡，这的确不是可以"随意"、"盲目"做到的。世界上高水平的越野改装件生产厂——如ARB、RANCHO(韧冲)、TJM、OME、AEV、PROCOMP、WRAN(沃恩)、FOX等主要集中在美国和澳大利亚，这些厂家都有自己的专业研发机构，每开发一款针对新车型的改装产品，都需要针对该车型进行大量的研究与测试，并通过一系列的新部件来实现车辆新的平衡。

我们国家在车辆越野改装方面谈不上有什么基础，目前较高水平的改装店基本上是靠引进这些国外现成的成套改装部件对车辆进行改装。国内改件的生产厂么是仿制这些部件，要么以生产如前杠、行李架一类对车辆性能影响相对"较小"的改装件为主。不过，因为尚无明确的行业标准，各个改装厂、店的技术水平也千差万别，野蛮改装带来的后果的确非常严重。

关于改装，另外一个重要的关键词就是"非法"。目前我们国家对于汽车改装行业尚没有很完备详尽的法律规定。在公安部颁发的《机动车登记规定》中第二章第二节第十六条规定："有下列情形之一，

在不影响安全和识别号牌的情况下，机动车所有人不需要办理变更登记：

（一）小型、微型载客汽车加装前后防撞装置；

（二）货运机动车加装防风罩、水箱、工具箱、备胎架等；

（三）增加机动车车内装饰。"

除了此项规定之外，各地会依照一些地方性的规定与标准，执行情况也不尽相同。对于经常驾车长途旅行的朋友来说，事先了解各地的有关规定也是相当必要的。

"非法改装"的结果：遇到检查时可能要被罚款——在青藏公路的某些路段，近年来也开始严查改装的越野车……在验车时，通常必须按规定"恢复原状"。此外还有一个不小的麻烦是：一旦发生事故时，保险公司很可能以"非法改装"为由拒绝或是减少赔付——无论事故原因与改装是不是真的有关系。

虽然如此，汽车改装行业作为一项产业仍然在快速发展着；每年一度的改装车展照样在国家级的展览中心盛大举行；每天在街上也都能看到改装的越野车呼啸而过——已经有越来越多的声音呼吁有关部门对车辆改装制定更加系统、全面的法规，由禁止逐步走向管理、疏导。

地平线上的风景

哪些车适合改装？

总有些事情是"屡禁不止"的。如果清楚了上述种种风险仍然要"一意孤行"的话，那么首先起码要了解目前市场上哪些车型是能够和适合改装的。

首先要说明的是，这里所说的改装指的是改变车的某一方面结构、性能——主要包括越野前后杠、升高弹簧、减震与配套拉杆、涉水器、备胎架、拖车杠、绞盘、射灯等——还有许多的"改装"仅仅改变的是外观——例如加个装饰前杠、装饰条之类——准确地说这些应该叫"装饰"。尽管目前市场上"装饰"更为盛行，但不在这里讨论之列。

前面说过，目前越野改装唯一靠谱的基础是引进的成套改装件。限于市场和成本，国外改装件的开发也只是针对那些市场保有量大、口碑好的成熟车型——不然费了很多劲开发出来，又有几个人会买？而且往往仅限于真正的越野车——老外的

意思很清楚：那些看起来同样威猛的城市SUV，实际上根本不能真正用来越野，还开发什么越野改装件？所以，如果你指望通过改装给自己的城市SUV"大幅度提升越野性能"，那可真是在自找麻烦了。

此外，部分经过本土"改良"属于中国独有的车型，当然也找不到合适的进口改装件。基于以上原因，目前市场上真正适合越野改装的车型实际上只剩下为数不多的以下几种。

JEEP 切诺基：因其保有量大、生产时间长，是目前国内市场上改装件最齐全的车——其中不仅有进口的成套改装产品，各种国产件经过长时间考验也已经基本成熟。

JEEP 牧马人：越野性能最强的车，当然是所有改装厂乐于一展身手的舞台，有众多品牌的成套改装件可选，不过目前尚未见国产改装件——好马当然要配好鞍。

JEEP 大切诺基：虽然国外开发了不少改装产品，但往往需要耐心等待从国外订货。

丰田 FJ 酷路泽：同 JEEP 牧马人一样。

丰田兰德酷路泽（陆地巡洋舰）：是改装件最多也最成熟的车系之一。

丰田普拉多：每一代新型号的普拉多问世，国外专业改装厂商都会急着为这款越野车中的当红小生开发各种改装件。不过，这毕竟也需要等上一段时间——要在国内订到这些改装件当然还要等更久。所以，如果你在第一时间就买了新的普拉多 150，恐怕在一年之内是很难在市场上找到像样的改装件的。

三菱帕杰罗：因为时间关系，早期型号帕杰罗 V31、V33 改装件很容易找，而较新的 V97、V93 改装件国外虽然已经上市，目前国内却不太容易找，多数需要从国外订货。

猎豹黑金刚、奇兵：同帕杰罗 V31、V33。

华泰吉田、特拉卡：同样源于帕杰罗 V3X 的车型，让它也能找到不少改装件可用，不过情况因地区而异。

尼桑途乐 Y60/Y61：澳洲最流行的硬派越野车之一，虽然国内保有量不大，但可用的改装件众多。

铃木吉姆尼：小而强悍的越野车，各代车型都能找到成熟的改装件。

铃木超级维特拉：大概是"城市 SUV"里唯一受到改装厂家青睐的车型。

路虎发现、揽胜：因其高技术的含量大，只有很好的原厂改装件可用，匹配完美价格也绝对不菲。

保时捷卡宴：同路虎。

江铃陆风：源自日本五十铃的平台和多年的积累，让它可以找到很齐全的国产改装件。

郑州日产帕拉丁：虽然属于"中国特色"的车型，但国内配套的改装件已经大致成熟。

长城哈弗 CUV：长城赛弗的改装件很好找；哈弗 CUV 目前还看不到很成熟的改装产品。

CHAPTER 5

规划你的四驱车

目前情况下，越野改装最起码应该以"无损改装"为第一
原则——所谓"无损改装"就是在必要时可以"恢复原状"。

一旦走上改装这条"不归路"，往往
就很难时时保持理性了——最常见的误区
是经不起改装"成功案例"或是改装店的
诱惑，把能改的东西统统装上！车辆改装
其实不存在"两全其美"的事：某一方面
的性能提升了，必然带来另一方面性能的
削弱。例如：把原车的 HT 公路轮胎换成
AT 全路况轮胎，在越野路面抓地性能得到
提升，而公路行驶时的轮胎抓地性能必然
降低，轮胎噪音和油耗也会明显增加；又
如：经过改装提升了底盘高度之后，越野
时的通过性增强了，而车辆公路行驶时的
稳定性与弯道侧倾等极限性能必然随之降
低……可见，在改装中把握一个合适的"度"
实际上是非常难的。

理性的改装是在动手之前就应该明

确：哪些性能的提升与变化是自己真正需
要的？这些改装可能带来哪些负面影响？
是否已经准备好承担这些负面影响以及相
关的改装费用？改装之前，还应该认真地
研究、选择不同的改装件所包含的不同改
装方案，尽可能有一个比较全面的计划。
如果事实证明某项改装不当或是明显过了
头，那么宁可承受一定的损失恢复到原来
的状态、也不要试图用一连串新的改装来
弥补——这些新的"弥补"还可能继续产
生新的问题，直到让人筋疲力尽或是钱包
空空如也为止。

所以，如果你决定不惹这些改装的麻
烦，那么无疑是个好主意！如果一定要"一
意孤行"，那么切记选择最稳妥的方案并
且控制在最必要的程度！

我的战车

也说说我眼里最有用的 10 项改装

对于真正的狂热越野分子来说，我的车也只能算是入门级水准。

车型：长丰猎豹 2030A

配置：V6 3.0 排量 24 气门发动机，手动 5 前速变速箱，三菱"超选四驱"，前双插臂扭力杆悬挂，后整体桥钢板悬挂。

猎豹 2030 系列（后期更名为猎豹黑金刚）直接来自于三菱帕杰罗的 V33，6 缸车型的发动机、变速箱、分动箱等关键部件直接来自日本进口，是最后一代采用非承载式车身（带独立车架）的帕杰罗。源于帕杰罗出色的平台，这辆车的血统中就包含了强劲的越野能力；不过，毕竟是出自三菱 10 多年前的技术了——与三菱 V33 一样，动力储备与公路性能（尤其是驾驶舒适性）都存在着明显的不足。另外，由于国产后装配等方面的原因，这辆车时常会冒出一些这样那样的小毛病——虽然多数都不真正影响行驶。

在我看来，这辆车最出色的地方在于三菱的"超选四驱"——与普通的全时四驱相比多了两驱一挡，用以弥补公路高速行驶时动力的欠缺。只要经常使用，这套四驱系统的确非常可靠——直到报废，多数车的四驱分动箱等关键部件甚至都没修理过。

虽然外观看起来已经相当威猛，这辆车其实只做了我看来最必要的基础性改装——这已经是我改过的第 3 辆车，初次改装的冲动和兴奋已经基本平静。

H/T 轮胎花纹

A/T 轮胎花纹

M/T 轮胎花纹

最必要的改装

1. 轮胎

如果只能选择一种，那么什么是最必要的改装？答案当然是轮胎。轮胎对于越野车，就像一双合适的鞋对于运动好手的意义一样——设想一下穿着拖鞋去跑步或是穿一双皮鞋去登山，会有什么样的感受？

首先巩固一下越野胎的基本知识：

H/T：代表的是 highway-terrain，指的是为在高速公路及城市内公路上行驶的车辆设计的轮胎。

A/T：代表的是 all-terrain，指的是能够在大部分的路面上使用的四轮驱动轮胎。

M/T：代表的是 mud-terrain，是指在野外环境中（如：泥地＼沙地＼溪流＼丘陵＼小点的岩石）使用的轮胎。

轮胎花纹：指的是轮胎面的花纹，通常指特定品牌轮胎的胎面花纹的特定类型。

速度等级：速度等级描述的是某种轮胎在充气膨胀到最大容许气压时所能够经受的最大车辆行驶速度。N=140km/h，P=150km/h，Q=160km/h，R=170km/h，S=180km/h，T=190km/h。

关于轮胎，有很多值得一说的话题，全写出来足可以成为整整一章。这里只说说我比较熟悉的几款轮胎。如果希望对此有更多的了解，可以登录"越野 E 族"的网站（http://bbs.fblife.com）——那里能找到专门讨论越野轮胎的论坛。

品牌

　　热衷于越野的车主，常常很快就会对车辆的"原装"轮胎感觉不满了，于是，"哪个牌子的轮胎最好？"成了一个最常听到的问题。

　　从这两年国内的潮流来看，最流行的改装越野胎以百路驰 BFGOODRICH、固铂 COOPER DISCOVERER 为主，感觉上在南方固铂 COOPER DISCOVERER STT 轮胎似乎更流行；北方百路驰 BFGOODRICH AT 则更为常见。其他像普利斯通 BRIDGESTONE、邓禄普 DUNLOP、优科豪马（横滨）YOKOHAMA、东洋 TOYO、倍耐力 PIRELLI、马牌等也都有一定的保有量。其实，除了个别专家之外，即使是狂热的装备发烧友也不太可能熟悉每一个大品牌的每个型号，多数人选择轮胎时主要还是凭自己和身边朋友的习惯和经验，其中道听途说和以偏概全的情况并

不少见。国际大品牌的轮胎都有着很完整的产品线，针对不同的路况和使用需求都不难找出适合的型号。因此，从品牌上讲并没有绝对的好与坏，是否符合个人的需求和驾驶习惯才是更重要的。

　　澳大利亚的《OVERLANDER 4WD》杂志几年前曾做过一次关于 14 个品牌 A/T 轮胎的横向评测，基本涵盖了市场上能见到的主流轮胎品牌的越野轮胎，因颇具影响力并被广泛转载，几乎已经成了越野发烧友选购轮胎的指南。限于篇幅这里就不转述了，有兴趣的朋友可以到网上去搜一下。

　　近几年，我先后使用过百路驰 BFGOODRICH AT、固铂 COOPER DISCOVERER AT、固铂 COOPER DISCOVERER STT、倍耐力 PIRELLI ATR 等几款越野轮胎，其中倍耐力 PIRELLI ATR 就是看了《OVERLANDER 4WD》杂志做出的选择，使用的结果也很让我满意。

规格

考虑换装轮胎时，给车子换上一双"大脚"是一个很难抵挡的诱惑。对于采用后桥硬轴悬挂的越野车来说，底盘最低的位置是后轴的"牙包"——提高这部分唯一的办法是换用更大规格的轮胎。

换用更大规格的轮胎，首先当然要考虑弹簧、减震和悬挂拉杆等结构的配合问题，还要考虑底盘升高后带来的行驶稳定性降低可能导致的安全问题，同时还要重点考虑自己车型的动力输出特点——更大规格的轮胎必然会影响车辆的动力和加速性能。对于类似 JEEP 牧马人这样扭矩储备充沛的车型来说，加大轮胎带来的负担几乎不是什么问题，而对于四缸"小切"这样原本动力就不怎么够用的车型来说，更

大规格轮胎带来的负担就绝对不能不认真考虑了：曾见过不少开"小切"的朋友在冲动之下换上了"大脚"，跑过几次高速之后实在难以忍受对提速的影响，终于又不得不换了回来……

所以，对于多数人来说，原厂规格的轮胎仍然是换装时的首选。考虑到 6 缸猎豹原本就不怎么宽裕的公路动力储备，我还是忍住了"大脚"的诱惑，选择了原车的规格：31-10.5-R15。

固铂 STT 与倍耐力 ATR

固铂 Discoverer STT 轮胎是固铂旗下高性能越野胎之一，在固铂的产品线中，它被定义为"超级越野胎"，大致相当于其他轮胎厂商的 MT 轮胎级别。外观粗犷坚实，是越野车型的理想选择。Discoverer STT 可

提供强劲的核心牵引力。深胎肩花纹和独特的中央牵引区可提供超乎寻常的强大抓地力。固铂 Discoverer STT 轮胎采用了 Armor-Tech3 技术，使得轮胎异常坚固，能够从容应对任何路况下外界异物的强烈冲击；拥有的抗切割胶料配方和自动排石沟槽花纹，使其具有强抗撕裂性和抗切割性，足以应付各种艰难路况。

从几万公里的使用体会来看：对于泥泞、冰雪和砂石路面，这款轮胎总是给人十足的信心，越野路面的表现让人绝对无法割舍——基本可以抵消高速时带来的负担。近几年固铂的几款越野轮胎都有一个出乎意料的优点：胎噪控制得出乎意料的小——这款固铂 DISCOVERER STT 越野胎跑起来感觉上甚至比百路驰 BFGOODRICH AT 胎还要安静，这也是我对固铂青睐有加重要的原因

之一。这款轮胎的公路表现只能说是"可以接受"——适应一下越野胎不可避免的胎噪之后，平时公路驾驶并无明显的不适，但在雨天湿滑的高速公路上则需要特别加以注意。

相比之下，带"蝎子"标志的倍耐力 PIRELLI ATR 外观看起来要低调得多，在泥地、碎石路等路面的表现以及轮胎强度方面虽然比不上固铂 Discoverer STT，不过也基本够用了；公路性能则远胜 STT，它的综合性能指数在评测中名列第一，显然更适合兼顾多种路况的长途旅行。如果有条件，最理想的方案是准备两套：一套侧重越野性能的用于出行和越野；另一套侧重于公路性能的作为日常使用。这么做的前提是：除了足够发烧之外，你还得有地方来存放另外一套轮胎。

2. 前杠、后杠与备胎架

几乎所有的越野车出厂时的前杠都是塑料制品——优点是既可以在碰撞时通过破损溃缩保护车辆，还可以减少对行人的伤害。这种塑料保险杠也有几个突出问题：首先是越野时轻微的碰撞都会导致其破损；更重要的是它们无法承重——如果准备安装绞盘，多数情况下就必须更换更结实的保险杠了；同时，塑料保险杠比较夸张的形状一般也会减小车辆的接近角。

前杠我选的是内置绞盘位置的 ARB 款的产品——不仅工艺精良可靠，在严重碰撞时还通过溃缩保护车身和驾驶者。帕杰罗的后杠与备胎设计自身就比较完备，故市面上基本找不到替换的改装产品。

3. 行李架

对于西藏这样的长途旅行来说，再大的行李箱也会有不够用的时候——尤其是碰到车里坐了4个人又都带着各自的装备的情况。因此，车顶行李架对于长途旅行是很必要的装备，当你不得不携带备用油桶或者备胎时尤其如此。不过，对城里和短途跑跑来说，行李架几乎完全是摆设——除了增加风噪没有别的用途。所以，在能够确定一段时间没有可能长途旅行时，我可能会经常不怕麻烦把它们拆下来，需要时再装上。

车顶行李架我曾经选用过国产的全钢制的产品，结实程度当然毫无疑问，问题是实在太重了——整个行李架差不多有 40kg！后来才找到了目前装的铝合金材料的：顶杆和行李架是分别配的，装在一起也很合适。目前最流行的车顶行李架品牌是来自瑞典的拓乐，除了价格不菲之外，对于硬派越野车来说也不太合适。

4. 灯光系统

有不少人热衷于改装氙气大灯——也许可以让车看起来更"高档"一些；对我来说则完全是"不得已"的选择——因为猎豹原装的大灯的确足够昏暗、而我又找不到其他更合适的改装方案。在雨、雪、雾等恶劣天气下，氙灯的穿透力会变得明显不足，为此我加装了越野射灯作为恶劣天气与越野路面行驶时的补充。前射灯选择的是美国的 DELTA 品牌；4 支车顶灯选的是性价比好的 IPF968。根据以往的经验，买射灯时选的都是光型更宽的行驶灯型号，对于越野路面来说，宽光型的行驶灯一般比"铅笔型"光效的射灯要更有用一些。

很多人对于改动车辆的电路都颇有顾忌——这无疑是对的。安装射灯实际谈不上对原车电路的"改动"：这些大品牌的射灯一般都配有原装的线路和继电器、保险，安装时要从电瓶单独接出线路——不会增加原车电路的负荷。当然，这些都需要有经验和资质的技术人员来完成。

5. 悬挂升高

国产猎豹出厂时的底盘高度设定就比原装帕杰罗 V33 高了不少，所以没有特别做进一步的升高。后桥我换用的是国产的 6 片一组的载重型钢板，然后将前悬挂的扭力杆调节到适当高度就可以了。与采用螺旋弹簧结构的车型相比，帕杰罗—猎豹的底盘升高非常简单——同时调节的幅度也比较有限。调节之后，比原装帕杰罗的底盘离地间隙已经增加了 2~3 英寸。与之相匹配，我换了 4 条韧冲 RANCHO 9000 减震器，从软到硬有 9 级可调，同时换装了澳大利亚 OME 品牌的增强型扭力杆。

6. 涉水器

不知何故，似乎越是在边远地区越容易碰见大规模修路修桥的情况——遇到桥梁修理的情况通常很可能无路可绕，要么涉水通过，要么就只能半途而废了。在西藏的很多地方道路情况受季节影响很大：旱季可以轻松通过干涸的河床，到了雨季就可能变得水流湍急……在经历了几次惊心动魄的驾车涉水之后，我毫不犹豫地把涉水器列入自己的标准装备。市面上国产涉水器品种不少，价格也都很便宜，不过在其中还是没有找到看起来质量能让我满意的，最后还是选择了进口的 SAFFRI 品牌。

在我的车上，涉水器是唯一不符合"无损改装"原则的装备——安装涉水器必须要在前翼子板上打孔——将来作为二手车出售时，无疑会很影响车子的价格。

7. 车载电台

对经常结队出行的人来说，车载电台是一种非常有用的装备。此外更重要的是：如果碰巧在没有手机信号的越野路段发生陷车，那么唯一能指望唤来帮助的就只有车载电台了——当然，卫星电话无疑是一种更好的通信装备，但对我而言使用成本过高，无法列入日常的装备。车载电台我用的是八重洲 7800R——前两年最主流的入门级装备。

对于车载电台的安装和使用，国家有一系列完整的法规规定。如果准备安装车载电台，需要先加入各地的无线电运动协会，经过培训、考试、验机等一系列程序，获得执照、呼号之后才可以合法地使用。如果经常去边疆地区旅行，那么强烈建议按着程序办理了所有手续之后再使用车载电台——多数与军事有关的区域无线电设备的检查都比较严，拿不出合法的手续，车载电台会被毫不客气地拆走。

8. 绞盘

　　对于喜爱极限越野的人来说，绞盘可能是除轮胎之外首选的改装项目——很多高难度的障碍通过都需要靠绞盘硬拉出来。而让我犹豫的原因有三：一．我通常习惯于单车旅行，对于单车旅行来说，使用绞盘的概率没有车队出行那么高；二．我常走的地形以高原、平原为主，在这些地方大多数时候很难找到合适的绞盘锚点，而靠人力设置一个绞盘锚点是件重体力活儿，通常一两个人往往未必能胜任；三．安装绞盘之后，无疑会让已经加装了分量不轻的ARB前杠的车头变得更重……因此，我还是把绞盘列为备选装备，只是在准备艰苦的长途跋涉之前才去把它装上。

9. 副油箱

　　越野车平时公路油耗就不低，在越野路段上油耗更会成倍地增加，因此对于在加油站点稀少的边远地区旅行来说，加装副油箱是一项非常有用的改装。

　　很遗憾，我一直没有找到能用在我的车上的可靠的副油箱，在边远地区旅行时，只好用备用的油桶来代替。

10. 差速锁

　　同样是极限越野爱好者眼里最必要的装备——在最艰难的越野路段，一旦车子出现前后2个甚至3个轮子离开地面的情况，就会知道差速锁是多么强悍的越野装备了！很多新型越野车装备的电子限滑装置可以部分起到差速锁的作用。不过，多数越野爱好者还是更偏爱传统的气动机械式差速锁。

有备无患——最有必要的 10 种装备

与价格不菲的各种改装零件相比，以下的装备都显得非常"经济实惠"——不过，它们同样可以在以往一筹莫展的情况下帮助你摆脱困境；对于缺少及时救援的边远地区来说，另外一些装备甚至能在关键时救人一命！

1. 铁锹

看见过农民和牧民兄弟是如何"越野"的吗？他们的车上绝对找不到让越野发烧友津津乐道的各种高级装备，一旦陷车，就只有一个字——挖！仅凭着几把铁锹，他们就能通过令人望而生畏的艰难路段。

无论是泥地、沙地还是雪地，遇到困难时铁锹都是最简单也最有用的工具。进入艰苦路段，车上最好准备两把结实的长柄铁锹。类似的工兵锹虽然看起来很精悍，其实不如普通的长柄铁锹好使——用时经常免不了搞得满身泥水。

2. 拖车绳与拖钩

好不容易等来了肯帮忙的车辆，临拖车时却发现两辆车上都没有合适的拖车绳——再没有比这样的事更让人沮丧了。很不幸，汽配城里卖的供家用轿车使用的拖车绳很多都是样子货——在公路上拖车或许能对付，用来将一辆越野车从深陷的泥潭中拖出来就难以胜任了，而质量不过关的拖车绳和拖车钩在使用时可能非常危险，所以购买时一定不要在此图便宜省钱。如果对拖车绳不太有把握，那么不妨准备两条一起用。到出售起重设备的商店购买这些东西，往往比汽配城里要便宜不少。

3. 越野千斤顶和千斤顶托盘

因为采用铸铁材料，越野千斤顶在平时显得很笨重——往往还需要专门的卡子和挂件将它安放在越野车顶筐或是备胎架上——不过，它仍然是越野时最有效的多用途工具。遇到陷车时，越野千斤顶可以将车辆举升到足够的高度，以便用石头、木头垫起陷住的车轮。配合着拖车绳、抱树带等一起使用，越野千斤顶还可以在必要时变成一个手动绞盘。不过，越野千斤顶并非很稳定的工具，最好在平时能够练习一下基本的操作技巧。另外，最好同时准备一块专用的千斤顶托盘，用于泥地、沙地等不容易找到支撑点的柔软地面。

4. 沙板

没有亲眼见过或使用过的人，绝对想不到看似很简单的沙板在陷车时能有多么大的作用！只要没到底盘被托住的程度，

凭着低速四驱和沙板，越野车完全可以从多数陷车的地方自己"拱"出来——无论是沙地、泥地还是雪地。

5. 胎压表和气泵

在沙漠或是泥泞地段行驶，最基本的方法之一就是给轮胎放气，通过降低胎压增加轮胎与地面的接触面积以减少轮胎"刨坑"的几率。放气的时候需要用胎压表来控制放气的幅度；而重新驶上铺装路面时，就需要气泵将轮胎重新充气到正常水平了。在长途旅行的时候，保持四轮有着一样的胎压对安全来说非常重要，在远离维修站的地方，胎压表和气泵就成了必备的随车轮胎工具。

6. 补胎工具

在茫茫荒野上，轮胎被扎的概率远比在公路上高得多。一旦遇到轮胎被扎换上备胎之后，心里就难免时刻担心着：万一

这种情况再次发生该如何是好？为了应付这种情况，有的越野车加上了双备胎——对于载满装备的越野车，增加一套备胎和轮毂绝对是一项不小的负担。如果只有一个备胎，那么一套简单的补胎工具就是特殊情况下唯一的指望了。凭着它对轮胎做的临时性的修补，让车辆可以再跑上几百公里——至少坚持到下一个维修站为止。

7. 备用电瓶

对于加装了绞盘、射灯以及车载电台——尤其是带压缩机的车载冰箱等电气设备的车来说，一块电瓶很可能难以承受这些额外的重负，此时就必须考虑给车辆增加双电瓶系统了。而对于经常在北方寒冷的冬季旅行的车辆来说，一块备用的应急启动电瓶，基本能够解决早晨着车时可能碰到的电瓶"冻坏"了带来的麻烦。

8. 照明设备

很显然，事故不会只发生在白天。如果必须在漆黑的夜晚换轮胎或是探路，那么照明设备是必不可少的。为此最好能多准备几种方案：头灯很适合独自一人换轮胎或是处理简单的故障；而一盏户外用的营地灯能提供稳定的照明；大号的手提式

搜索灯则很适合观察路面或是车底的情况。

需要提醒的是：要经常想着准备好充足的备用电池、时常给需要的设备充好电。

9. 急救包

在远离医疗救助的野外，准备好常用的药品、紧急救护器械，并且事先学习一些基本的救护技术是非常重要的——一旦意外真的发生，在关键时刻，这些准备很可能会救人一命的。

10.GPS 和地图

随着技术的发展，GPS 已经越来越便宜——普通的车载 GPS 几百元就能搞定了。GPS 分车载和手持式两种主要类型：前者侧重航迹，后者更侧重定点。车载 GPS 在有路的地方很有用，到了乡村级的土路或者干脆没路的越野地段，则基本派不上什么用场了；手持式的 GPS 有助于确定自己的经纬度方位，但作用基本也仅限于此。在陌生的地区旅行，GPS 无疑是非常有用的，但是目前还没有达到可以完全取代传统地图的程度。如果经常在县级和乡村公路驾驶，那么两种 GPS 再加上传统地图一起使用互相印证，是目前最可靠的方法。

有用的小东西

除了一套规格全质量好的随车工具之外，还有一些小东西虽然连装备都称不上，但是关键时候同样可能派上大用场：

1. 保险片：尽量将自己车上所有规格的保险片都多准备一些——个别时候，一片小小的保险片完全可能让一辆强悍的越野车干脆无法动弹。

2. 纤维胶带和双面胶：最好选进口 3M 或 Tape It 两家公司生产的。在必要的时候，纤维胶带可以用来临时固定破裂的车窗、裂缝甚至临时堵住水管或是水箱的裂缝。

3. 最好在车里准备一根结实的棍子——在不得不通过泥路的时候就不必用脚去试了，一旦碰见野狗的威胁也可以用来应付一下。

4. 在车里准备一块大而结实的塑料布——即使不得不在恶劣环境下修车，也可以避免在泥水里打滚的尴尬场面发生。

5. 一卷铁丝——可以临时替代坏掉的卡子或跑丢的螺丝。

6. 最好准备一套户外用的锯子和野营斧，以备在不得已的时候砍点枯枝铺路和生火，当然还可以作为不错的防身用品——遇到安全检查时，这些也不像刀具那么让人敏感。

牧马人RUBICON、丰田FJ、丰田LC200、路虎发现4甚至奔驰G55……说实话，这些车我真的很喜欢。

不过，喜欢一件东西是一回事，喜欢一种生活方式则是另外一回事。既然做了选择，首先就得学会放下……

还是和我的老车一起继续上路吧！

器

"完美" 的器材配置

常有这样的体验：对于所知有限的事情，人往往更愿意滔滔不绝；而对于那些过于熟悉的东西，反而经常不知道该从何说起了。

在做过6年专业器材编辑、记不清到底测试了多少台相机与写过多少器材稿件之后，面对"我该买台什么样的相机？"这类问题，我经常会犹豫再三。

CHAPTER 1

器材发烧的"四个时代"

选择相机和镜头，其实是件非常简单的事情：分析一下自己拍摄的题材和对像质的需要，然后衡量一下能够承受的价位，就不难确定适合自己需要的型号——如果你就是这么想的，那么很值得恭喜！——这同时也证明阁下不是一个深入其中无法自拔的发烧友。

在开始"发烧"的阶段，每个人都毫不怀疑：如果换一台更好的相机或是更专业的镜头，必然能让自己的拍摄得到大幅度的提升。

到了高烧不退的阶段，一台相机（当然，应该是一套才对！）不仅仅是工具，更意味着一种观察拍摄方式、一种理想状态和一种审美品位……

如果预算充足，那么直接掏钱去买最顶级的相机和镜头，基本可以省去所有麻烦，问题是多数发烧友未必是腰缠万贯的"成功人士"。而升级一下机身或者镜头，又不像把自己的座驾换成路虎揽胜那么遥不可及……于是，在"更高更快更强"的诱惑与虽反复盘算仍赤字不断的预算之间，一场拉锯开始了……

没体会过这种"发烧"经历的人，甚至算不上真的懂器材。

从哪里说起？就从我自己掏钱买过的近百台相机说起吧！

算起来，我的发烧历史整整经历了四个时期——为了说起来好听一些，干脆叫四个"时代"吧。

尼康时代

——光荣与梦想

大学毕业之后，一个偶然的机会，我进入了哈尔滨一家经济类报社的摄影部。

说来挺不好意思：我们报社比不了"武装到牙齿"的新华社分社和省报社，摄影部仅有的几件像样的家当都把在主任和老记者手里。分到我这刚入行的小记者手里的，是一台磨得露白的理光7和一支"摇摇欲坠"的杂牌变焦镜头。端着这套家伙，每次与大牌记者挤着抢镜头都不免遭到无数的白眼……那些日子，我生活中唯一的关键词就是——"尼康"！为了捍卫我的专业身份、为了维护我的职业尊严——我需要一台尼康！终于，经过东挪西借和"坑蒙拐骗"，当时每月拿不到400块工资的我终于买了第一台自己的尼康——NIKON FM2＋MD12马达＋Nikkor AI28-85mm F3.5-4.5变焦镜头——整套下来正好是12000大洋！看

着精细的尼康标牌、转动着沉甸甸的镜头、听着清脆的马达卷片声，整整一个月我都处在亢奋状态，面对大牌从此毫不示弱——当时，如果有人问我什么是世界上最好的相机，回答当然是尼康！我的尼康就是世界上最好的相机！

没过多久，AF时代到来了，我的目光又不由得被大牌手里的尼康F4吸引过去，终于，在预支了几年的收入和花销之后，我又拥有了尼康F4S……后来，在见识了尼康的定焦镜头刀刻一样的像质之后，我又开始贪婪地注视起尼康85mm F1.4、135mm F2DC……到了我的尼康"全盛时代"，我手里已经有了4台尼康机身和12支变焦、定焦镜头，2个大摄影包都装不下——后来，我非常庆幸自己没烧到把尼康的300mm F2.8搬回来。

哈苏时代

——画幅的诱惑

后来，在有幸（或者说不幸）见识了亚当斯的原作和见识了别人用 120 底片放大到 1m 的照片之后，我终于发现原来"135 相机更适合新闻记者和摄影爱好者使用，对于专业摄影师，哈苏才是终极的武器"……It is bigger, It is better！的确，连登月宇航员和伟大的亚当斯都在使用哈苏（那时候，我有意忽略了亚当斯一辈子大多数时候都在使用大画幅相机，晚年体力不支时才使用哈苏这一事实），那么哈苏当然是我的目标和理想！

有一段时间，我离开了报社赶着"下海"的时髦也开了家影楼。为了放那时时髦的 1 米"巨照"，影楼里用的是前苏联的基辅 88 和基辅 60 相机。不过，每次趴在暗房地上放大照片——甚至在影楼里又添了玛米亚 RB67SD 之后——我仍然忘不了魂牵梦绕的哈苏……终于在 1995 年的某一天，在结完了影楼的开销之后，我揣着余款踏上了去北京的列车，回来时，一台哈苏 503CXi 已经背在了肩上。

当年，哈苏相机还没有走今天这条奢侈品路线，价格不像现在这样离谱，尽管如此，我的哈苏仍然只配得起一支 80mmF2.8，需要广角或者长焦时只好用"伪哈苏"——基辅 88 来补充。就这样用了 3 年，直到我对在影楼里拍"美女"彻底深恶痛绝，终于在某一天和影楼还有我的哈苏挥手说拜拜了……

经典就是经典，过了好几年——当我已经在某主流摄影杂志当了几年"器材专家"之后，我又为自己重新配置了一套哈苏。这次的配置可谓"老谋深算"：首先，我没有选价格已经贵得离谱的哈苏 503CW，选的是少有的在二手市场备受冷落的哈苏产品——哈苏 2000FC 和 200FC/W。因为采用了非常容易被碰坏的金属帘幕快门，2000 系列为哈苏招来了不少恶评，但我对此并不在乎：首先哈苏 2000FC/W 已经加装了快门自动收起的保护功能，而我一次就拿了 2 台哈苏机身；更何况，快门帘幕更容易坏的基辅 88 在我手里用了好几年仍然好好的……更重要的是，装备帘幕快门的 2000 系列既可以使用镜间快门的哈苏 CF 系列镜头，还可以使用光圈更大、像质更优良的哈苏 F 系列镜头……当然，价格也是一个重要因素：在二手市场上，成色相当的哈苏 2000FC/W 套机价格还不到哈苏 503CW 的一半！

这套配置的得意之笔是我既拥有了堪称蔡司中画幅镜头光学极品的蔡司 Distagon F T* 50mmF2.8 和蔡司 Planar F T* 110mm F2，还通过改口将我一直钟爱的前苏联的阿萨特 30mmF3.5 鱼眼、东德蔡司的 180mm F2.8 以及潘泰康 300mm F4 都改装在了哈苏上！为了满足偶尔快拍的需要，我还另配了一台宾得 645 机身以及可以转接哈苏卡口的接环。这套装备镜头涵盖了 30 — 600mm（加 2X 增距镜），可以满足全部的 120 相机的拍摄需要，堪称是胶片时代里的一套终极装备了。

非常遗憾，那几年我正处在拍摄的低谷，对于摄影的兴趣几乎丧失殆尽，这套终极装备在我手里几年最终也没有用武之地。终于，在我筹划着拥有自己第一辆车的计划时，一时冲动将它卖掉了……至今想来，心中仍然会暗暗地惭愧不已。

徕卡时代

——梦想远去

厌倦了影楼和美女照之后，我顺便也厌倦了刻意经营的沙龙趣味的摄影——虽然我到今天也没有完全摆脱画意唯美的影子，不过，当时我已经满怀激情地相信：影像应该是直面人生的，应该捕捉的是人世间的百态和内心的感动……那么，什么是最适合表达人文意识的相机？答案当然是徕卡——只有徕卡！

卖掉影楼之后，我一时两手空空，经过一番"深思熟虑"，我把一沓厚厚的钞票换成了 2 台沉甸甸的徕卡：一台当年徕卡的当家机器 LEICA M6；一台年纪比我还大的 LEICA M3。正巧夫人当年考上了人民大学的博士，我于是背着 2 台徕卡晃晃悠悠地来北京"陪读"了。

对于热爱摄影并且喜爱器材的人来说，徕卡 M 系列堪称是世界上最完美的机器。在每一台徕卡上面，都凝聚着上个世纪工业时代追求的理想：完美、精确、一丝不苟。徕卡带来的享受不仅仅在于拍摄的结果，也包含在每个拍摄细节之中：柔顺而精准的对焦、充满机械精密感的过片和静谧而精确的快门动作……像每个徕卡 FANS 一样，我经常在没事的时候把玩徕卡的镜头：那萤石玻璃和铜完美的结合，让你不由得相信这是世界上最严谨的工匠用最认真的态度精心打造的。

来北京之后，凭着多年折腾相机的经验和当初在报社练就的一点文笔，我一不小心进入了一家当年人气颇高的摄影杂志社当上了器材编辑。那时候正是数码相机刚刚闪亮登场的时候，各厂家的新品一批接着一批，我们也就没完没了地跟着测试、写文章、写文章、测试……不过，我心里真正喜欢的器材仍然只有徕卡。在完成任务交差之外，我很投入地做了一期叫《永远的徕卡》的专题……时至今日，仍然会有新认识的朋友跟我提起《永远的徕卡》。

除了前面提过的 2 台徕卡之外，我又买过 2 台黑色机身的徕卡：LEICA M6 和经典的 LEICA M4P……其间还买过一套康泰时 G2 和一套哈苏 XPAN——那段时间我完全中了旁轴的毒，无论 135 还是 120 都只用旁轴相机。

大概没有人能够在做了那么多认真或不认真的评测之后，对相机和镜头仍然保持着最初的热情——我当然更不行。在费尽心思调动词句称赞着每一个技术亮点的同时，心里完全明白这些东西像某款新手机的炫酷界面一样：今天看起来非常动人，不消半年就再不会有人提起了。数码时代，相机开始变得和计算机一模一样：你能够感受到它每一次数字上的进步，却再也不会和它有任何情感上的关系。

后来，我"一不小心"又当上了杂志的主编，在经历了 2 年心思重重的日子之后，我对所谓摄影圈甚至对摄影都产生了深深的厌倦。开始时我还经常把徕卡带在身边，后来终于开始藏进了抽屉的深处——徕卡精美的光泽同样让我想起自己的忙忙碌碌和无所事事……无可奈何中，梦想已经远去。

我知道，出了问题的不是"摄影圈"，更不是徕卡，而是我。

佳能时代

——活在当下

　　等我离开了干了6年的杂志社的时候，也终于走出了厌倦——因为我找到了一个再单纯不过的出发点——从此告别"摄影"，拍照片只是为了赚钱或是让自己高兴。

　　回到"一线"重新做起摄影师之后，我面对的第一个问题就是手里居然没有合适的相机！靠拍片子干活挣钱当然要从数码开始，而我手里只有多年攒下的一堆胶片相机。更糟的是由于仓促离职，银行卡里并没有多少储备。仅仅考虑了10分钟，我就抓起最值钱的2台徕卡和4支镜头下楼驱车直奔五棵松器材城，回来时已经拎着一堆大大小小的佳能的盒子。

　　回头想想，那一路上还真有些"壮士断腕"的悲壮——从徕卡到佳能，对我来说，"发烧"的时代彻底结束了！

在完成了两单比较像样的拍摄之后，我已经逐步配置了我的佳能系列。

机身：佳能 CANON 1DS MARKII 相机、佳能 CANON EOS5D、佳能 EOS1N（用来准备必要时的胶片拍摄）。

镜头：CANON EF 24-70mm F2.8L 、CANON EF 17-40mm F4L、CANON EF24mm F1.4L、CANON EF50mm F1.4、CANON EF85mm F1.8、CANON EF135mm F2L、SIGMA 12-24mm F4.5-5.6 ⋯⋯相对于以往哈苏、徕卡的"梦幻组合"来说，这些都是比较普通的配置，而且已经快到了该升级的时候。

显然，我的配置单里在广角方面有着明显的重复——也许是徕卡 M 系列的"余毒"未消的缘故——在日常拍摄中，我非常倾向于广角镜头，而且在拍摄对象能够控制的时候，几乎很少用 135mm 以上的镜头。不过，出门长途旅行的时候，还是至少会把一支佳能 EF70-300mm F4.5-5.6DO 镜头放在车里。如果需要，还可以随时调用 EF400mm F2.8L 这样夸张的"大炮"。

此外，我手里仍然保留着比较完整的胶片相机系列——如宾得 645 和宾得 67 系列，用于可能的胶片拍摄。

CHAPTER 2 器材的选择

数码还是胶片？

关于选择数码还是胶片作为主要的拍摄工具，我曾经考虑了很久。

仍然坚持只用胶片的人大概有两种：一是那些以画廊和艺术品市场为主要方向的摄影师——在这个领域，传统暗房工艺仍然是一个相当重要的卖点；另外一种大概是因为前些年花了大把的银子买了不少昂贵的哈苏、徕卡，实在舍不得放下……如果属于二者之一，当然可以坚持传统银盐胶片的道路，否则，似乎没有什么理由不选择一台数码相机作为开始。

经过了短短几年，绝大多数客户都已经把反转片购买、冲洗和电分的费用从清单里划掉了——自己来承担这些费用，对于大部分靠拍摄生活的职业摄影师来说都是不可想象的。因此，数码几乎是职业摄影师必然的选择。

不过，我的确认识几位很值得尊重的朋友，他们或是扛着 12X24 英寸的大画幅相机，或是仅仅背着一套康泰时 G2，仍然坚守着胶片的传统道路——当然，他们背后都有着一整套精良的黑白暗房工艺作为支持；而这些大侠的目标也只有一个——艺术图片市场。

尼康还是佳能？

——闲话"NC 大战"

有关"尼康和佳能哪个更好？"是一个永远能点燃器材发烧友论战激情的话题——还在杂志社的时候，我曾经策划过一组"NC 大战"的选题，而且是多期连载。在各个时期，尼康、佳能两家的产品线此消彼长，竞争激烈。不过说句老实话：从总体角度而言，尼康和佳能的总体水平差距真的不是那么悬殊——不然也就不会"大战"这么多年了。

进入数码时代之后，尼康和佳能产品线方面主要的不同，无外乎以下几方面。

1. 从感光元件（CMOS 及 CCD）核心技术角度来说，显然佳能具有领先的优

势——到目前为止，尼康一直是通过与其他厂家合作来解决感光元件核心技术问题的。

2. 缘于各自产品策略、理念的不同，同档次的机型相比，佳能在技术像素等关键指标上往往配置更高；而在机身工艺、材料等方面，尼康通常都会比佳能更扎实——这也是为什么很多尼康机器给人第一印象比佳能要好的原因。

3. 同样是出于产品策略，尼康的各档次镜头系列的差距不那么悬殊，尤其是中低端镜头的工艺水平和光学质量更容易让人接受——相对而言，佳能 L 级镜头与中低端镜头的水平差距确实是太过悬殊了。

此外，由于保持了同规格的 F 型卡口，尼康仍然有庞大的"老"镜头系统可以选用——尽管已经不完全兼容。两方面因素加起来，让尼康的用户有着更广泛的镜头选择。

在我重新配置数码相机的时候，对尼康和佳能当时的每一台相机都比较熟悉，当时尼康系列中还找不到一台全画幅的机型能够与佳能 EOS 5D 相抗衡，而我手里又没剩下这两个品牌的镜头。至于 SONY，虽然也有几款新品镜头很让我心动，但个人觉得 SONY 的专业级产品尚欠缺火候……简单考虑了一下，就加入了"C 派"。

以新技术为核心的数码相机更新换代的速度要快得多，在这样的形势下，选择某一款机型——无疑它很快就会"过时"——

远不如选择某个品牌更重要。因为一旦选定某个品牌，不断购置的各种镜头和附件，会让你只能继续选择这个厂家的后续机型。当然，在发烧友手中同时持有 2、3 个品牌系列的情况并不少见，但从实际使用的角度而言，这么做既浪费又无实际意义。

所以，初次选择数码单反的时候，一定不要轻易被某一台相机诱人的新功能和出色的性价比所打动，更应该关注的是厂家一贯的产品风格与实力 ——前者关系到你的喜好；后者决定了你是否可以长期使用该品牌，从而让手中的每支镜头和附件显得更加物有所值。要知道，转瞬就从市场上消失的数码相机品牌并非罕见——甚至包括柯达这样绝对的大品牌在内。

综合这些因素考虑，市场上可供选择

的数码单反基本只剩下了佳能 CANON、尼康 NIKON 和索尼 SONY 三家。肯定会有人不服气地提起宾得 PENTAX、奥林巴斯 OLYMPUS 和富士 FUJI，不过，从其产品线、发展历程与目前的市场占有率来看，恐怕还是无法和前面 3 个品牌相抗衡；部分高烧玩家也许会说起哈苏 HASSELBLAD、徕卡 LEICA，这两个品牌虽然大名鼎鼎，但其数码产品不仅价格昂贵，而且发展前景并不太明晰。

当我重新配置数码相机的时候，也曾经认真考虑过徕卡，不过还是算了吧——徕卡这个传统工业时代的巨人，面对数码时代显得出奇的笨拙和迟缓。哈苏的 H 系列表现真的不错——但是也的确太贵了！

器材更新

器材是一项长期投资——对某些人来说，这几乎是一个源源不断地吸干存款余额的无底洞。不幸的是，现代数码相机更新与淘汰的速度实在是太快了：往往是你经过了千挑万选好不容易买了一台自己认为最合适的数码相机，没过两个月，市场上已经在大肆宣传更新更好的升级换代产品了。为此，有人不禁暗中羡慕那些可以"一台相机用一辈子"的摄影前辈们。可是，对于以高科技为核心的数码相机，又有几个人面对"更新更好"的诱惑能无动于衷呢？

不停地追随厂商的步伐升级换代，无疑是一件不可想象的事；而在一个高科技时代，抱残守缺显然也很不明智。对此，不妨参照一下电脑发烧友对待计算机的做法——通常我采用的是"隔代升级"的方式：目前手里的主力机型是佳能 EOS1DsMARKII，那么就不见得一定要急于买进 1DsMARKIII，

等到 1DsMARKIV 上市的时候，再考虑更新升级了。这样，手里的每一台相机可以使用5~6 年的时间——对于数码产品来说，这已经不算短了。

每隔 2~3 年，我都会把手中的主力镜头——例如 EOS24-70mm F2.8L 出手换一支同规格的全新镜头——毕竟职业摄影师器材的使用损耗还是非常大的。与那些经典光学的代表产品不同，现代镜头因为自动化和大批量生产的需要，主要结构上必然采用大量的塑料件。镜头中的马达、芯片等电子元件也大量增加——且不论产品工艺质量如何，与经典镜头相比，这样的产品显然更容易因频繁使用、温度条件剧烈变化和年代等因素而产生衰减。这也是为什么我总是不太愿意将这些现代产品与"顶级镜头"的概念联系在一起的原因。

闲话"顶级镜头"

当我还在做器材编辑的时候，经常能听到类似的问题："与佳能（或尼康）镜头相比，徕卡（或蔡司）镜头究竟好在哪里？"

毫无疑问，所有的日本镜头生产者，都是靠着仿造德国的蔡司和徕卡镜头起家的。英雄不问出处，仿造也不意味着永远要跟在别人后面。那么，以佳能为代表的日本镜头与以徕卡为代表的德国镜头差距（更准确的说法是差别）究竟在哪里呢？

最核心的差别源于产品理念：一个是传统光学工艺的精品；一个是现代光学技术的代表作。

作为工业时代精品的代表，徕卡在各方面都在追求着尽可能接近完美的工艺标准。按照徕卡的光学理念："好的光学设计一定会带来好的成像效果；而好的成像效果不一定出自好的光学设计！"通俗点儿说，徕卡认为只有采用最简单也最优化的光学结构，加上以铜材为主的金属材料，

才能在生产、加工等各个环节上保持统一的高标准；并且能让自己的镜头在多年使用之后仍能保持出色的性能。

相对而言，佳能镜头所代表的是典型现代企业的方式：将一切最新技术纳入产品之中，提升使用效果的同时尽可能降低成本、优化流程……

两种理念无疑都能产生光学领域的精品，哪一种更能体现精品的标准姑且不论，哪一种已在市场上胜出则是毫无疑问的。

尽管佳能的很多 L 系列的镜头（尤其是定焦镜头）光学表现真的非常出色，但是仍然无法再度引起我对于"顶级"光学产品的热情：因为在它们身上只能看到出色的光学表现，却无法看到完美的光学工艺。

这或许不说明太多问题，只不过对我来说，今天的数码相机和镜头，已经完全不再是一种能够唤起"发烧"热情的东西。

CHAPTER 3

器材配置

机身

如果你准备认真地对待自己的拍摄，在预算允许的情况下，还是建议尽量选择一台全画幅的数码单反作为基础配置。自驾旅行需要花钱的地方很多，从其他方面省一些钱出来购买一台全画幅的机身，从长远看还是非常值得的。与 APS 画幅相比，全画幅在各种拍摄情况下肯定能提供更好的影像质量和更出色的景深控制范围；而且，今后升级器材的时候，手里的非全画幅镜头也不至于很快成为鸡肋。像佳能 CANON EOS5DII 或是尼康 NIKON D700 这样的中高级别的单反机，无疑会成为近两年很多摄影师或是发烧友的标准配备。

出于上述考虑，在推荐镜头配置的时候，我并没有将为数众多的 APS 幅面镜头列入其中。在预算有限的情况下，一部分人可能会选择非全幅的机身而搭配专业级别的镜头——与非全幅镜头相比这显然是更具有延展性的方案。

如果手中的相机是非全幅的产品，那么也完全不必急于更换和出手——在有条件升级为全画幅的时候，它仍然可以作为一台备用机。对于长途跋涉的自驾旅行摄影来说，任何由于器材故障等问题导致的拍摄无法进行，都将是不可原谅的错误。因此，准备一台哪怕是入门级的数码单反作为备用机也是绝对必要的！何况在天气非常恶劣的时候，两台机身拍摄还可以减少换镜头的次数。

镜头

如果使用比较仔细并且保养得当的话，通常你手里的镜头可能比机身多用好多年。虽然那些入门级的大变焦比的镜头有着诱人的性价比，而且经常也有不错的表现，但专业级别的镜头无疑有着更优秀的光学质量和机械质量——后者往往决定了镜头有效的使用年限。因此，在条件允许的范围内，直接选择你所能买得起的最好的镜头，从长远来看还是很明智的。

尽管变焦镜头已经成为所有初次购机者理所当然的选择，但对于认真的摄影师，我们仍然推荐定焦镜头，原因很简单：

1. 在同等条件下，定焦镜头肯定比变焦镜头具有更出色的光学质量，同时，由于结构更简单，定焦镜头的耐用性也肯定比同档次的变焦镜头要好。

2. 定焦镜头一般都具有更大的最大光圈，由此带来更好的景深虚化效果，对人像拍摄而言这并非小事。

在多数情况下，要求更严格的专业摄影师在选择变焦镜头的同时，在重要的焦段上完全可能会装备专业的定焦镜头：如有了 24-70mm F2.8，仍然会考虑购买 24mm F1.4 或 85mm F1.2 镜头，以满足不同拍摄条件的需要——这也是我目前器材配置中唯一的"奢侈"之处。对个人而言，佳能 L 系列中的几支大光圈广角镜头，绝对是我选择佳能的最主要原因之一。

选择第 1 支镜头

除了那些只拍摄特定题材与特定风格的资深摄影师之外，标准变焦镜头无疑是多数人第一支镜头的首选。在条件允许的情况下，我们强烈建议将 24-70mm F2.8 规格的镜头列为首选——尽管在标准变焦镜头中，它的价格无疑是最贵的，但是仍然有很充分的理由这样做：

1. 24-70mm F2.8 镜头无疑能提供同类镜头中最好的成像质量——尤其在 24mm 一端，这一点无疑非常重要——较大的畸变和更差的边缘成像质量，足以毁掉一张各方面原本很不错的作品。而旅行摄影师的所有作品，显然都是无法"补拍"的。

2. 与最大光圈更小的其他规格镜头相比，F2.8 的最大光圈与大光圈下的成像质量，对以现场光拍摄为主的旅行摄影师来说，具有更突出的价值；大光圈 + 高感光度，在很大程度上已经替代了闪光灯的作用。

选择第一支镜头，一方面要考虑尽可能地满足大多数拍摄需要，同时也要考虑给下一步的配置留出空间：例如，虽然 24-105mm F4 的标准变焦镜头因为涵盖了更长的焦段而显得很诱人（更诱人的还有价格），但是对于多数人来说，105mm 的焦段显然还不够"长"。如果你下一步配备了 70-200mm 镜头，那么 24-105mm 镜头的优势恐怕就要大打折扣了。

或许有人会觉得这里推荐的配置仍然有些偏高了——本书的器材配置是面向自驾旅行者推荐的。相对于车辆和旅程方面的费用来说，在器材方面增加一些投入无疑还是很必要的。

3 支镜头的配置

前面已经说过，专业摄影师在配置镜头时一般首先会考虑涵盖各个常用焦段，然后再用专业定焦镜头来进一步加强最常用的焦段。对于多数的爱好者来说，3 支镜头的配置已经能满足所有的拍摄需求了。

3 支镜头最常见的配置是 16-35mm（或17-40mm）、24-70mm 和 70-200mm ——请原谅，这里仍然没有将非全幅的机身和镜头纳入其中。这样配置的优点是涵盖焦段范围较广且不需要时时更换镜头，缺点也很明显：16-35mm 和 24-70mm 显然有一部分焦段的重复。为此也有不少人的配置是16-35mm ＋ 70-200mm ＋ 100mm 微距（或50mm、85mm），这个配置涵盖了大光圈定焦镜头，而且没有重复的焦段配置，不过缺点是少了 24-70mm 这个最常用的焦段，

有时候的确不太方便。

想必有些朋友已经看出来了：这里所说的焦段是佳能规格的——对尼康来说只是规格略有出入。在佳能 EF16-35mm F2.8L 和 EF17-40mm F4L 之间我选的是后者——不仅价格便宜超过一半，像质表现也并不差。当需要更大光圈和更好的像质表现时，我还有 EF24mm F1.4L。

尼康近年新出的 AF-S 14-24mm F2.8G ED 镜头在我用过之后印象深刻——像质和焦段真的都很让我动心。为了这支镜头，我甚至萌生了再买一台尼康机身的念头……好在佳能系列中也有 EF14mm F2.8L 这样接近"终极"的选择。

地
平
线
上
的
风
景

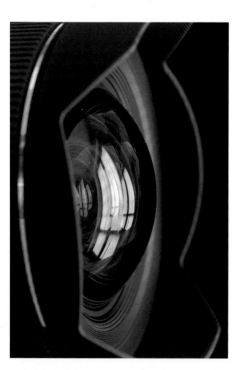

在我的器材系列中，适马 SIGMA 12-24mm F4.5-
5.6 是一个很特殊的另类。出于拍摄某组片子的需要，
我曾经买过几支适马头：包括 SIGMA APO150mm
F2.8MOCRO 这样规格比较特殊的镜头。用过之后，
出于种种原因都没有留在手里，惟有这支 SIGMA 12-
24mm F4.5-5.6 一直是随身装备。与佳能 L 系列镜头
相比，它的价格既不算太贵也绝对不算便宜，像质虽算
不上好——12mm 端不可避免地存在着严重的渐晕和
边缘像散，但是 12mm 带来的奇异的夸张效果绝对有
特色。在某一阶段，我甚至经常要提醒自己不要总用这
支镜头——因为实在是过于迷恋 12mm 所营造的超现
实的空间效果了。

拍摄资料：Canon 1Ds MarkII 相机　适马 SIGMA 12-24mm F4.5-5.6 镜头　f11　1/60s　ISO50

地平线上的风景

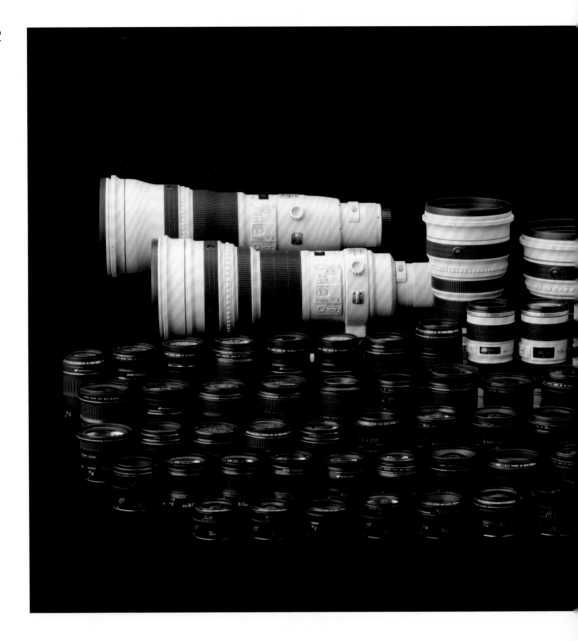

完
美
的
器
材
配
置

更多的镜头配置
——风格的开始

涵盖了最常用的基本焦段之后，当然还有更多更好的镜头可供选择——它们或者是继续拓展着镜头的焦距范围，或者可能在某一焦段上带来非常独特的视觉效果。

例如，对热衷于拍摄野生动物的人来说，200mm 的焦段可能感觉远远不够用，于是 100 — 400mm 镜头可能列入许多户外摄影者的标准装备。对于专门拍摄运动或是比较稀有的野生动物的人来说，300mm F4 甚至 400mm F2.8 完全可能是看家的武器。

我有一个朋友曾经对佳能大光圈镜头带来的独特的景深和虚幻的效果异常迷恋，故在 2 年时间内他一直把一支佳能 EF85mm F1.2L 镜头当作标准镜头，并且坚持只用这一支镜头！

越是适合拍摄某类专门题材的镜头，价格往往也就越高。相信在考虑这些选择的时候，摄影者已经很清楚自己究竟需要什么了。

卡片机

——旅行摄影者的利器

对于旅行摄影者来说，虽然时时准备发现和捕捉各种有趣的瞬间，但是总会有相机不在手边或者碰见没法用单反相机拍摄的时候，这时候，一台小型的卡片机就会成为挽回遗憾的救命利器。

除此之外，卡片机还非常适合作为随手记录路上瞬间的工具。过后看起来，这些当时随手拍下的画面中往往包含着意想不到的信息和难得的真实感受。当某些摄影方式或者观念问题非常困扰你的时候，卡片机带来的看起来很业余的随意拍摄方式，甚至还可能带来重要的启发。

市场上的卡片机不仅层出不穷而且换代非常快，不过，适合比较认真的摄影者使用的卡片机则不太多。前年，我应朋友之约测试了几款较"高端"的卡片机，对其中的佳能 G10 和松下 D-LUX3 印象还不错——不过，等到本书面世的时候，很可能这些卡片机已经从市场上消失得无影无踪了。

近一年多以来，我一直很乐意把松下 D-LUX3 作为从不离身的贴身武器。此前还有很长一段时间我用的是理光 GR-DII——说老实话，理光这台机器的光学和工艺很不错，至于数码部分，还是明显要差一些的。

源于"徕卡时代"的影响，我一直盼望着能找到一台可以延续"徕卡方式"的数码相机——既轻便、快速，又能提供优良的像质。因此，没隔一段时间我就会扫描一遍市场上新出的卡片机，看看是不是能有意外的惊喜。SONY 推出了 NEX-5C 之后，我在第一时间就拿到机器试用过，并对其"自动 HDR"、"全景扫描"等功能非常有

拍摄资料：松下 D-LUX3 相机　f2　1/15s　ISO800

兴趣……不过，目前的所谓"微单相机"走的仍然是时尚路线，配套镜头的种类与素质仍然满足不了更高的要求，成像质量也顶多是"相当于"入门级的数码单反相机而已。虽然 SONY NEX-5C 还可以通过接环转接其他镜头，但如此一来又会失去其最主要的轻便小巧优势了。显然，眼下的"单电相机"还是更适合拿来玩，可以真正实现"徕卡方式"的机型还需要继续等下去。其中的问题未必在技术方面，更在于市场和商业策略……

对卡片机画质的苛求，很容易让人不知不觉陷入另一种发烧的状态，因此我一直提醒自己"够用就好"的原则。就目前的技术发展状态而言，卡片机和"单电相机"所能达到的像质，距专业级的数码单反无疑还有着本质的差距。对于摄影师和认真的业余摄影者来说，它们作为数码单反的补充而不是替代品，显然更为合适。

类似偶然出现的画面，用单反相机往往更难拍到。在这样的时候，往往会庆幸总算还有 D-LUX3 揣在口袋里。

CHAPTER 4 特殊的器材

——一些"好玩"的相机

之所以用"好玩"这个词，是因为这些相机的确能产生比较特殊的效果——特殊到只适合某一题材或是某种拍摄方式，以至于不适合多数人作为日常的主要装备。不过，我的确认识一些人在用这些设备完成他们所有的拍摄——这样做的人，对于影像往往不缺乏自己独特的认识和品位。不过，这些器材都是使用传统胶片的——显然，数码相机还没来得及做到"好玩"的程度。

禄来 3.5F

对于经典相机与传统黑白影像的拥趸来说，禄来双镜反光相机有着其他任何相机都难以替代的魅力。这些相机的玩家和用家聚到一起的时候，永远不会厌倦的话题就是品评各款禄来相机以及配套的蔡司和施奈德镜头之间种种微妙的差异。禄来FANS 们还特别乐于证明禄来双反的配套镜头与哈苏标准镜头相比，究竟有哪些胜出之处。虽然普通人会将它当作老古董，当时许多禄来双反相机在今天的确还能拍出影像质量令人惊叹的画面。

玛米亚 6 与勃朗尼卡 RF645

源于旁轴相机紧凑、轻巧的结构，让这 2 台可以更换镜头的 120 旁轴相机成为轻巧的"重武器"，其中玛米亚还有着独特的皮腔伸缩结构，6X6 的方形画幅，所配套的 3 支镜头还有着完全不逊于哈苏的成像质量。我熟悉的一位旅居美国的网友用玛米亚 6 拍了很多美国的影像，具有令人过目不忘的震撼力。

哈苏 Xpan

　　自从停产之后，二手哈苏 Xpan 的价格就开始一路上扬，直至今天到了很离谱的程度。超宽画幅的影像一直有着独特的传统延续，不仅风光与图片库摄影师乐于采用这种形式，国外专门用 Xpan 拍摄的作品集也不少见。因为可变的画幅、小巧精致的机身、出色的镜头、再加上哈苏的品牌，使这款出自富士的相机创造了器材市场的小小奇迹。即使在普遍数码化的今天，市场上仍然找不到同类的数码替代产品。

　　哈苏 Xpan 这一类相机往往都存在这样一个问题：因为相机自身带来的形式感已经过于强烈了，很轻松就能拍出看上去与众不同的效果，因此反而可能限制其潜力的进一步发掘。没有较深的视觉功底，这一类相机其实更不容易拍出风格化的作品。

使用哈苏 Xpan 宽画幅拍摄的人像

地平线摇头机

　　"好玩"的相机并不总是价格奇高，在我精简自己的胶片相机而卖出了哈苏Xpan之后，摄影包里却总是藏着一台俄罗斯出品的地平线S3 PRO。缘于其特殊的结构，摇头机的镜头是沿着一条弧线"运动取景"的；同时多数摇头机不能精确地设置焦点，这使得摇头机在理论上很难获得顶级的像质。不过，也正是这些特点让摇头机能够拍出其他宽幅相机无法实现的效果。更何况，一台地平线S3 PRO的价格，大概仅相当于哈苏Xpan的1/10。使用宽幅拍摄的时候，我经常感觉地平线S3 PRO的视角比哈苏Xpan更符合对宽幅的预期——除了哈苏Xpan的那支昂贵的30mm镜头之外。

　　我有一位专门拍摄西藏的摄影师朋友，曾经拿着地平线摇头机在拉萨大昭寺门前蹲了整整一个冬天，拍下了许多令人难忘的影像，也把这台"简陋"的相机的表现力发挥得淋漓尽致。

使用地平线摇头机、低速快门拍摄，曝光时上下摇动相机，就会形成这种特殊的"波浪"效果。摄影：郑玮刚

使用地平线摇头机、低速快门拍摄。摄影：宁心

宝丽来胶片

宝丽来的即时成像技术堪称是 20 世纪影像科技的一个奇迹。耐人寻味的是：刚进入 21 世纪，这个 20 世纪的奇迹立刻就在数码影像冲击之下变得落花流水了。不过，很多摄影师喜欢宝丽来胶片不仅仅是因为它"快"——宝丽来的图像有着独特的色调和独一无二的不可复制的"现场感"，经常被摄影师们拿来创作试验性的作品。

有那么两年，我对宝丽来同样非常着迷。宝丽来品牌自己没什么太好的相机可用，我就给哈苏相机配上宝丽来后背，拍摄了很多我称为"城市地图"的图片。如果加上二次曝光和显影时的挤压、剥离等小技巧，宝丽来的确能产生许多不可替代的独特效果。

《广州地图》 摄影哈苏 2000FC 相机 宝丽来后背拍摄

CHAPTER 5 说说摄影包

对摄影不感兴趣的人，恐怕无论如何都难以理解：为什么名牌摄影包会卖得那么贵？——只要想想路易威登、爱马仕之类动辄上万元的小包，其实也就不难理解了。当然，摄影包不是奢侈品，不过购买者的心态跟买奢侈品相当接近：绝大部分花钱的冲动都与"身份"、"档次"有关，只有一小部分是因为它们的质量。

我们的摄影人还是很在乎"专业形象"的。记得在第一届平遥摄影节之前，北京已经有两家店引入了美国杜马克 DOMKE 摄影包，可惜几乎无人问津——当时大伙可能实在看不出这种软塌塌的摄影包究竟有什么好。到了平遥，大家惊讶地发现原来

国外大牌摄影师的标准行头是徕卡相机＋杜马克摄影包。于是，摄影节之后北京的杜马克摄影包立刻脱销断货……渴望提升自己的"专业形象"毕竟算不上错——虽然可能透着心理上的那么点不自信。不过，如果期望杜马克包对器材的保护有多么的好，就未免有点犯傻了。

国外比较"正经"的摄影包厂家，对于自己产品的定位实际上是很清楚的。例如：国内市场占有量最大的乐摄宝 LOWEPRO，其产品主要针对户外活动者，非常强调对器材各方面的保护性——产品特点接近的还有天霸 TENBA 等品牌。这类摄影包一般厚而且结实，里面塞满了各种衬垫、隔板，在防摔、碰和防尘、防水方面做得非常出色。不过，这类摄影包也因此变得更大、更重，背起来不见得很贴身，同样尺寸的包里能装的器材也更少。

与其特点刚好相反的是杜马克 DOMKE：非常看重贴身度和快速取放器材的便捷程度，而且外观低调，很适合新闻记者、人文摄影师使用，是国外这类摄影师的标准装备——众所周知，新闻记者可不像摄影发烧友那么看重器材的保护。所以，指望杜马克之类的摄影包有多么出色的防护性，跟指望一辆硬派越野车的高速性能有多么出色一样，有点南辕北辙。

还有一个比较另类的品牌是白金汉 BILLINGHAM——顺便说一句，当年国内第一篇关于白金汉的"放毒"文章就出自鄙人之手，据说"毒性"非同小可……白金汉 BILLINGHAM 摄影包是少有的出自原产地英国的产品（绝大多数国际名牌摄影包都是在中国生产的），用料、做工均属上乘，其

标志性的黄色很引人注目，看起来非常时装化，对器材的保护性也无可挑剔。不过，白金汉包有个非常恼人的特点：取出器材需要经过好几个步骤，非常不方便，因此显然更适合商务等高级场合使用。

近几年，国人的经济实力突飞猛进，买个名牌摄影包对多数人都是小事一件了。更有头脑灵活的商家学会了在国外注册一个品牌，然后回来打着国际名牌摄影包的招牌专攻国内市场——具体是哪个牌子这

里就不说了，免得还得陪着人家去跑法院。总之，当有人向你推销"美国名牌"摄影包的时候，要更相信自己对质量的判断而对"美国名牌"别太认真就行了。

　　说来惭愧，在以往高烧不退的年代，我实在记不清自己到底买过几十个摄影包了——以至于在经过了不少"馈赠亲友"之类折腾之后，剩下的仍然足够让我在面对任何拍摄场合、任何器材组合的时候，仍然能从柜子里找出合适的摄影包：日常拍摄和短途旅行时，我用的是杜马克 DOMKE F1、F2——虽然外观已经很破旧，但是用顺手了就没想过更换；遇到草原、沙漠等气候多变需要更好保护器材的情况，我一般会把器材装进一个大号的天霸 TENBA 摄影包里；如果面对的是西藏常见的几百公里的搓板路，那么还是把相机镜头装进坚固的器材箱里更安心一些。因为以车为基地，很多户外摄影者喜欢的大号乐摄宝 LOWEPRO 背囊就显得不太实用了。不过，外出时我总会在车里额外准备一个大号的乐摄宝 LOWEPRO 摄影腰包，以备临时碰到需要跋山涉水的特殊情况。此外，我还剩下 2 个白金汉包，基本上是为了出差会议等公务场合使用的。

　　顺便提一句：好像很多发烧友对别人的摄影包里都充满了兴趣。好久以前，我在杂志社时曾经参考日本摄影杂志的形式策划了一个"打开你的摄影包"的栏目，后来这个栏目受欢迎的程度大大出乎我的预料，以至于今天还有杂志仍然乐此不疲每期必上。

CHAPTER 6

关于三脚架

有这样一种说法："当你买了第3个三脚架，才会明白前两个都是多余的！"……一个结实的三脚架，可能够让你用上一辈子的。对三脚架的选择我可能比较保守：虽然近几年国内新出了许多看上去很不错的陌生牌子的三脚架，但是我实在没有那么多功夫去一款款地了解比较和测试——对于三脚架仍然建议你在可能的情况下去买最好的：捷信——轻而结实，但是很贵；曼富图——结实但较重，价格相对适中。三脚架的高度要选可以达到你直立时眼睛高度的。考虑到时时快速调整的需要，首选球型云台——国产冈仁波齐的台子就很不错。

我有个装备方面很"腐败"的朋友，车里装着2根捷信三脚架，但是从来没见他用过，每次还总是向我夸耀他的70-200mm镜头防抖性能有多么出色——开始时这让我大为惊讶，后来才发现类似现象其实是特别普遍的。在用过一段大画幅相机之后，

我意识到如果像操作大画幅相机一样认真地对待135相机或是数码相机，同样是可以获得超乎预想的影像质量的！为此，一个结实的三脚架是最重要的工具——无论使用大光圈定焦镜头还是有光学防抖功能的镜头，糟糕的拍摄习惯足以抵消花费巨资带来的设备优势。除了能够稳定地支撑相机之外，三脚架往往会让人在按下快门前多想一想：目前的机位是否合适？画面构图是不是还应该调整一下……只要条件允许，一定要支起三脚架——如果觉得过于"麻烦"，那往往意味着这张照片或许不值得去拍。

在美国首都华盛顿，有一些大型纪念性的公共场所是禁止商业性拍摄的，但是并不禁止旅游者拍照留念。有趣的是，监管此事的警察区分旅游者和职业摄影师不是看你拿着多大的相机，而是看你是否使用三脚架……以三脚架来区分专业和业余，这是不是会带来一点启发？

CHAPTER 7

电脑与数码设备

对于使用数码设备的摄影师来说，用电脑工作的时间恐怕比用相机的时间还要长——无论如何，电脑及相关专业软件的技能，对一个现代摄影师来说至关重要！在开始自己的摄影计划之前，如果你对Adobe Photoshop还不是很熟悉，那么建议你立刻从Photoshop而不是按快门开始！

幸运的是，近年来的电脑配置直线攀升而价格一路下跌，仅仅在几年以前，一台新型的笔记本电脑还是一种可以用来炫耀的很好的装备，最近已经很少看见有人这么干了。现在，用一支佳能L镜头一半的价格，就可以配置一台不错的电脑了。如果不准备用来处理视频，那么运行图片软件对电脑配置的要求其实并不高，市场上主流配置的电脑都完全可以胜任。为了更便于浏览和调整图片，建议选择一台22寸或是更大的液晶显示器。摄影师和热衷于旅行的人可能更青睐笔记本电脑，实际上，

笔记本和台式机各有所长，任何时候都不可能彼此替代。

有一个问题值得引起特殊注意：事实上，电脑显示器衰减和老化的速度还是相当快的。显示器的衰减和老化对于普通用户来说只不过是一个感受问题，而对于严重依赖屏幕效果的摄影师来说，其带来的后果将是灾难性的！为此，我们很严肃地建议：一旦你的显示器出现可以明显察觉的变暗、变黄等衰减现象，就要准备更换显示器或者整台电脑。对于硬件高手，清理、更换显示器的背光管也是个很经济的办法，对普通用户则不建议这么做。换下来的电脑仍然可以用来上网、办公甚至整理、浏览图片使用，只是不要再用它来调整图片了。这听起来似乎有些奢侈，不过，读过这段文字以后，你也许就不奇怪为什么多数工作室都会摆着那么多的电脑了。

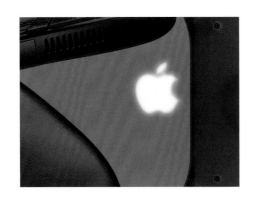

关于"苹果"

　　源于出色的工业设计与操作系统的特性，苹果电脑一直与设计、印刷和影像等"艺术行业"有着深厚的渊源。人们几乎已经形成了这样的印象：如果一个设计师、摄影师在用电脑，那它就应该带着那个发亮的、被咬了一口的苹果标志！如果你只是在自己家里或是旅途中存储调整图片，那么用苹果或是 PC 机并没有什么关系；但是，一旦你准备转向经营或者经常对外展示的话，那么强烈建议你选择苹果的台式机和笔记本电脑——尽管你可能要为此多支出一倍的钱，尽管可能需要重新熟悉苹果的操作系统，但是，这对于提升职业形象将具有毋庸置疑的帮助——大多数情况下，其效果比你将相机从 EOS5D MARKII 升级到 EOS1Ds MARKIII 要大得多。对于以此为业的职业摄影师来说，职业形象可不仅仅是一个关于虚荣心或满足感的问题，它将直接影响你的工作机会和收入，为此进行一些额外投资是很必要的。

校准与存储设备

　　的确有许多人还靠着简单的软件或是干脆凭感觉来校准电脑的显示器。但是，一旦你准备认真对待你的拍摄，建议你立刻去买一个专门的色彩校准仪，如果你拥有两台以上的电脑或者经常需要输出制作照片，这么做尤其必要。

　　对于数码摄影师来说，屏幕校准仪的作用与胶片时代摄影师手中的手持测光表一样重要。它的价格，也基本与一个普通手持测光表的价格差不多。目前国内市场上屏幕校准仪的牌子不多，以 Color Vision 公司的 Spyder（俗称"蜘蛛"）较为常见，较大的器材城或者电脑城都可以买到。

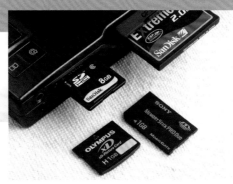

哪怕你的电脑具有真正的"海量"硬盘，也会被源源不断的数字图片迅速塞满。这时候，自然会需要外置的存储设备。除了移动硬盘之外，市场上还有适合整理浏览图片的带屏幕的存储设备——厂商可能称它们为数码伴侣、MP4、播放器或者别的什么名字，其实质仍是一块带屏幕和简单系统的移动硬盘——爱普生 Epson、爱国者这方面的产品比较有名。近两年，笔记本电脑的价格大为下降，一台俗称"上网本"的 10 英寸屏幕笔记本 2000 元左右就可以买到，相比之下，数码伴侣之类的产品除了体积小之外，在功能与价格方面已经完全没有优势了。对于短途旅行，不少摄影师干脆多准备几块 CF 卡来存储图片。

面对任何存储设备的时候——包括电脑硬盘在内——一定要想到的是：早晚有一天它可能会坏！尽管这种情况不是经常发生，但每一次的后果都会令摄影师追悔莫及。因此，对于哪怕重要性一般的图片，都应该养成"双备份"的习惯。尽管你会因此需要更多的硬盘，但是，早晚有一天——当"那一刻"终于来临的时候——你会充分地体验到这么做的好处。

很多人非常相信光盘，一旦把图片刻成光盘心里就感觉踏实了。实际上，只有档案馆级的大型专业设备才能提供超过 60 年的数字文件保护，而目前几乎找不到权威的试验数字来证明我们手中光盘的保存年限。值得警惕的是：很多接近 10 年的光盘就经常会发生读盘困难或者干脆读不了的情况。所以，如果你认为自己的图片具有长期保存价值的话，那么建议每隔 5 年进行一次光盘的复制备份；特别重要的图片，最好同时在硬盘里保留"双备份"。

驾车旅行，对于装备的重量和体积要求不像徒步和搭乘公共交通工具那么苛刻。因此，对于类似西藏这样的长途旅行来说，最好准备一台有光盘刻录功能的笔记本电脑，在途中休息时就对图片做硬盘和光盘的"双备份"——需要提醒的是这样的事情一定不要在行驶的车里来做——在颠簸的路面上，笔记本电脑之类设备损坏的概率远远地高出平时。

不止一次听见有人说我是个"装备狂"

——也许是吧！既然很多人都这么说。

只要没因此债台高筑，做个装备狂其实也没什么不好。

行

全能行车驾驶技巧攻略

开着一辆车满世界地转，只为了拍照片和看风景——听起来相当的游手好闲，可是，这件事还真不是所有游手好闲之徒都能干的——原因未必只是时间、车和撒在路上的钞票……

我有两个多年的哥们，一个是摄影师，另一个是摄影业余发烧友。他们多次表示过非常美慕我自由自在漫无边际的旅行。于是，有一次我拉着一位上路了，也许碰巧身体不适，也许是受不了路边小饭馆的粗糙饮食，也许每天坐在车里十几个小时对他来说是种无法承受的负荷……总之两天下来，几乎完全濒于崩溃，计划中的精彩旅程刚开始就只好草草收场。另一个做摄影师的哥们更有意思：我们一起出门跑了两趟之后，他不但没崩溃反而深深地迷恋上了这种日子，以至于回来买了辆二手切诺基，在我的掺和和唆使之下完成了所有必要的改装。我以为从此他定然会远走高飞、大显身手了。谁知一年后见面得知，那辆全副武装的切诺基最远仅从北京跑了一趟塘沽，其余时间只是堵在上下班的车流里。

这两个哥们都是极精明干练的人——我因此得出结论：这事儿，还真不是谁都玩得了的——即使有了自己的越野车。

CHAPTER 1

出发前的准备

毫无疑问，在抱怨城市种种弊病的同时，我们已经太习惯于依赖现代都市带来的无穷便利了——如果你的车在北京四环路上出了毛病，只要打一个电话，在 10 分钟之内交警就会赶到；也许用不了 30 分钟救援车辆就会到来。而即便在公路网极为发达的内蒙古草原上，最快的救援也许要等 24 小时之后才能到来；而想找一个信得过的汽车修理厂，更要跑到 500 公里之外……在西藏的一些边远地方，则根本无法指望得到专业的救援和汽车修理，除了祈祷意外的好运气之外，只能完全靠自己了。因此，上路前的准备做得再多都不算过分。

了解你的座驾

不少开车有些年头的"老"司机，很可能从没有过自己动手换轮胎的经历——车子遇到任何一点问题时，唯一想到的就是找 4S 店……还有一些喜欢越野车的朋友，手头未必很宽裕，开的车往往是老旧的 N 手车，全车上下各种小毛病不断——显然，类似情况是很不适合驾车出门远行的。长途旅行中，车辆使用强度数倍于平时，各种不容易预料的恶劣路况也很可能让车辆的一些"小毛病"快速扩大，很快就到了动弹不得的地步。车在城里"抛锚"，顶多花上几百块钱和耽误一些回家的时间；在旅途上，动辄拖车几百公里肯定会产生一笔吓人的费用，而不得不在一个简陋的修理厂修车，则是旅途上最闹心的事情之一。

为了尽量避免类似糟糕情况的发生，对于车辆，起码要做好"软件"和硬件两方面的准备。

就"软件"来说，应该在平时尽量多积累汽车修理方面的常识，锻炼起码的动手能力，即使不可能人人都变成修理工，但类似换个备胎、保险片这类事，应该能够自己动手搞定。当车辆出现故障时，即便自己不能动手修理，但对故障的部位、原因应该能有一个基本判断——这一点同样很重要！曾有一个朋友在驾车旅行中水箱开锅，在当地修理厂老板的"引导"下换了机油、机油泵和水箱，在耽误了 2 天时间、被强索了几千块钱之后，问题仍然没有解决。不得已拖车几百公里到了省会城市的 4S 店，结果发现只是需要花几十块钱换个节温器……类似的"惨痛"经历，足以让人从此对旅途望而生畏。还听说过一位朋友，在机油警告灯亮起之后，为了赶到下一站，仍然很"勇猛"地跑了几十公里——本来很简单的一个小问题，因此不得不大修发动机了……

在硬件方面，除了对车辆机油、防冻液、刹车油、刹车片、三滤等进行例行的检查之外，在出门以前应该尽可能修复排除车辆的各种隐患，一些可能老化的部件必须提前更换，不带"病"上路。对于驾驶年头较长的越野车、且旅行计划中包括较多非铺装路面的朋友来说，以下一些方面的问题和环节尤其需要重视。

1. 在一段时间内持续观察车辆机油、防冻液消耗情况是否正常？是否存在经常性的亏油、缺水现象？——如果有，必须认真检查发动机和冷却系统，这方面的隐患往往可能带来严重的故障和损失。

2. 车辆是否存在容易水温偏高的毛病？如有这种情况，建议对车辆的冷却系统进行彻底检查，诸如水箱、风扇、节温器、油水表等都应该确保处于良好的状态——对于切诺基等容易出现水温高问题的车型尤其重要。水温偏高在城里似乎是一个容易"将就"的问题，在旅行中发动机高负荷运转时，就很可能带来非常严重的后果。其中节温器、水箱盖等"小"东西最容易被忽略。

3. 车辆的轮胎已经使用了多少里程和时间？对于大量的砂石和搓板路来说，扎胎、爆胎的几率远远高于平时——公路型的 HT 胎和眼下 SUV 上流行的低扁平比轮胎尤其如此。一般轮胎的使用寿命是 5 万~8 万公里或 4 年，如果已接近使用寿命建议在出门前及早更换。对于像西藏阿里这样的路况来说，除了备胎之外要准备好补胎工具，有条件的话能准备双备胎更好。

4. 正时皮带、汽油泵是否已经接近使用寿命？这两样东西因为更换周期较长容易被忽略。对某些车型来说，正时皮带和汽油泵的使用寿命可能比通常更短。出门旅行时，我的工具箱里总会准备一个新的汽油泵以备万一：一个汽油泵用不了多少钱，如果因此拖车几百公里就太不划算了！

5. 对于有些年头的车来说，发动机舱里的各种线路、插头和油、水管路应该定期检查，一旦有老化迹象就应及时更换——这些方面一旦出现问题肯定不是小问题！

6. 去冬季北方寒冷地区旅行之前，除了更换适合低温使用的机油、防冻液之外，还需要提前检查电瓶状况，如衰减明显应提早更换；此外，准备一个应急启动电瓶也很有必要。

7. 如果准备跑西藏阿里地区或者进行高强度的越野，应提前检查车辆的减震器并最好准备备用件；离合器压盘和四驱车的传动轴也是容易出问题的部分，有条件的话最好能随车准备备用件。

8. 长途旅行之前，最好提前做一次全面保养，更换全车油、水；如果旅途中包含越野路段，应提前准备好必要的救援设备（参见第 1 章"最有必要的 10 种装备"的内容）。此外有必要准备车上使用同型号的机油和防冻液；如果旅途中包括沙漠和沙尘较多的地区，建议多准备至少一个空滤滤芯。

9. 准备好全车各种规格的保险，带齐随车工具。去边远地区或高强度的越野穿越，还很有必要准备 1~2 个备用油桶，车在越野情况下的油耗可能数倍于平时。去西藏等地旅行，还应准备汽油过滤设备和发动机添加剂——这些东西虽然效果难以确定，但有总比没有好。

计划预算

除了车况和身体情况之外，决定你能跑多远的，就是能有多少时间和多少钱可以花在路上。

在他人眼里，自驾旅行者或许很让人羡慕，不过其中的费用支出累积起来也是相当可观的。对我来说，囊中金尽常常是结束一次旅行最直接的原因——我不得不仔细地计划控制一年中旅行的次数和里程，为了一次旅行，往往还要经过长时间的增收节支。

尽管如此，我发现身边那些热衷于驾车旅行的朋友，很多都像我一样——经济上未必很宽裕，只不过是将生活中其他消费和享受的钱省下来用在路上了。如果我能把这几年路上的花销节省下来攒在一起，完全可以买 1 辆让我心仪的 JEEP 牧马人或者丰田 FJ 了——当然结果很可能是我只能开着它在城里跑跑了。这些钱"撒"在路上是否值得？这似乎是一个有关生活态度的问题。

通常我这样来估算旅行的开支费用：按照每天跑 400-600km 来计算到达目的地所需的时间；按我的老款帕杰罗 V33 的油耗水平，每天汽油的费用约为 500 元。将这个数目 X 2，另外的 500 元通常足够路上高速费、通行费和住宿、吃饭的费用。将这 1000 元 X 旅行的天数，就是需要为这次旅行准备的支出。

这样的计算方式肯定会有结余，因为不可能每天都像拉力赛一样在路上疯跑——一旦在一个地方停下一天或者某一天因为拍照只跑了不到 200 公里，那么这一天无疑就可以节省 50% 的开支。与紧张地算计着兜里剩下的钱相比，计算每天的结余无疑是件很让人愉快的事情。

在开支分配上，排第一位的是汽油和高速、国道通行费——这些是绝对省不了的，其次是住宿，吃饭放在最后。对于住宿，因为关系到安全和休息的好坏，条件允许的话我倾向于安排得好一些——最起码在跑了一天之后应该可以好好洗个热水澡。另外，据我的经验，在一个嘈杂的小旅馆里遭遇失盗的几率，通常远远高于撞见车匪路霸的概率。至于吃饭，除了偶尔忍不住品尝一下当地的风味之外，大多数时候尽量从简——像旅游者那样天天大块朵颐不仅会透支你的预算，而且很快就会引起肠胃的抗议。

除了预算中的费用之外，还非常有必要在随身的卡里准备一笔钱——最好不少于 1 万元——准备应付意外和车辆的突发故障——谁能知道这些一定不会发生在前面的路上？别的且不说，把抛锚的车拖到离你最近的有正规专修厂的城市，很可能就要花上几千块。对此千万不要心存侥幸——一旦你的预算透支需要动用这笔应急储备，这就是你应该立刻往回返的时候了。

近几年，我非常愿意接一些人文、地理、旅游类杂志的拍摄项目——尽管稿酬比商业拍摄低得多，但是总还是有一些杂志愿意承担驾车的路上费用。在这样的情况下，直奔目的地完成任务之后，回程的旅途就像在享受美味的免费大餐一样惬意……

必需的准备

上路之前，很有必要进行一些系统的准备——听起来可能相当麻烦，但是一旦养成了习惯，基本上就可以不假思索地完成这些事情了。

必须携带的：

1. 带齐所有的证件：身份证、驾照以及工作证、采访证（如果有的话）和机动车的重要手续：行驶本、保险单据、年检凭证等。

2. 多准备几家不同银行的卡——在一些边远地区，找一台 ATM 机仍然是件困难事，完全可能存在有银行网点却没有 ATM 机的情况。通常在网上可以查到要去的地方银行网点的情况。在一些最偏远的地方，邮政储蓄和农业银行的网点可能是延伸最远的。出于同样原因，随身准备几千元现金也很有必要。

3. 带齐日常可能用到的各种药品，起码应该包括感冒药、止痛药、消炎药、晕车药和治疗腹泻的药，夏季旅行类似藿香正气水一类防暑药品也很必要。车里应该常备一个急救包以应付意外的外伤。

4. 多准备几套衣服以应对可能的气候的变化。无论什么季节车里至少应准备一套具备防水功能的衣裤和鞋。

5. 整理好准备携带的摄影器材，带齐所有电器的充电器，要准备一个可以在车里充电的转换器。此外冬季旅行应准备可以在车里烧开水的电热壶，夏季旅行可以考虑携带车载冰箱。

6. 如果存在着野外露营的可能，应准备好帐篷、睡袋、防潮垫、营地灯、洗漱包、户外炊具等相应装备。

7. 如果需要途经沙漠、草原等人烟稀少的地带，在车上准备可维持 5~7 天的饮用水和方便食品以防万一，也是绝对必要的。

8. 在车里准备几件既合法又方便的防身用具也很必要。

必要的安排

1. 出发前，应将此行基本的计划、路线和大致时间告知家人或好友，然后每天联系一次以通报进程。这样万一发生意外情况便于采取支援和救助措施。

2. 出发前最好能在网上多查找一些目的地和途经地的必要信息，包括当地公安、交通管理、和医疗、保险机构的联系电话都应提前记录下来。

有车台的朋友还应该记录下当地越野和无线电组织常用的频段，以备不时之需。

3. 近两年自然灾害频发，久居大城市的人可能觉得这是件离自己很远的事情，对长途自驾旅行者，灾害的发生则可能近在咫尺。计划出行的时候，一定要对目的

地和途经地的自然情况、气候情况和眼下季节容易出现的灾害有比较清晰的认识。对于诸如山洪、泥石流这样可能在雨季山区频发的灾害，则应尽可能避开灾害高发的季节去那些地区旅行。

4. 源于我们国家经济的高速发展，很多地方的公路水平已经远远无法满足目前的交通规模，所以只要出现修路、事故或限行等一点点情况，就会造成场面无比惊人的大堵车——前些天京藏高速就创下了长达10天、堵车达150km的记录。因此，在出发前查询沿路的路况和修路施工情况也变得非常必要，遇上类似情况必须考虑变更路线甚至取消行程，不然无疑是在自讨苦吃了。

规划行程

以拍摄为目的的自驾旅行不同于单纯的自驾游和越野穿越，跑了多少路到过多少景点并不重要，重要的是能不能拍出你想要的片子。在计划行程的时候，最好始终别忘了这一点。哪怕一路上玩得非常开心，如果回来整理图片时觉得乏善可陈，我都会为这样的"挥霍"而懊恼不已。

一些热衷于高强度越野和极限穿越的高手，常乐于向我讲述经历了数不尽的艰难到了人迹罕至的地方，看到了多么奇妙的风景……对于风光摄影来说，寻找"别人不曾见过的风景"的确是非常必要的。不过，就个人经验而言，大多数情况下路上的困难程度跟出片的概率是成反比的——当你成天忙于陷车、修车和寻求救援的时候，往往就很难认真地对待摄影了。正是出于这个原因，虽然我非常喜欢一些热衷于高强度越野的朋友，但是的确很少与他们一起出行了——摄影旅行，毕竟不同于越野和探险。

开始的时候，你可能很愿意去那些某位大师曾经拍出杰作的"著名"拍摄景点——能够"复制"一张大师的杰作可能足够让很多摄影发烧友非常满意了。不过，随着对影像的理解越来越深入，肯定会觉得这么做其实没什么意思，于是必然会思考如何来拓展自己的视野了。寻找拍摄题材是一件相当个人化的事情，在一个摄影师眼里有无穷魅力的地方，在另一个摄影师看来可能乏味之极。通常，我很乐意经常去看一些同样热爱旅行的摄影师和发烧友的照片，从中寻找我可能感兴趣的地方和题材。

一个真正有趣的地方，走马观花地看一遍肯定是不够的，遇到这样的地方我会尽可能多停留几天或者多去几次，随着理解的深入，拍出好片子的概率也会越来越高。所以，在计划自己的行程的时候，我往往会从那些距离较近的、曾经去过的地方开始，并为路上的拍摄设定一个或几个大致的目标。旅途的魅力在于永远会遇到无法预知的事情，我把这些作为计划之外的"增值部分"——事实上这些部分肯定比预设的拍摄计划更有意思。每一次旅行，我都会安排几个自己没走过的地方，如此几年下来，行踪范围就会扩展到令自己吃惊的程度。

在局外人看来，摄影师似乎只是天南地北跑遍名山大川寻找好看的风景或者没事就往西藏跑的一群人——这是一种最大的误解，实际上，那些是摄影发烧友最愿意做的事。职业摄影师以创造影像为生存手段，而再漂亮的风光照片在今天也很难给一个职业摄影师带来稳定的收入。专门拍摄西藏题材的摄影师当然有（我的两个摄影师朋友为了拍摄已经在西藏跑了近10年），但人数也屈指可数。职业摄影师的旅行一般有两种目的：一是应邀前往某地拍摄某个特定的专题——比如拍摄云南的火把节、内蒙古的那达慕；另一种是为个人的创作积累图片和素材。前者属于商业行为，后者则是创作活动。至于究竟到何处去、去寻找什么，则是相当个人化的。

作为摄影师，旅行在我的创作中的作用至关重要——虽然其中的投入目前还远远大于收入。我近年几个最主要的摄影专题，例如已经完成出版的《偶像》和尚未完成的"东海岸"、"地平线上的风景"等都是在旅途上积累成型的。在旅途中，我一直寻找的是能够扩展、深化拍摄题材的线索——听起来可能很不着边际；从另一角度来说，重要的是心里的映像，究竟要去什么地方则并不那么重要。

西藏无疑是这些年自驾旅行的热点。对于旅行者来说，少了西藏的经历无疑是种很大的缺憾；对摄影师来说则未必——在我看来拍摄西藏题材的摄影师和发烧友已经足够多了，没有一个很好理由的话，实在没必要再去添一份乱。

避开"名胜古迹"

对于不经常出门的人来说，各种"名山大川""名胜古迹"无疑是非常有吸引力的地方。不过，从自驾游或摄影角度看，去这些地方可不是什么好主意：

1. 在"名胜古迹"，更不容易拍出新鲜、有意思的照片；

2. "名山大川"和"名胜古迹"是大多数人旅游的目标；每到旅游旺季，其拥堵、嘈杂的程度，可能远远超过你刚刚驾车逃离的城市；

3. 在这些地方，吃、住和门票也是一笔不小的开支——这可不包括在我的旅行预算之内……

事实上，我在旅途上那些最不愉快的经历，几乎都发生在一些著名的旅游点上。如果你真的很想去某些地方看看，那么建议选个最冷清、游人最少的季节，或许能更有意思。在规划行程的时候，如果目的地是由一连串旅游点串在一起的，那么可以肯定这很快就会摧毁你对于自驾旅行的全部兴趣。关于这个问题后面我们还会更详细地说到。

单车旅行

"无兄弟，不越野"，跟随着浩浩荡荡的车队和一群古道热肠的兄弟一起出行，无疑是件非常令人兴奋的事——我最初的驾车旅行和越野的经验就是这样积累的。可惜，近几年我已经很少参加类似活动而越来越多地选择单车出行了。原因很简单：结队出行，必须把集体的需要放在第一位，多数时候都不得不充满遗憾地匆匆离开一个很可能出好片子的地方——毕竟，拍摄对我来说是很重要的，而拍摄有时候是件非常个人化的事。

单车远行，是很考验个人心理素质的。没有了近在咫尺的热情援助，一切都要倍加小心。遇到一些隐藏着风险的路段，在

结队出行时可能兴高采烈地冲过去，单车时往往就要思之再三——如果能绕过去就不去冒这个无谓的风险。我一般习惯于将"难度系数"控制在车辆性能和个人能力的 70% 以内——超过这个系数，就要考虑是否绕道而行或是改变目标了。对一些陷车概率很高的地方——如沙漠、泥泞的草原路段、积雪路段等——则绝不建议冒然单车前往。陷车和救援，对越野车队来说甚至是件很快乐的事，对一辆车来说可并非如此。

2008 年冬天，在锡林浩特附近，我曾独自驾车驶进了一条草原路——事后看来，当时显然是过于自信了些——尽管这条路我在夏天多次走过。越深入草原，路上的积雪越多——显然，40cm 厚的积雪和隐约露出的沙地已经让这条路与夏季完全不是

一回事了！在我刚刚意识到这一点的时候，车就不可避免地陷在了雪地里：上面是积雪，下面是松软的沙地。我拿出出门永远随车携带的沙板和铁锹开始挖、垫。每次垫好沙板启动车之后，开不到几米车就会重新陷进去。当时室外的温度是- 27℃，还刮着五六级的西北风，我一个人已经挖了4个多小时，眼看着天渐渐黑了，我真的开始认真考虑是否需要弃车和能否在那样的温度下在夜里活着走出那片地方……对于单车出行来说，一时大意和过分自信带来的后果，有时候甚至可能是致命的。

单车出行，如果能有一位好的旅伴一起上路，不仅可以让路途不再寂寞，关键时刻还可施以援手。不幸的是，找到这样的旅伴也不容易：首先他必须与你有相同的兴趣和爱好，性格上也必须合得来——旅途的劳顿和狭小空间内的长时间相处，会让彼此性格上所有的缺点都暴露无遗；另外，旅伴最好有一定的驾驶或者户外的经验和能力——我曾有过不少这样的经历：平时精明强干的朋友，到了野外可能帮不上你一点忙（如果不是添乱的话）；此外，旅伴最好是男性！一位可心的MM很可能让乏味的旅途变得风光旖旎，不过，遇到点儿事首先惊慌失措的肯定也是她（这么说对女性读者可能有不敬之嫌，但实际情况往往如此）。更要命的是，长时间共处在小小的车厢内，加上一路上的风光、背景音乐和无话不谈，很可能让两个人的关系不可避免地达到某种亲密程度……对于未婚或是喜欢艳遇的朋友，这种方式或许很值得推荐；否则……还是算了吧！

CHAPTER 2 "全地形"安全驾驶技巧

老实说，列出本节一些题目的时候，我感觉颇为犹豫——这些话题究竟能有多少用处呢？就像很少有人会觉得自己缺乏品位和鉴赏力一样，开过几年车的人，大概很少有人认为自己开车手艺其实是很糟糕的。

对自己开车的技术是永远都不能夸口的——拿件眼前的事儿来说：在朋友中间，我开车是以谨慎著称的，以至于经常听人念叨"XX 一生唯谨慎"这句话——尽管其中意思未必总是夸奖，我还是每次都当成一句好话来听。我保持着一项令自己比较满意的记录：在最近 5 年 25 万公里的行程中，我在路上没有发生任何事故——越野时的陷车当然不算——我指的是既没有过什么剐蹭，也没有在路上撞过任何东西。可是就在上周，该记录被无情打破：在一条很安静的郊区公路上，我打着转向灯右转弯的时候，被不知从哪儿冒出来的一辆摩托车一头撞在了车的右翼子板上——看着摩托车手从车窗里"消失"，一瞬间我的心也沉到底了……骑摩托车的是一个愣小子，骑着一辆没牌照的摩托车（看样子也没有驾照），好在人没什么事，只是我车的翼子板被车把划了一道长长的划痕。我当时大汗淋漓如释重负，甚至忘了对方应该负主要责任这回事——即使技术好够谨慎，也未必总能保证不出事的。

高速公路驾驶

开着一辆深度改装的越野车在高速公路跑上 1000km，是每次出行中最不好玩的部分。每一项令你自豪的改装——无论是底盘升高、越野胎还是威猛的前杠、行李架，在高速公路上都只会让越野车显得更加笨手笨脚。当然，我也有幸——说不幸更确切些，因为之后再开自己的车得重新"适应"好长一段时间——开过几辆越野和高速性能都很出色的车：例如路虎发现 3、帕杰罗 V97 之类的……如果您的座驾不是这样的车，那么还是像我一样在高速上老老实实地慢慢开吧！

在驾校时师傅说过，一个好的司机应该"控制"好 5 辆车——自己手中的这辆和前后左右的 4 辆。在高速上这可真不是件容易事——挤满高速的大货车是真正的高速之王，不打转向灯就并线是正常状态；偶尔碰见打转向灯并线的大货车，我都有心向这位司机敬个礼。同样不可忽视的还有专在节假日里出行的新司机——这些仁兄开着锃亮的新车，像在城里开车一样在高速公路上见缝就钻见车必超，还动不动就来个狠狠的急刹车——在高速公路上可千万不能跟着这些奔驰宝马之类的车太紧，遇到情况，人家一脚刹车刹住了，您的车可未必能行！高速公路事故的频率未必算高，不过一旦发生往往场面惨烈。在外面跑得久了，惨不忍睹的场面见得多了，胆子自然就会越来越小。何况，如果你准备跑上1000公里，也就不会因为别人强行插到你前面而大为光火了。

越野车较高的车身和较大的自重，注定了它天生就有转弯侧倾大、刹车制动距离长两个弱点——在高速公路上这两个弱点更会暴露无遗。对于越野车的驾驶者来说，熟悉自己车辆的性能非常重要。例如：以时速120km行驶时，我需要多长的距离才能让车完全停下来？在100km时速时，准备通过前面两车的空当，我需要3挡还是4挡？如能对自己车辆了如指掌，就能清楚哪些驾驶动作对轿车可以轻松完成对自己却是很危险的。在高速公路行驶，硬派越野车的性能完全无法和轿车相比——当然，基于轿车平台的城市SUV此时往往会有出色的表现。

对越野车来说，最需要留神的是在雨天高速驾驶。我用过百路驰、固特异和固铂等几个牌子的越野胎——它们最大的共同弱点是没有一款擅长湿滑的柏油路面！遇到这种情况，四驱车的优势往往会被越野胎的短板完全抵消了。不过，越野胎行驶高速也有一个额外的优点：因为胎壁更厚强度更高，发生爆胎的概率也要低得多。

对长途旅行来说，最重要的是找到合适的驾驶"节奏"——不仅高速公路，在省道、县道和乡间土路上也是如此。常年旅行让我发现：在不同地域、不同道路上，人们往往都有一个仿佛达成默契般的驾驶节奏——虽然全国的交法都是一样的，可这种"约定俗成"对安全的作用甚至不亚于交法。例如，在一条比较窄的街上会车，两车相距只有30cm时，北京的司机通常都会慢慢"蹭"过去，而广州的司机更习惯于狭窄的街道，在类似情况可能仍然保持40km的时速；在比较拥挤的国道上，河北的大车司机可能更愿意来回并线，而内蒙当地的司机可能更习惯了慢吞吞地行使；在北京，并线时不打灯可能招来一连串的鸣笛甚至降下车窗的呵斥，而当我开车回到哈尔滨时，不打转向灯就并线的情况则让我开始时惊恐不已……在此无意指责或表扬某地司机的"车品"，只不过要说明，每到一地，尽快适应当地的节奏对安全来说是非常重要的。

在高速公路上，通常我一眼就能看出谁是不常出门的"新手"：因为他们的驾驶节奏跟在城里一样，习惯于急起急停、见缝就钻。这样的驾驶节奏对高速来说不仅不安全，而且不出100公里就容易让人非常疲劳。

国道与省道、县道

同为国道，各地的情况可能千差万别，以往的经验在不同的地方未必总是管用。在这些路上，可能仍然挤满了大货车，让你不停地为了寻找超车时间而烦躁。通常情况下，在规划路线的时候应该尽量避开那些运输量较大的国道——在类似山西这样矿产丰富、大量依赖公路运输的省份尤其如此。

在乡间，路上无驾照的司机数量有可能大大增加，尤其是遇到摩托车和农用三轮车时更得多加小心，不能仅按照"常理"判断它们的驾驶意图。在乡间，人们交通法规的概念可能更加淡薄，各类公路上时

常能碰见行人或自行车突然穿过公路的情况，对此需时刻保持警惕，不能总按城市中的驾驶习惯来处理。临近村镇的时候，更需要格外留意路上忽然横过公路的行人和牲畜。

在天黑以后接近村镇或县城，还要留意路上的轿车——在这些地方很可能没有检查酒后驾车这回事，而开车的极可能是当地头面人物，喝了二两酒之后，车开得更加意气风发……久而久之，我发现公路上设置的各种提示和标志真的是很有道理的——按照提示遵章行驶，其实才是最聪明的做法。

雨天驾驶

对于老司机来说，城市里的雨中驾驶可能不是什么问题——很多人还会感觉很浪漫。不过，如果行驶在一条乡间土路上，就完全是另外一回事了——一场大雨可能让干硬的道路变得泥泞不堪，积水还会把大大小小的"炮弹坑"伪装起来，使路况变得扑朔迷离。事实上，陷车经常发生在有车辙看起来似乎能过去的路上——要非常留意路上那些深深的、显然经过一番挣扎的车辙。被重型卡车压烂的路，即使是硬派越野车往往也很难对付。另外，看见前面的普拉多闯过去了，你的帕杰罗就未必一样能过去，反过来也一样。

雨中如果在山区行驶，公路上的漫水、积水路段可能会大大增加，同时发生落石、山洪和泥石流的危险性也增加了。在雨中的山路上行驶，要分外留心各种弯道的标志——因为地势关系，弯道中往往更容易漫水。在单车出行、路况复杂的情况下，有时候宁可选择休息一天或者在驻地附近转转——坏天气里，往往能拍到出人意料的好照片。

雷雨天里，还应避免在开阔的原野上行驶——车辆极可能成为原野上最高的物体，容易引发雷击。尽管有种看法认为汽车遭遇雷击车内人员一般不会有事，但是相信你也不会愿意去做这种测试。

砂石路驾驶

砂石路是所有越野者最常经历的路段，因为上面起起伏伏状如搓板也常被称作搓板路。通常这样的路段并非只有越野车和SUV能走，其他车辆多数也能通过——正是因为看见其他车辆也能通过，也就更容易让人大意。

在砂石路上行驶，最大的问题往往来自速度：车在砂石路上跑，一般有一个颠簸最严重的共振点——通常在时速20~40km之间——高于或低于这个速度都会感觉振动更小一些。如果以低于20km的时速跑，当然不会有什么风险，问题是在西藏或其他边远地区，砂石路可能长达几百公里，按这样的速度跑几百公里路就得开上一个星期！于是多数人的选择基本是保持60~70km时速一路冲过去。

长时间在这样的速度跑砂石路，对车辆的悬挂和轮胎都是不小的考验。西藏的

很多搓板路上石子状如狼牙，对于相对比较脆弱的公路胎来说，扎胎是再平常不过的事。同时，长时间的冲击和高频振动让车辆减震器、胶套甚至车架受损的情况也十分普遍。更大的危险则来自砂石路上常见的"炮弹坑"——这些大大小小状如炮弹炸出来的坑总是与搓板路共存的。车辆高速扎进较深的炮弹坑，前桥因此报废的情况在西藏也并不算少见——事实上，搓板路也是驾车进藏最大的考验之一。

砂石路面最大的潜在危险在于转弯技巧：在砂石路上，如果车速较高，应在转弯前减速，而绝不能在转弯时的同时踩刹车——车辆很可能在瞬间失控、翻车！

西藏、青海和新疆的某些地方，砂石路上可能覆盖着厚达半米的浮尘，车辆冲进去浮尘漫天，能见度只有几米——那景象没有亲身经历过的人是很难想象的。

夜间驾驶

　　每个长途旅行者都有过夜间开车赶路的经历。对自驾旅行来说，除非绝对必要，一般在规划行程时尽量不要将较长的路程安排在夜间：开了一整天的车可能已经很疲惫，在夜里更容易因为疲劳驾驶发生事故——夜间多数时候也没什么好拍的。如果夜间的路程中还包括路况较差的路段和越野路段，那就必须格外小心了！

　　越野车改装的灯光并不是为了看起来更威猛，而是为了在夜晚应付较差的路况用的。在平坦的公路上，原车的灯光基本上就够用了；一旦在夜间遇到非铺装路面，你很快就会发现多数原车的灯光在照射范围和亮度方面很难满足基本的需要。

　　在夜间野外和乡村间的驾驶与城市中不同：需要特别提防随时可能出现在公路上的动物和行人。乡村道路上的拖拉机、马车和摩托车很可能没有灯光和反光警示标志，等发现时可能距离已经很近了……降低车速、小心驾驶是唯一的应对办法——记住"欲速则不达"这句话。

　　即使是经验丰富的老手，轻易也不要在夜间尝试越野路段——在漆黑、寒冷的夜里陷车，很少有比这更让人沮丧和一筹莫展的事情了！

冰雪路面驾驶

很遗憾，我们的驾校还没有冰雪路面驾驶的培训。每到冬季，北方的冰雪让司机平时的驾驶技巧几乎完全失效，城里的人可以不开车出门了，对远行的人来说又如何呢？

从小生长在北方，我也积累了几万公里的冰雪路面驾驶经验。冰雪路面的驾驶技巧说起来挺简单：无外乎是轻打方向轻踩油门；尽量少踩刹车靠挡位来制动；尽量多留些提前量；起步时用高一个挡位避免打滑……真正操作时能否把握得好就是另外一回事了。就个人体会而言，车的性能同样重要，首先四驱绝对有必要，有全时四驱最好。对于积雪被压成冰的坡路，两驱车必然举步维艰，四驱车则可以轻松应对；此外，ABS之类基本的安全设备也必不可少——我在冰雪路上开过没有ABS的老车型，一不留神轮子抱死了，车会立刻变成"雪橇"，来个180°甚至360°的"漂移"绝不是难事！四驱之外，一套好的轮胎也至关重要：我们国内的司机不像欧美那样"奢侈"，很少有装专门的雪地轮胎的，其实这种轮胎在北欧和加拿大几乎是冬季的标准装备。另外：我发现即使在北方防滑链也并不算普及——虽然每个汽配城都有卖，但路上用的人并不算多。其实，对于冬季北方长途旅行来说，防滑链绝对是关键时可以救命的有用装备。我原来开SUV时在后箱里一直放着一套，直到换了现在的车和固铂DISCOVERER STT轮胎之后，防滑链才正式宣告退役。

这里忍不住要称赞一下我的固铂DISCOVERER STT 轮胎：这4条"大脚"在冰雪路面的表现堪称完美。挂上全时四驱，很多让 HT 胎只能战战兢兢挪动的镜子一样的结冰路面，我都完全可以保持 70km 的时速通过。只要不做出一脚踩死刹车这样的鲁莽举动，轮胎就始终保持着充分的抓地力，刹车时甚至连 ABS 都很少启动。

在下雪天跑高速无疑是最令人恐惧的——就算能够控制住自己的车，也没法保证前后的车都能控制住。尤其遇到那些积雪落地就化的天气，更容易让人大意——等发现打滑往往就为时已晚了。此外，更危险的是"暗冰"——这种情况在山区比较常见，一般是在开春时，路面的冰雪大多已经融化，而在背阴的路面上可能还结着一层薄冰，远看和柏油路的颜色差不多不容易被发现。一旦在山路转弯处遇到"暗冰"，很可能发生失控翻车等非常严重的事故。

在山区或是车辆较少通过的路段，路面的积雪可能很厚，已经看不清路基的位置。此时一定要沿着前车的车辙前行，不可轻易驶离。遇到会车时，宁可停下慢慢"蹭"过去也不要轻易下路——有时候 10cm 之差就可能隐藏着灭顶之灾。在冬天前往黑龙江的双峰"雪乡"时，我注意到在很窄的积雪山道上会车，当地的司机通常都会直接停车等着对方先过去——这样对方就不得不承担驶离道路的风险了——这种做法很不厚道，但绝对富有雪地山路的驾驶经验。

　　在比较深的积雪中，也很可能发生陷车的情况。救援的方式和沙地陷车比较像——同样是先用铁锹清理车底的积雪，然后用沙板或者类似的工具垫在轮胎下，让轮胎有足够的抓地力挂上低速四驱倒出来。如果这样还不能脱困，只能求助绞盘或是其他车辆来救援了。雪地陷车多数时候因前方情况不明需要向后倒，此时绞盘一般很难发挥作用。

　　如果积雪的深度超过半米，那就超出四轮车辆所能胜任的范围，需要履带式推土机或者专门的铲雪车来开路了。在北方山区和草原地区，经常会遇到大雪封路的情况。如果没有专门的铲雪车来开路，那么就只有等到第二年开春雪化的时候才能通行。在一些偏僻路段，尤其是前往一个陌生地方的时候，如果雪地上看不见车辙印，通常就不要冒然前行了。

冬季北方自驾旅行的经验和准备:

1. 出发前应根据情况提前更换机油、防冻液和齿轮油。机油建议选择 SAE 5W40 级别的;防冻液建议至少选择-40℃以下的;齿轮油最好用 SAE 75W140 级别的。此外,进入冬季前最好将夏季使用的玻璃水用光,换上-30℃规格的。柴油车则应加上 30 号的柴油。

2. 电瓶是在寒冷季节导致车辆故障的重要部件,出行前应检查电瓶的电压、电量是否充足。需人工维护的电瓶应补充电解液。一个车队中至少应准备一块应急启动电瓶。

3. 即使眼下的天气并不太冷,也有必要准备好最保暖的服装以备降温和意外情况。除衣裤外,袜子、手套、帽子、围巾这些也不可忽视,准备一双保暖且防水的鞋在北方冬季至关重要! 一个能在车里烧开水的电热壶,关键时刻也可能会起到大作用。

4. 越野车至少应该使用 AT 胎,轿车和部分城市 SUV 应准备防滑链。同时准备好拖车绳等工具。进入积雪地带前,应该随车准备一把长柄铁锹。

5. 冬季夜晚温度非常低,在停车时将车头对着墙,不要迎风停;同时尽量选择平地停车,不要拉手刹,以防止刹车片冻住;随车如带有毯子或麻袋可以在车未凉时罩住机器盖和进气口——这是北方货车司机冬天最常用的办法。

6. 冬季低温时早晨需要预热车辆,预热不只限于发动机——变速箱和前后桥也需要预热,可在小范围内移动车辆,待一切进入正常状态后再上路行驶。

7. 雪地行驶,起步不要过猛,慢抬离合轻加油,手动挡车辆可直接用 2 挡起步;在路上换挡尽量做到动作柔和、平顺,挡位宁高勿低,换挡宁早勿晚;在路上尽量避免急加速、急减速动作;需要刹车时先降挡用发动机制动,然后缓缓踩下刹车,没有装备 ABS 功能的车辆刹车时一定要采用点刹。

8. 冰雪路上,遇到转弯或下坡时必须将车速控制在能随时停车的范围内,尽量减少冰雪路面超车,必须超车时应加大提前量,不可猛打猛回方向,防止侧滑或甩尾。

泥地驾驶

相比 20 年前，今天多数地区的道路情况都有了极大的改善，因此很多城里的司机可能从来没有在真正的泥地上开过车。在各种路况中，泥地可能是情况最复杂，变化也最多的一种。我亲身经历过这样的情况：一片看起来平平无奇的泥滩，让 JEEP 牧马人、大切诺基、丰田普拉多——也包括我的帕杰罗等数辆强悍的越野车都深陷其中一筹莫展……不是所有泥地都可以通过的，即便是坦克也有被陷住的时候——驶入泥地前，一定要首先想到这一点。

泥地的类型：

1. 满是车辙的泥泞道路 这是泥泞路面中最常见的情况：乡间土路已经被车辆压得沟壑纵横，看起来颇令人头痛。实际上，这种情况在泥泞道路中还属于最好把握的——既然有路，那么烂泥下面总还是会有硬地。通过这种路段前首先应该仔细观察，看看哪里是前车陷过的地方——如果沿着大车的车辙走自己的车会不会托底？有没有可能"骑"着大车压出来的深沟开过去？在深深的车辙旁一般总有一片看起来平坦光滑的地方，缺乏经验的司机可能很想从这里绕过去——绝不要轻易这么做！没有被车压过的地方，完全可能陷得更深，沿着车辙走是比较稳妥的办法。

2. 湿滑的泥泞路面 很可能泥并不深但是很滑，如果在平地，只要控制好方向，这样的路面不难通过；如果在上坡或下坡时

碰见这样的路面则要分外小心了——湿滑的泥地极可能让你的方向失去控制一头栽向路边！遇到这样的情况最好先下车步行探探路——如果人走在上面都站不稳，那么汽车就不要轻易尝试了！

3. 漫水的泥潭 因为上面有水，下面的情况更难判断，此时跟着前车车辙走是唯一稳妥的办法。如果已经发现前车陷车的痕迹或是干脆看不见车辙，在单车出行时不建议冒险尝试这样的路面。另一种常见情况是多数道路已经快干了，唯有其中一小块泥地仍然有积水，这样的地方应该小心绕开——漫着水说明下面的泥一定很深！

4. 融雪后的草原、河滩 每年开春后的一个月，草原、河滩完全可能变成车辆根本

无法进入的险地。很多时候，地表已经被晒干结了一层硬壳，人走上去不会有问题，可下面仍然是深深的烂泥——尽管看起来一片平坦，其中却往往包含着最大的风险。在这样的情况，单车一定不要冒然进入。

驶入泥地前的准备：

对泥地驾驶来说，一套好的轮胎是最有力的武器。在泥泞中，HT 胎可能会很快被烂泥裹住变成一个"大泥球"——当然就不会有任何抓地力了，而 AT 胎尤其是 MT 泥地胎通常都有快速甩泥的功能，其宽大的胎花和侧壁的胎纹可以在泥地中也提供很强的抓地力。

进入泥地之前，应首先给4个轮胎放气，通过增加轮胎与地面的接触面积让车更容易"浮"在泥地上面。究竟可以降低胎压到什么程度，不同的轮胎有不同的规定。有资料说固铂 DISCOVERER STT 轮胎允许的胎压范围在1.2~4.0，为了安全起见，我始终没敢用过那么低的胎压。

四驱车应该提前挂入低速四驱挡，如果车辆装备了前后桥差速锁一定要提前锁上它——在泥地里差速锁就有机会大显身手了……部分有牵引力控制功能的车型可能需要提前关闭该功能。

此外，应该提前给车的拖车点上挂好U形钩——一旦陷车，你就不必摸索着寻找陷在烂泥里的拖车挂点了。

泥地驾驶的装备

1. 泥地胎（MT）或全地形胎（AT）
2. 低速四驱
3. 长柄铁锹
4. 拖车绳
5. 2个U形钩
6. 胎压表和气泵
7. 越野千斤顶和千斤顶托盘
8. 汽包千斤顶
9. 绞盘

泥地驾驶技巧提示

1. 可能的话安排一个人在泥地另一端指挥，帮助引导方向。

2. 首先挂上低速四驱增加扭矩，同时控制好速度不宜过快——除非是很窄的泥泞路段，否则一头冲进去不会有任何好处，还更容易产生侧滑。应尽量稳住车速和油门，当感觉车子开始遇到阻力时慢慢

加油，尽量保持同一速度。

3.　方向尽可能打得小——在泥地里很容易失去方向的定位，当你的轮胎陷入车辙的时候，打方向的效果可能很不明显——曾经见过一些"新手"方向几乎已经打死，像犁地一样往前拱，显然司机已经搞不清轮胎位置了。

4.　当4个轮胎都开始打滑的时候，可以尝试快速左右打方向以重新获得抓地力。如果确信泥不太深，可以等轮胎"挠"到硬地，若已有托底的危险则可以尝试先倒车，适当加速看看能否冲过去。

5.　尽量沿着前车的车辙走，在湿滑的泥地上，车辙有一定的"定向"作用，可以避免大幅度的侧滑。

6.　泥泞之中很可能隐藏着前车用来垫路的大块石头，如果听见底盘一声"巨响"然后车开不动了，一定不要继续往前开，可尝试着能否倒车回去。

泥地脱困与救援

当四轮不停打滑车已经托底时，就得放弃无谓的尝试准备开始自救了。泥地救援基本的方法是先用越野千斤顶或充气千斤顶将轮胎支起，在四轮下面分别垫入石头、木板或树枝，然后尽量挖开车底的烂泥，再尝试能否用绞盘或救援车辆牵引出去。泥地的救援是个重体力活，如果能找到附近居民的话，即使花些钱也是很有必要的。

泥地后的处理

当你总算摆脱了烂泥的困境之后，不要急着马上就跑——首先应该停下来检查一下底盘情况，尤其应检查排气管是不是被堵住？水箱散热器上是不是粘上了泥块？然后在慢速行驶听听底盘传动系统是不是有异响，试试刹车是否正常？到了能够洗车的地方还应该尽早冲洗底盘和散热器的表面。当然，还别忘了给轮胎重新充气达到正常的胎压。

涉水驾驶

开越野车的人，很多都非常喜欢"玩水"——看着车轮激起层层的水幕在周围飞溅，很容易带来孩童般的快乐。若是结队出去"豁车"，尽兴玩耍一番当然是乐事，在长途旅行中，还是应该尽力避免这样的冲动——尽管安装了涉水器，你的车毕竟不是潜水艇。与其他的越野路况不同，涉水路段或许有一多半是"自找的"。

在边远地区旅行，难免会碰到需要涉水的情形——例如修桥。在西藏的某些线路，道路本身在夏季就需要涉水而过的。准备涉水，首先应该清楚自己车辆底盘和车门下沿的高度是多少？发动机进气口的位置在哪里？与地面的距离是多少？即使安装了涉水器仍然不可大意——要知道涉水器只是改变了进气口的位置，发动机舱里的部件：如火花塞、电线接头，特别是分电器都是怕水的，如果在一个前不着村后不着店的地方把行车电脑淹了，那无疑是天底下最倒霉的事。轿车的使用手册上一般都标明：涉水时水深最高不能超过车轮轴头的位置，对于越野车来说可以更高一些。不过，一旦水深超过了保险杠或者车门下沿的位置，就有必要慎重考虑是否一定要冒这个险了。

我的一位专门拍摄西藏题材的摄影师朋友，可以说是真正的"大侠"——世上几乎没有他不敢走的路。有一次，当他涉过西藏一条河流的时候，水从车门下纷纷涌了进来，他继续奋勇前进，虽然涉水完成得潇洒漂亮，但是放在车地板上的摄影包被淹了，价值5万元的摄影器材和一台

苹果笔记本电脑完全报废……你是否也准备好去承担这样的代价呢？

涉水驾驶技巧

1. 首先，下水前要仔细观察选择通过的线路。确定线路后，一定要徒步下水走一遍，弄清水里地面的情况，看看水下究竟是沙地、石头还是淤泥，有没有表面看不出来的大石头和暗坑——即使水很凉也绝对有必要这样做。除了水下情况之外，还要观察岸边的角度，认真研究自己车辆的接近角和离去角是否足以通过——如果涉过了水却上不了岸就更难办了。

2. 如果水比较深，入水前建议打开车窗，松开安全带，一旦车辆掉入暗坑，水涌进驾驶室时可以尽快从车窗逃生。

3. "紧走沙子慢走水"是老司机的口头禅。入水前应挂上低速四驱，同时稳定地控制住车速——过快入水可能会让本来不深的水一下子漫过机器盖和前风挡；在水里车速过快还可能形成"船头浪"，增加水涌进机舱的可能性。

4. 在水中尽量稳住速度匀速通过，争取一气呵成，车轮遇阻碍时应保持并加大油门，防止水进入排气管；水较深时千万不要轻易停下更不要试图倒车——在水中起步会更困难，车停下时水更容易进入车内（我也曾见过一位越野高人是倒车涉水的！这种绝招儿我一直没敢去尝试）。

5. 如果水流很急或者逆流涉水，下水前可以用防水袋或者大的油布、雨衣罩住车的前格栅，在水流溅起时能起一定的

防水作用——这仅限于水不太深的情况。如果水深随时可能漫过机器盖，则一定不要冒这个险了。

6. 如果车辆不幸在水中熄火，则千万不能再去试图发动引擎——如果水通过进气口进入发动机，冒然发动可能导致发动机凸轮轴、活塞的严重变形，只能彻底大修了。

7. 车在水中熄火，应该通过其他车辆将车拖到岸上——如果水漫过保险杠时，一般就不能再指望绞盘发挥作用了。上岸后，首先判断车辆熄火原因是点火系统浸湿还是因为发动机进水——检查办法是先打开空气滤清器，看看滤芯有无进水？如滤芯是干的基本可以肯定是点火系统被浸湿；如果空滤已经进水则需要检查机油是不是有乳化？如有则可以肯定是发动机进水了。

8. 解决发动机或点火系统进水不需要特殊的设备，但需要具有汽车修理的基本技术，一般人不太容易掌握。对此有兴趣的人可以参阅《四驱志》等越野刊物，上面能找到详细的介绍，在此就不细说了。

涉水后的处理

上岸后，最好检查空滤、点火线圈、分电器有无进水，刹车盘、毂是否卷入杂物，并且轻踩刹车，将水排出后再上路。遇到第一个修理厂时，还应该检查一下底盘，看看差速器、分动箱是否进水并准备更换齿轮油、后桥油。

沙地与沙漠驾驶

从摄影角度来说，除非是专注于地理、环境等科学类的摄影，拍摄沙漠风光不一定要深入沙漠腹地，如果角度和光线条件合适，在沙漠边缘拍摄就足够了。单车深入沙漠，对普通人来说绝对是风险极高的危险举动——虽然也有如何旭东等人完成过单车穿越塔克拉玛干沙漠的壮举，但已经属于专业探险者和车手所为，普通人是无法进行这样尝试的。不过，在内蒙和西北驾车旅行，经常也会碰到沙漠与草原、戈壁混合的路段，锻炼一下沙漠行驶的技巧也很有必要。

一般说来，发生陷车无外乎三种原因：轮胎失去抓地力、动力不足和底盘遇到障碍（也就是托底）——在沙漠地带，这三种情况绝对会交替甚至同时发生，陷车几乎就是不可避免的。对车队来说，玩"陷"充满战胜困难的乐趣，对单车和一两个人，或许就苦不堪言了。

进入沙漠的准备

进入沙漠地带之前，首先应该准备好可以维持7天的饮用水和方便食品，以备意外情况的发生。同时，应该确保汽车的发动机、散热系统和离合器都处于良好的状态。沙漠行驶发动机经常处于极限的输出状态，沙漠白天的温度很高，对于车辆的散热系统是个很大的考验——稍不留神就容易出现"开锅"的情况；此外，沙漠行驶油耗可能比平时高出数倍，提前加满汽油并准备好备用油桶也很必要。沙漠行驶少不了经常遇到爬坡的情况，当车辆处于一个很大的向上角度时，原本还剩的少半箱油极可能就抽不出来了——我就碰到过这样的尴尬情况。

地平线上的风景

如果车辆装备的是 MT 胎则应分外小心——在沙地上，MT 胎过深的胎花使它更容易"挠地"而陷在沙子里，反倒是公路型的 HT 胎更适合沙漠的行驶。

进入沙漠前，应该给轮胎放气降低胎压——道理和泥地驾驶一样。

提前通过天气预报查询沙漠几日内的天气情况，如遇风沙天气切不可强行进入。

沙漠行驶的必要装备

1. 足够的饮用水
2. 低速四驱
3. 长柄铁锹
4. 沙板
5. 拖车绳
6. 2 个 U 形钩
7. 胎压表和气泵
8. 越野千斤顶和千斤顶托盘
9. 汽包千斤顶
10. 长杆的沙漠旗
11. 有效的灭火器和灭火装备
12. 长程油箱和备用油桶

沙地驾驶技巧

1. 保持动力。沙地驾驶，保持一定的车速和发动机转数是关键，否则容易很快失去动力而陷车；在沙地行驶轻易不要停车，准备停车时也不要踩刹车，让车自然停下来；行驶中踩刹车会在轮胎前推起一堆沙，重新起步会更不容易；停车最好选择下坡的地段，这样重新起步比较容易。

2. 慎用半离合——沙地行驶与平时最大的不同在于离合器的使用。开手动挡车型的人平时离合器的使用已经养成一套习惯，在沙地里必须加以调整改变：首先起步时尽可能不用半离合，可以挂入一挡直接起步（哪怕因此熄火重新来过）——沙地上起步的阻力极大，半离合容易导致离合器打滑，几次下来，很轻易就会烧掉一套离合器片——据有关资料显示，近年影响很大的"JEEP 牧马人自燃事件"，主要原因就是沙漠中变速箱油温过高导致的。另外行驶中尽量少踩离合少换挡——换挡的瞬间就可能因快速失去动力而陷车。

3．一旦发现轮胎开始打滑要立刻停下来，不要试图靠踩油门冲过去。猛踩油门只能让轮胎空转越陷越深，轮胎过度空转还可能烧毁差速器。遇到打滑可尝试着向后倒车，如果无效就应该用上铁锹和沙板来脱困了。

4．冲沙坡时要达到尽量高的初速，在冲坡过程中不要换挡；如果一次冲不上去可原线路退回去再来，不要试图在沙坡中间调头——车辆很可能因此而发生翻滚；倒车时一定要将挡位挂入倒挡，不要挂空挡或踩下离合器，否则车辆很可能因失去发动机制动导致倒车速度过高而翻车。

5．不管任何形状的沙梁，都最好选择直切——斜切发生翻车的危险非常大。

6．在冲过沙梁的时候应该防止因沙梁另一面是陡坡而发生飞车，到达坡顶前可以带一脚刹车。不少沙坡顶上都有一道分界线，车辆可能因为刹车而被"担"住。老手的忠告是"宁担勿飞"。

7．车上最好设置旗杆几米高的沙漠旗，这样冲到沙坡顶上之前如果对向也有车辆冲坡能提前看见，免得到时结结实实撞个正着！

8．要时刻留意水温表和各种警示灯，不要开空调，时刻防止车辆温度过高。发生水温过高的情况不要立刻熄火，应先保持怠速并将车内热风开到最大，促进发动机降温。

地平线上的风景

山区驾驶

既然准备开着越野车"跋山涉水"，当然少不了翻山越岭。在祖国西南部驾车旅行的时候，山区路段可能占了旅程的大多数。

不太熟悉越野车的人，总会习惯性地认为"这车爬山肯定合适！"。越野车转弯侧倾大、制动距离长的特性，注定了它其实并不适合山区的行驶——这里说的仍是纯正的越野车，像斯巴鲁森林人那样的"弯路王"当然例外。

山路上出事故可不分新手还是老手——老手如果自恃车技高超一时大意，在山路上可能更容易出事。许多山区公路都会有一些著名的"死亡路段"、"魔鬼路段"——例如西藏然乌去波密的 318 国道3910公里处，汽车翻滚坠江事件多有发生。"魔鬼"的存在往往不是因为道路的险要，恰恰是因为该路段路况比较好，让人容易松懈下来在不知不觉中放开了车速，遇到侧倾较大的路面和急弯操作不及，才酿成了频发的事故。所以，山路行驶，控制车速、小心驾驶几乎是唯一的诀窍。山区公路上通常设有很多提醒、警告标志，这些并不是没事设着玩的——按照它们的提示谨慎驾驶是唯一明智之选。遇到雨、雪等天气情况，则须加倍小心。

在山路的转弯地段，前面说过的漫水、暗冰等情况存在的危险是非常高的，在不同的季节，对于这些情况都应有必要的心理准备。

CHAPTER 3

驾车行走"江湖"

应对"麻烦"

春节联欢晚会的歌词作者特别青睐太平盛世、国泰民安这类的词，年年百用不厌——的确，如果不是太平盛世，哪来这么多自驾游的人？不过，如果真以为"祖国处处是花园"未免就太天真了。出门在外，除了路上的考验之外，对于各种来自人的"麻烦"，也要有些应对的能力和准备。

浩浩荡荡的越野车队声势威猛，有不良企图之辈很少敢打它的主意。如果单车甚或单人长途旅行，遭遇"麻烦"的可能性会大大增加，学习一些"老江湖"的本领就非常必要了。

常识和习惯

出门在外，低调为先，对于单车和单独旅行者更是如此。

菜鸟出门愿意穿上五颜六色的冲锋衣，有事没事总愿意把带着长镜头的相机挂在胸前，每到一地看见新奇的东西表现得过分兴高采烈……这些都是很糟糕的习惯，让人一眼就能看穿你的身份和路数。要知道，那些对你有所企图的家伙往往很有"经验"，"行动"之前肯定会在心里掂掇你的分量，评估一下风险和难度——落单的旅游者常常被看做最容易对付的对象，而如果你看起来像个跑长途的大车司机，显然既难对付身上也不会有多少油水……所以，旅行的时候，衣着举止越不引人注目越好，身上的身份特征越不明显越好，身份越不容易让人判定往往越安全。

举例来说，在秋冬旅行的时候，相对于冲锋衣，我发现皮夹克是更合适的装束——因为很多跑长途的大车司机也很愿意穿。另外，单人旅行时，我还有件最有效的"装备"——一件警式短大衣（当然上面并没有警徽和警衔）。这件衣服引发的联想足以让大多数居心叵测之辈望而却步——虽然我平时留着胡子，看起来并不太像个警察。

很多来自大城市的人——尤其是北京，上海——遇事很愿意与别人论个理儿嚷嚷几句。在路上，这种习惯必须克制——你的京城做派很可能莫名其妙地惹恼一些人，严重的甚至可能遭到围攻！还是那句老话：能忍则忍，和气为先。

遇事沉着，冷静应对

如果有人上前不断探你的话甚至纠缠你，说明"行动"可能已经临近了，此时最关键的是尽量保持镇静，沉着应对。通常这种情况尽量少说话，争取尽快脱身，但也绝不可"落荒而逃"。此时眼神不要总是回避，应冷静地直视对方——从眼神里透露出你不是一个好欺负的人。如果必须开口不可过于示弱：如对方问你从哪里来的来此干什么，你完全可以反问"你从哪里来的？""你住在哪儿？""来这干什么？"……当然，沉着老练不是靠装就能做到的，但是举止局促、慌乱无论如何都是最糟糕的表现。

久涉江湖，一些好的习惯非常重要。

到一个陌生的地方，吃饭和住宿首先应该尽量离当地火车站和长途汽车站远一点——那里不仅价格高，往往也是当地爱惹是生非之流聚集之地；选择饭店的时候，应提前留意一下饭店里是否有喝得醉醺醺的、在打扑克或麻将的当地汉子——发现这样的情况最好换个地方；在小饭店吃饭时应留意旁边是否有人特别注意你，谈话间也不要透露过多身份与目的地的信息；在一些较偏僻的县、镇，政府宾馆或招待所可能条件既差、价格又高，但是这里往往还是最安全的；无论吃饭、住宿，最好能把车停在窗外看得见的地方，如果有车库则最好停在车库里，从车里往外搬东西时尽量等旁边没人的时候……

三十六计，跑为上策

边远地区一般民风淳朴，不过，万一在那样的地方遇到不法之徒，很可能是明火执仗的悍匪！此时不管什么样的言语应对都没用了——看见势头不对，赶紧跑吧！

我曾经在偏远的山区碰见过一次情况：天快黑的时候，几个彪形大汉在公路上设置了障碍拦车。当时我先打右灯靠边做准备停车状，一边观察着路边的地形，等对方接近时我突然开车下路——车在路边的沟里剧烈地颠了一下，冲过去了……碰见这种情况，立刻掉头落荒而逃绝不算懦弱。单车出行时，如果觉得某些路段很不把握，宁可临时与他人结伴而行；如果能碰见军车或者大型运输车队，那么即使一起走得很慢也比出事强。

这几年，"在路上"三个字已经用的巨滥无比，

虽然滥，同志们仍然照用不误。

真希望有聪明人赶快琢磨出一个新词来描述都市人心中那点小小的梦想……

现代人活得真可怜。

SECTION 4

摄

摄影技巧的自我训练

　　旅行摄影者从来不缺乏拍摄的机会，也不难找到拍摄的激情，可惜有相当多的旅行者只有上路之后才会拿出相机——回家之后似乎总有太多的事情要做，永远想不起来关于拍摄的事。如果仅仅是不断地拍照而不去研究它的话，即使拍得再多也未必会有很大的提高。就像有时候你需要开着越野车去离家不远的场地试试新改装的减震或爬坡技巧一样，你也很有必要在平时抽点时间来研究磨练一下有关拍好照片的技巧！

CHAPTER 1

是什么妨碍你拍得更好

经常会碰见这样令人遗憾的事：某君在越野车上不惜巨资精益求精，在旅途上长途跋涉不畏艰险，一路上见过无数令人激动的壮丽景色、拍了几万张照片……可是，当你在电脑屏幕上浏览这些照片时，却很难感到激动，看见的只是几个拍摄基础技巧上的毛病反反复复地出现……你很可能会说：哦！我只是业余拍着玩玩——问题可能就在这里！评价一张照片的标准是拍得好或不好，而不是专业或业余——既然你已经花了很多的钱、走了很多的路，那为什么不能再多花些心思在拍摄上，把摄影"玩"得更好一些呢？

旅行摄影者从来不缺乏拍摄的机会，也不难找到拍摄的激情，可惜有相当多的旅行者只有上路之后才会拿出相机——回家之后似乎总有太多的事情要做，永远想不起来关于拍摄的事。如果仅仅是不断地拍照而不去研究它的话，即使拍得再多也未必会有很大的提高。就像有时候你需要开着越野车去离家不远的场地试试新改装的减震一样，你也很有必要在平时抽点时间来研究磨炼一下有关拍好照片的技巧！

摄影者的自我训练

世界上恐怕没有人是在认真读完一本摄影教程之后，才开始拍第一张照片的。拍照，开始时只是一种好玩的游戏；不过，当你拿起相机有了记录和表现的冲动，就会开始思考如何能够拍得更好了——这时候，摄影法则和技巧的学习，就是一件自然而然的事。

值得注意的是，数码相机和电脑让拍摄照片变得如此轻而易举，以至于很多人根本不认为有进行系统学习的必要！事实上，数码相机的出现只是让拍摄的过程和结果更容易掌握，而相机的操作与视觉规律和表现技巧并没有任何必然的联系，这些规律和技巧仍然需要进行系统地学习。我们完全不排除这样的例子：某些人可能极端地讨厌教科书，他们凭着不断地拍摄、模仿、请教和经验积累，最终也能掌握大部分视觉表现技巧；不过可以肯定的是，与系统学习训练相比，这个过程显然要漫长得多。

在此需要说明：并非要在牢记关于技巧的全部内容之后才能拍摄——每次掌握一条，然后在拍摄中有意识地运用掌握它，这个过程无疑会令人对学习更有兴趣。讲述这些技巧的时候，假设你对诸如镜头焦距、光圈、焦点、景深、透视等基本概念已经有了一个基础的认识，如果这些概念对你来说仍然十分含糊，那么建议立刻找一本入门的摄影书籍补上这些知识。

学习摄影的途径有很多，你可以通过阅读像本书一样的专门教程来自学；可以参加专门的摄影培训班；可以经常拿自己的作品请名家和有经验的教师指点；还可以上网在论坛里与同行进行交流……所有这些其实都包含着一个首要目的——帮助你来正确地认识自己。

CHAPTER 2

从哪里开始？

——如何拍摄一张清晰的照片

就像说话首先起码应该清楚明白，然后才能讲究语言技巧一样；拍摄照片，摄取清晰的图像则是最起码的标准。

肯定有不少人觉得这个题目太小儿科了！坦率地讲，就我所见，超过 70% 的摄影发烧友都在不同程度上存在着影像精度方面的问题。

那些在屏幕上浏览时感觉很清晰的照片，在 Photoshop 软件中放大至 100% 是否仍然保持着应有的精度？在高倍放大后，你是否发现焦点其实没有正落在主体上而是有些偏前或偏后？在晴朗的天气下你能够拍摄很清晰的照片，在比较昏暗的光线下是否同样能够做到？你手持长焦镜头拍摄的时候，是否感觉照片总是不如广角镜头清晰？一旦碰到转瞬即逝的瞬间，你快速抢拍下来的画面是否经常存在虚焦和手振的情况？

拍摄一张高精度照片的忠告

1. 在一切可能的时候都使用三脚架——你的手再稳也不可能比三脚架稳定；如果你在拍摄中需要经常快速移动，带一个独脚架也是个好主意。

2. 即便你手里的三脚架是捷信或者曼富图，也别忘了经常检查一下云台与三脚架的结合部是否有轻微的松动现象？快装云台的快装板是否因过度磨损而松动了？这些情况容易被忽视，但很可能让你的名牌三脚架变得"岌岌可危"。使用三脚架时还应该注意：对所有三脚架来说 1/8s~1s 往往也是震动最容易发生的速度。即使使用了三脚架，在大风天气或使用超长焦镜头的时候，仍然有必要采取额外的稳定措施。

3. 所谓的"安全速度"——镜头焦距的倒数（如手持 200mm 镜头，快门速度不应低于 1/200S），只是一个大概的数值，对不同年龄、不同拍摄经验的人来说肯定有所不同；在你疲劳的时候与身体状态良好时的表现肯定也不一样。

4. 不要太迷信镜头的"防抖功能"——不要觉得有了它就可以从此告别手振了——它只能将"安全速度"下延2、3级快门速度而已；记得好好研究一下你的镜头说明书：看看在哪些情况下（如在三脚架上、在行驶的汽车里）"防抖功能"需要关闭。

5. 同样不要永远过于相信相机的自动对焦——即便听到合焦提示响起，焦点也不一定永远处于你所希望的位置。

6. 别太指望依赖后期电脑的锐化来改善照片的清晰度——这只在某个很小的范围内有效，超过这个范围就只能让照片变得更"糊"。

7. 在拍摄条件允许的情况下，使用尽可能低的感光度；在拍摄时尽可能获得完整的构图，而不要总是依赖后期剪裁——对于非全幅数码相机来说这尤其重要！

　　有时候，一张细节精度很高的照片，也可能看上去仍然感觉不够清晰——这已经不单纯是清晰度的问题了，那些层次、反差平淡乏味的照片，同样会引起"不够清晰"的感觉——这些问题则需要靠曝光控制技巧加以解决。

发挥手中器材的潜力

这张照片的清晰度、层次和质感是否能令人满意？事实上，它只是用松下 D-LUX3 卡片机拍摄的。拍摄"技巧"也很简单：认真控制好焦点，认真控制曝光——唯一的"特殊"之处是拍摄时使用了一个重型的捷信三脚架——有多少人试过把一台卡片机架到云台都比它要大的三脚架上？

在胶片时代使用大画幅相机的经验，给了我一个非常重要的启示。我发现：有了使用大画幅相机的经验之后，我的 120 和 135 相机成像似乎变得比以前更好了！这让我回头仔细检查自己每一个基础技术环节，发现其中最关键的在于"认真"二字。只要像使用大画幅相机一样认真地对待架稳相机、调焦、曝光等每一个技术环节，那么无论 120 还是 135 相机，同样可以获得比从前高得多的画质！

不少发烧友似乎非常善于"发现"自己手中相机和镜头的不足之处，总是渴望着通过升级设备来获得更好的影像质量——在掏出大把银子升级装备之前，是否应该考虑一下：自己的拍摄技术是否首先需要升级一下了？

在胶片时代，换用更大画幅的相机，是提升影像质量的一种绝对必要的手段——135、120 和 4X5 画幅之间像质的差距可以说是本质性的；而在数码时代里，不同档次的相机在像质方面的差距，也许不总是如想象的那么悬殊。在这本书里的图片出自于各种各样的器材——从专业级的数码单反到入门级的卡片机都有，它们之间影像质量的差距，也许并不像彼此间价格差距那么惊人。

器材的差距当然存在。不过，影响观者对于一张照片影像质量感受的，其一是拍摄技术和技巧，其二是数字暗房调整水平，器材的差距只能排在第三位。只有当前两者达到一定水准的时候，器材的影响才会被充分显露出来。所以，如果你总觉得自己拍出的照片看起来不如别人的清晰，那么问题肯定不在于器材。

拍摄资料：松下 D-LUX3 相机　f8　1/15s ISO100

地平线上的风景

——层次和影调，是构成影像感染力的重要元素，它们出自于拍摄时的控制与后期制作中的控制和调整。

数码相机即时可见的图像，加上后期可以用电脑进行调整，让很多年轻摄影者几乎完全不在意曝光的问题了。电脑固然可以对一张曝光不准确的照片进行大幅度的调整，得到一个看起来似乎不错的结果，但实际上这往往是以牺牲影像质量为代价的；何况对于那些曝光严重不足或者过度的情况，虽然可以通过电脑调整图片的总体反差和密度，但电脑终归无法提供、补充那些拍摄时根本没记录下来的影像细节。因此，有必要在此提供一些关于曝光控制的建议。

1. 永远不要过于相信相机的 LCD 液晶屏。由于设置和显示效果及观看环境的不同，那些在液晶屏上感觉最理想的效果，很可能距准确的曝光已经有了较大的偏差。

2. 应该学会通过多数数码单反都提供的直方图来判断曝光情况——直方图对于曝光的范围与分布的再现是最准确的。

3. 对于那些超出数码相机记录能力的影调范围，多数数码相机能通过闪烁提供提示。要密切关注这种提示，除了进入画面的太阳、直射灯光等"不得已"的情况外，修正曝光不让这种超出记录范围的情况出现。

4. 遇到反差非常大又无法采用人工补光调整的情况，曝光时应优先考虑亮部的影调——缘于数码感光的特点，对曝光过度比曝光不足的宽容度要小得多。

5. 尽可能拍摄 RAW 格式的文件——与 JPEG 等格式的文件相比，RAW 后期修正的余地要大得多。

6. 数码相机的成像特性与传统胶片不同：在拍摄胶片的时候，有经验的摄影师经常通过适当地增减曝光量来修正、强化画面的气氛；而对于数码相机来说，这种人为的曝光过度或不足的存在，等于是只利用了一部分 CCD 或 CMOS 的记录能力而浪费了另外一部分——其结果必然就是影像质量的损失。所以，使用数码相机正确的曝光方式是：在拍摄时尽可能充分使用感光元件所能提供的记录范围，记录下尽可能多的影像细节，然后通过后期调整达到理想的反差和气氛。对于那些有一定传统胶片拍摄经验的摄影师来说，这点提示尤其重要！

通过直方图能够判断一张照片的曝光是否准确。直方图中色阶左侧反映的是影像的暗部；右侧代表影像的亮部。正确的曝光方式是充分利用数码相机所能记录的曝光范围，在必须有所取舍的情况下，不要损失亮部层次。

错误的曝光方式：虽然经过调整，这张照片的整体效果可能达到让拍摄者满意的状态，但通过直方图可以看出：所标注的红色的部分，完全没记录下任何细节——相当于约占 1/5 的数码感光元件的记录能力被浪费掉了——结果当然就是画质的损失。

创造性的快门速度运用

　　稍有摄影常识的人，都知道快门速度和光圈大小是控制曝光量的手段——不仅如此，快门的作用并非仅仅在于提供一个"合适"的曝光时间，通过快门速度更可以"把握"时间来表现物体运动的轨迹。这虽然也是拍摄最基本的技巧，但恰当地运用它，仍然可以创造无穷的变化和丰富的效果。

拍摄资料：Leica M6 相机 SUMMICRON 90mm F2 镜头 f11 1/4 s 柯达 E100VS 胶片

营造动感

对于初学者来说，拍摄一个虚实结合、富于动感的画面似乎是件颇有难度的事。其实，其中的技术要点非常简单：首先是选择一个合适的快门时间，让画面上移动的物体和人物既具有虚动的效果、又不至于因为曝光时间过长而完全不可辨认；此外是必须通过三脚架或是稳定的支撑让相机在较长的曝光时间中始终处于稳定状态，这样画面上不动的物体才能获得很清晰的影像。

小窍门

拍摄这样的画面时，还有一个小窍门：在调焦时不要把焦点放在可能虚动的物体上——哪怕它实际上处于主体的位置；而应该把焦点放在不动的景物上，这样才能让画面的静态部分获得更清晰的效果。

拍摄资料：哈苏 503CXi 相机 Zeiss PLanar 80mm F2.8 镜头 f5.6 1/2s 柯达 E100VS 胶片 广州

毫无疑问，画面上最动人的元素是漫天飞雪形成的线条：为了达到合适的效果，根据当时的风速选择了几挡快门反复拍摄——在
冷风刺骨的天气里，完成这样的效果无疑难度更高一些。

拍摄资料：Canon EOS5D 相机 EF24-70mm F2.8L 镜头　f11 1/15 s 威海

深秋的原野上，天空蓝得深深不可测，倒下的庄稼发出刺眼的光，几株凋零的向日葵在微风中摇曳，这景象让我怦然心动……在一天中阳光最足的时候，如何能拍出风中的效果呢？——我先将光圈收到最小试了试，快门速度还是太高；又将感光度调节到50，速度仍然高；最后在镜头前加了一块偏振镜，降低了约2挡快门速度——如果速度能再低一些，相信效果会更接近预期。

拍摄资料：Canon EOS5D 相机 EF24-70mm F2.8L 镜头 f22 1/8 s 正蓝旗

景深和焦点

景深准确的概念，是指"在摄影机镜头或其他成像器前沿着能够取得清晰图像的成像器轴线所测定的物体距离范围。在聚焦完成后，在焦点前后的范围内都能形成清晰的像，这一前一后的距离范围，便叫做景深"。对于不太喜欢理工科的朋友来说，上面的一串名词可能仍然足够让人头疼，那么好吧——最通俗地说，摄影师常挂在嘴边的景深，指的就是焦点前后清晰的范围。我们已经知道，影响景深最主要的因素是镜头的光圈：光圈越大，景深就越浅，清晰的范围就小；光圈越小，景深就越大，清晰的范围就越大。

在拍摄中，通过景深能控制画面上清晰的范围，可以将大量处于焦点之外的细节隐去，使被摄的主体对象更加突出——这也是所有人像摄影师最常用的基本技巧，听起来是不是非常简单？不过，想取得完美的虚化效果，仍然需要条件和技巧。

1．最好使用全画幅的数码相机，在其他条件相同的情况下，画幅越大，景深范围就越小。与全画幅相比，APS幅面的数码相机更难获得理想的背景虚化效果——这也是我们前面推荐全画幅的原因之一。

2．镜头的最大光圈无疑是越大越好。那些长焦段最大光圈超过F4.5甚至F5.6的入门级变焦镜头，恐怕不太容易拍出理想的背景虚化效果。由此也就不难理解为什么有些专业人像摄影师肯花大价钱来购买CANON EF 85mm F1.2L II USM这样的镜头了。

3．距被摄者的拍摄距离越近、被摄者离背景距离越远，则背景虚化效果越好。

4．色彩和影调单纯的背景，比复杂的背景虚化效果更好。

采用长焦镜头、大光圈获得突出的主体和虚化的背景效果，是人像最基本的拍摄方法——这样的方式同样适用于旅途当中。

拍摄资料：Nikon F90X 相机　80-200mm F2.8 镜头　f2.8 1/250s 柯达 E100VS 胶片　伊犁　　摄影：王国梁

选择性对焦应用技巧

对焦无疑是拍摄最基本的动作之
———复杂的效果,往往都来自最简单的
操作和判断;将几个简单的元素结合起来,
就能创造出丰富的变化效果。

这是选择性调焦反常规应用的例子:拍摄时焦点并没有
落在通常意义的主体——人物上,徕卡 90mm 镜头动
人的焦外成像效果,却给画面增添了意外的梦幻感。

拍摄资料:Leica M6 相机 SUMMICRON 90mm F2 镜头 f2 1/2 s 北京

CHAPTER 4 构图与控制

让人可能略感惶恐的是，几乎所有关于构图的法则和词汇，都诞生于至少50年以前。尽管听上去相当老套，但是除了人们的审美尺度变得更宽松，对构图的应用也更大胆之外，构图的基本法则与指导原则确实几乎没变过；而且，这些诞生于50年前甚至更早的法则，时至今日仍然是唯一有效的。

艺术构图学诞生于500年前，是随着古典绘画发展起来的，到了19世纪已经成为一门非常复杂高深的学科（当时美术学院的学生构图学这门课可能要学4年以上）。摄影的构图技巧，基本上来自于绘画，只不过已经大大简化了。在此，我们不准备深入到种种复杂的概念、法则之中，而只选取了对于旅途拍摄最有用的内容。如果对此觉得意犹未尽，那么书店里还有大量有关艺术构图学方面的书籍可供阅读。

基本法则 1　点、线、面

谈到摄影构图，重复最多的一个词叫"减法构图"——这个词是与绘画的"加法构图"相对的，意思是摄影不能像绘画那样根据作者意图在画面上一笔笔地增添各种元素，而是把所有从构图角度讲不必要的元素"减"下去。对于"减法"，比较初级的理解当然是把干扰元素排除在画面之外，更深入的认识则是运用视点、透视、景深等诸多摄影手段，强化那些需要突出的画面元素，减弱那些干扰性的视觉元素。

与许许多多的规律、法则一样，构图并不是一种存在于自然中的东西，而是人总结的一些观察和表现方法。学习构图，首先要学习的是从纷繁复杂的景物中发现和提炼出影响构图的主要元素——点、线、面。

1. 点　画面上重要的位置就称之为点，点在景物中一般并不是一个
独立的存在，而完全出自于人为的归纳。

画面上的 4 条线是从横竖两个方向将画面分成 3 等分的线，许多重要
的构图概念——如西方传统的"黄金分割"与中国传统的"九宫格"——
都与此相关。4 条线交叉形成的 4 个点，在很多情况下是画面上最重
要也最容易被关注的位置。

在诸多元素中突出存在的元素即可称之为点。　　摄影：张鹤

2. 线 在自然景观中，我们很容易发现线的存在，如地平线、海岸线等，除了这些明显的线，还有一些线是隐含在画面物体中的——对于构图，它们的存在同样重要。

线的存在具有很强的引导、指向作用，图中几条实际存在和隐含的线都指向画面中心的人物，让画面上的人物具有了某种舞台化的戏剧感。

大量水平、垂直线条的存在，让画面具有了稳定、宁静的视觉效果；画面上的透视线又营造了深远的画面感觉。

3. 面 平面的存在非常容易发现和理解。在摄影中，面的概念不一定指实际存在的平面，通过虚化背景产生的统一的影调也可以视为一个面。

一个单纯的平面，是最有助于突出画面主体的。

如果处于摄影棚等可人工控制的环境中，上述技法无论哪一种都非常容易实现，而在外景、自然环境中就不那么容易了，需要摄影师充分发挥观察力并通过景深、曝光和用光等多重技巧才能很好地实现。

CHAPTER 5 构图范例

地
平
线
上
的
风
景

像一切规则一样，所有的构图法则往往很容易就会变成一些条条框框。实际上，按照这些法则循规蹈矩，丝毫也不能保证作品的质量，而打破它们往往会带来新的变化。因此，牢牢记住多少种构图类型和模式实际上并不重要——一旦掌握了其中的法则，它们更应该作为思路的开始而不是拍摄的目标。

最基本的构图技巧——选取和压缩

记得上学的时候，教摄影课的老师有句口头禅："当你不知道该怎么拍的时候，你就想着压缩再压缩（画面构图）！"……摄影构图被习惯称为"减法构图"，把画面上所有分散注意力的东西都"减"下去，只留下那些最强烈的、最想表现的东西——对于新手入门，这不失为把握构图一个好办法。

拍摄资料：Canon EOS 5D 相机 EF24-70mm F2.8L 镜头 f9 1/160s 赤峰

单纯化的构图范例 1

坦率地讲，那些最适合用来作为构图范例的片子，往往都不见得是最好的作品——原因何在？因为构图无疑是一种引导观者视觉、影响阅读感受的技巧。一旦这种技巧被过分强烈地突出，那么问题也就随之而来——画面第一眼看起来可能效果的确非常强烈，但是令人回味的余地就少了：因为拍摄者想表达的意思过于突出，以至于"堵塞"了更多的信息传达。

当一个拍摄者还没有学会如何运用构图技巧构成一幅效果强烈的画面时，学习、锻炼这样的技巧无疑是非常必要的。但是，它却不应该成为某种不变的追求标准。事实上，这样的拍摄方式更适合商业影像——商业影像追求强烈、悦目的视觉效果，多数时候却拒绝深层的视觉含义。

拍摄资料：Canon EOS 5D 相机 SIGMA12-24mm F4.5-5.6 镜头 f11 1/200s 达里诺尔湖

单纯化的构图范例 2

　　有时候，过于规整、强烈的构图方式，会带来很强烈戏剧化效果——从另一角度讲也就是不真实的感觉。

　　片中被摄者是我的一位诗人朋友，他刚刚经历了一场危机，还没有完全从中解脱出来，就被我拉到内蒙草原上去散心……很多维护"纯摄影"的人可能很讨厌这样的拍摄方式，认为太刻意太做作——这种看法不是没有道理，不过……管他呢！至少诗人本人非常喜欢。

拍摄资料：Canon EOS 5D 相机 EF24-70mm F2.8L 镜头 f6.3 1/250s 锡林郭勒

更复杂的构图方式——双中心

前景符号式的图案在此似乎有了某种特殊的含义，让观者的目光不由得会在画面两个"主体"之间来回移动——虽然构图方式仍然很单纯，却产生了并不单调的视觉效果。

顺带说一下：这些都是在读照片时想到的，拍摄时我只是本能地压低了镜头，然后一边不停按快门一边等着那匹小马走到一个最合适的位置。

拍摄资料：Canon EOS 5D 相机 EF24-70mm F2.8L 镜头 f9 1/160s 克什克腾旗

更复杂的构图方式——打破平衡

是什么带来令人不安的感觉？——画面上隐含的主要线条，都处于倾斜或是冲突的状态——按下快门时我并没有去想这一点，眼光完全被那个诡异的"广告"吸引住了……使用徕卡的方式是往往一个画面只能拍一张。

拍摄资料：Leica M6 相机 M ELMARIT21mm F2.8 镜头 f8 1/60s 伊尔福 XP2 胶片 哈尔滨

更复杂的构图方式——框架式构图

在前景上"搭建"框架，不仅能让画面避免过于平铺直叙，而且会产生很强的现场感——仿佛观者亲身置身其中一样。"框架"还会带来某种更复杂的视觉信息——如第二幅图片：前景上老式的宾馆旋转门、中景上骑车的少年和远景上的教堂，这三种不太和谐的景物出现在一起，包含了更多耐人寻味的空间。

这样的方式往往是人文、地理类的媒体编辑最喜欢的。

拍摄资料：RICOH GR-DII 相机 28mm F2.4 镜头 f5.6 1/200s 青岛

Canon EOS 5D 相机 SIGMA20mm F1.8 镜头 f2 1/

更复杂的构图方式——开放式构图

开放式构图：开放式的构图富有张力和强烈的情节性和现场感——仿佛有什么事件正在发生。这本是报道纪实摄影的常用手法，近年来其他门类的摄影也开始越来越多地采用了。

拍摄资料：Canon EOS 5D 相机 SIGMA20mm F1.8 镜头 f2.8 1/50s 宣化

CHAPTER 6

把握光线

地平线上的风景

　　不论传统银盐还是数码摄影，依据的根本基础都是感光材料、元件的感光特性，因此，摄影历来被称作是"用光作画"。运用、把握光线的技巧，也就成为所有摄影门类最为基础和核心的技巧之一。

　　在长时间摆弄了一大堆灯架、柔光箱、"蜂巢"灯罩和反光伞、柔光屏之后，我格外愿意跑到原野上深深透一口气。自然中最不经意的一瞬间的光线效果，也比我苦心孤诣设置出的光效不知高明多少倍。在原野上，不需要反复考虑主光、阳辅光、阴辅光、轮廓光的摆放位置，只是要睁大眼睛，别让自己对某个奇妙的瞬间视而不见。

最容易忽视平淡的光线——平光

万里无云的天气、刺眼的直射阳光，往往是最令摄影者感觉乏味的，这样的时间我多数都会用来驱车赶路。

对我这种读苏联小说长大的人来说，热电厂的烟囱往往能引起特殊的记忆——联想到工业化、联想到小时候天天向往的社会主义幸福生活……这种已显老派的多愁善感，同行的"80后"无论如何理解不了。

拍摄时再次使用了加偏振镜减光的方式，以便让快门速度降得更低，让前景上的芦苇在风中飘动起来，形成某种接近于印象派绘画的效果。

摄影技巧的自我训练

拍摄资料：Canon EOS 5D 相机 EF24-70mm F2.8L 镜头 f22 1/15s 唐海

转过身，就这么简单——逆光

眼前的景象，让我想起了西藏。

只需要转过身换一下角度，平淡的直射光线转眼就变成了戏剧化的逆光。直接出现在画面里的太阳可能把一切效果都破坏掉——用前景的什么东西挡住它，是个常用的小技巧。

拍摄资料：Canon EOS 5D SIGMA12-24mm F4.5-5.6 镜头 f10 1/250s 围场坝上

演出开始——斜射的光线

每当太阳开始偏西的时候，我也开始跃跃欲试——在路上一天中拍摄的好时候开始了。草原上最常见的平淡画面，因为斜射的强烈阳光变得有意思起来——羊群在地上投下了长长的影子，羊仿佛要变得透明一样。

拍摄资料：Canon EOS 5D 相机 EF24-70mm F2.8L 镜头 f8 1/250s 锡林郭勒

上天赐予的时刻——夕阳下

太阳接近地平线时，往往是一天中最令人兴奋的时刻。规划每天行程时我通常都会有意把这样的时刻安排在路上。

对我来说，这样的画面显然有点过于"糖水"了——很像摄影比赛中最常见的"优秀奖"。

拍摄资料：Canon EOS 5D 相机 EF24-70mm F2.8L 镜头 f6.3 1/80s 赤峰

地
平
线
上
的
风
景

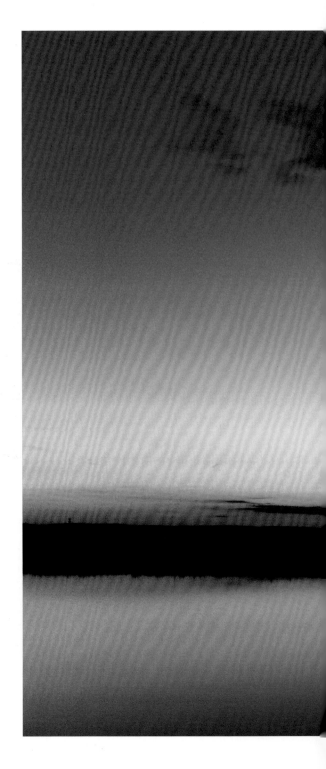

别停止拍摄——日落之后

　　未经过训练的眼睛，往往只会被那些最强烈的光线效果所打动。

　　日落之后，天色渐渐暗了下去，天空中的色彩和层次变化却更加丰富、微妙，更重要的是此时的反差更加容易被记录下来。

　　拍这张照片时我第一次来到锡林浩特，从这一瞬间开始，我喜欢上了这个地方。

拍摄资料：Canon EOS 5D 相机 EF24-70mm F2.8L 镜头 f2.8 1/80s ISO400 锡林浩特

拍摄资料：Canon EOS 5D 相机 EF24-70mm F2.8L 镜头 f8 1/250s 桑根

坏天气的好运气——阴天的光线

相对于万里无云的天气来说，我更愿意在一个坏天气里上路。坏天气
不容易寻找到拍摄瞬间——如果时机一旦出现，效果肯定会出人意料。

光线的"质量"和强度是两回事——照相机"看"东西的方式与我们
的眼睛是不一样的，所以常常会有这样的情况：看起来昏暗的景象，到了
镜头前面却可能变得非常壮观——因此，应该时时去设想眼前的景物到了
镜头里会是一种什么样的效果？

拍摄资料：哈苏 503CXi 相机 Zeiss PLanar 80mm F2.8 镜头 f2.8 1s 柯达 E100VS 胶片 哈尔滨

暮色苍茫——夜景光线控制

　　在胶片时代，熟练的夜景曝光是一门让摄影师多少有些得意的本领——为此，我付出过不下几百卷反转片。

　　夜景拍摄，最佳时间是在天没有黑透的时候——眼睛看起来很暗淡的蓝色，在胶片上会得到充分的夸张表现。拍摄夜景时最关键的，则是要让画面中出现两种以上不同色温的光源——虽然在现场单一的色温同样可能让拍摄者很兴奋，但是这种光源是很难带来很高的层次和影调的。

拍摄资料：Leica M6 相机 M ELMARIT21mm F2.8 镜头 f8 1/60s 柯达 EPP 胶片

拍摄资料：CanonEOS 1DS MARKII 相机 EF24mm F1.4 镜头 f1.4 1/4s ISO40C

拍摄资料：CanonEOS 1DS MARKII 相机 EF24mm F1.4 镜头 f1.4 1/4s ISO3200 兴城

入夜时分——夜景曝光经验

在夜里，很考验摄影者的观察力：那些看起来很动人的景象往往很难拍出眼睛所看到的样子，而另一些容易忽略的场景却可以构成动人的画面。

有了即时可见的数码相机，夜景拍摄的曝光不再那么困难，不过仍有需要学习的要点。

1. 夜景曝光控制的核心是要给画面提供合适的反差，那些效果强烈的场景可能因为光比太大而难于拍摄，而另一些场景光线亮度虽低，光线的"质量"却未必差。

2. 尽量充分利用数码相机所能提供的色阶范围。在黑暗中看起来很亮的照片，很可能曝光不足——时时参照直方图是个好办法。

3. 可能的话尽量使用三脚架和低感光度，不要过分依赖高感光度——尽管每一代的单反数码都致力于提升高感光度的画质，但还是不能和低感光度相比。

4. 在夜里，不要只盯着漂亮的颜色，仍然要努力给画面加入"故事"——没有"故事"，现场看起来令人激动的色彩，在照片上可能像彩色塑料一样乏味。

CHAPTER 7 镜头语言

在不同的场合，"镜头语言"所指的意思可能存在极大的差别。例如，当我们探讨一部电影的"镜头语言"的时候，所指的内容可能包括镜头的推拉摇移、机位的运动变化、画面的切换和剪辑甚至还可能包括用光效果……而这里我们所说的镜头语言，则是研究不同镜头的特点、表现力及其应用。通常情况下，人们习惯将画面构成、对比、点线面元素以及色彩等也包含在镜头语言当中，这些内容我们在《构图与控制》章节中已经讨论过。因此，这里研究的镜头语言是一种"纯镜头"的语言。

进行了上述一番界定之后，有关镜头语言的种种模糊概念已经被统统抛开，只留下了3个核心要素——景深、透视和视角。这3个要素，每一个单独看起来都出奇的简单，但是，它们一旦组合运用的时候，就会创造出奇妙无穷的变化！

了解镜头的"思维方式"

由于光线结构和焦距的不同，通过镜头看到的东西和我们眼睛看到的是不一样的——物体间的空间关系变化最为突出。通常35mm-50mm镜头焦段的透视比较接近我们眼睛的视觉效果，因此被称作"标准镜头"；离这个焦段越远，空间效果的变化就越大。一名专业的摄影师不需要举起相机，就应该能够预见到眼前景物在不同焦距镜头中的视觉效果，并根据表现的需要来确定选用什么镜头——这种从镜头角度出发的观察思考方式就被称为"镜头思维"。

我们应该已经了解到，长焦镜头具有压缩空间与距离的效果；而广角镜头则会夸大空间和距离。镜头的焦距越长或越短，这种夸张就越明显。换个角度来说，景物的空间关系在摄影中不是一成不变的，而是可以由我们人为来"控制"的。如何使用不同的镜头来创造我们需要的空间关系和画面效果，则是掌握镜头语言的关键。

镜头既然能改变空间关系，就必然会带来与"真实"视觉效果不同的变化，当这种变化大到一定程度，观者就会说画面"变形"了。对于人像摄影来说，中长焦段产生的变形一般不会造成什么阻碍，几乎可以忽略不计；而广角产生的夸张效果如果把握不当，会产生令人非常不快的感觉。镜头产生的变形是不可能完全消除的，从某种角度来说，运用镜头语言的功力就表现在如何避免令人不适的变形，让镜头夸张和强调的效果能够符合人们的视觉习惯和表现意图。

摄影师需要在从举起相机到按下快门这一段很短的时间内，掌握好视点、景深、透视、构图以及被摄者的动作、姿态、表情等等一系列因素，这的确不是件很容易的事；由此也就不难解释，为什么在读一本摄影教程时，自己觉得已经完全不在话下的技巧，到实际运用时却常常"捉襟见

拍摄资料：Nikon D200 相机 AF-S DX 18-200mm F3.5-5.6G VR 镜头 f10 1/100s 摄影：王国梁

肘"。对于镜头语言和一切摄影技巧来说，仅仅"明白"是不够的，最重要的是通过一系列的练习来熟练地掌握它。当你把所有技术技巧方面的因素都掌握到不假思索甚至能下意识地操作的时候，拍摄时唯一需要关注的问题就是与被摄者 / 物的交流时，摄影无疑就变得简单多了。

在数码时代之前，镜头语言的掌握是一门相当高深的技巧——无论你使用单反、旁轴还是机背取景相机，从取景器里看到的画面和最终的拍摄结果终究不可能完全一样，所以很多细节问题往往只有到底片和照片冲洗出来之后，才可能让人恍然大悟。就数码相机而言，随时呈现结果和实时取景的 LCD 液晶屏，可以让拍摄者对结果有非常直观的把握，可以随时做出调整。不过，需要重点提醒的是：数码相机只能

让镜头语言的训练过程变得容易掌握并且大大缩短，但并不能替代这个过程！有计划、有意识地训练自己镜头语言的运用技巧，对那些渴望提高的摄影师而言，仍然是一个必不可少且非常有价值的过程。

与 20 年前不同，今天的入门摄影者往往都是从一、两支涵盖了从广角到长焦段的变焦镜头起步，当拍摄效果不尽人意的时候，第一反应就是本能地来回推拉转动变焦环，希望能有奇迹在画面上出现——这种对变焦的盲目倚赖几乎是所有入门者技巧上的通病。在镜头语言训练的过程中，最有效的方法仍然是传统的：从 1 支定焦镜头或者变焦镜头的固定焦距段开始，反复拍摄实践，在深入掌握了其表现特性之后，再拓展到其他焦段并重复这一过程。

广角篇

在我开始学摄影的时候，一支28-85mm镜头已经属于非常"广"的镜头了——当时变焦镜头广角端最大就是28mm。后来适马最先搞出了一支21-35mm镜头，被视为一大创举。

记得当年我好不容易借到了一支腾龙的17mm镜头，用它兴致勃勃地拍了一大堆照片，没想到因此竟会惹恼了一位我很敬重的老先生。"太不严肃了！年轻人，不要总想着哗众取宠！"——老先生的话里透着很真诚的愤怒。此事令人印象深刻，以至于时至今日看见哗众取宠一词时，我脑子里首先联想到的仍然是——超广角镜头。

这些其实很令人怀念——今天，还会有多少人因为影像不够严肃而愤怒呢？

经常听见有人抱怨说某支广角镜头"太难控制"——为什么一定要去"控制"它呢？

在我眼里，广角镜头就是这样一种奇妙的东西——它可以让你看看，除了眼前的"真实"景象之外，世界还可能是另外一个样子！

这让人难免会回头去想：我们认为真实的东西究竟能有多"真实"呢？——听起来这有点像《黑客帝国》里的台词，对不对？

拍摄资料：Canon EOS 5D 相机 SIGMA12-24mm F4.5-5.6 镜头 f10 1/320s 赤峰

拍摄资料：Canon EOS 5D 相机 SIGMA12-24mm F4.5-5.6 镜头 f9 1/500s 达里诺尔湖

幸好我已经离开报社很久了——我们摄影部的主任可不喜欢什么"超现实"的效果！

拍摄资料：Canon EOS 5D 相机 SIGMA12-24mm F4.5-5.6 镜头 f11 1/160s 锡林郭勒

使用大画幅相机时，有一条很有用的定律：不管做了多少仰俯、扭曲的调整，只要保持胶片的平面与地面垂直，那么拍摄出来的画面上垂直的线条就一定是与地面垂直的。如果希望控制超广角镜头过分的变形，这条定律在数码相机上仍然很有用：保持相机的焦平面与地面垂直，画面的竖线条就不会出现变形——这里所说的变形指的是透视变形，不包括镜头带来的畸变。

如果对畸变、暗角、全开光圈成像、边缘成像这些"硬指标"很苛求的话，SIGMA12-24mmF4.5-5.6 这支镜头几乎可以说是一无是处……不过它仍然是我摄影包里最常携带的镜头：它所提供的成像质量足够对得起它的价位了——尤其是相当惊人的 12mm（指全画幅）！在我下决心把价格高得有些不讲理的 Canon EF 14mmF2.8L 收入囊中之前，我会一直带着它。不过，这支镜头通常仅用于我的个人拍摄；如果拍摄商业图片需要用到比较大的广角时，我一定会用 Canon EF17-40mmF4I ——它拍摄的图片在后期调整时比 SIGMA12-24mmF4.5-5.6 镜头容易得多。

标准镜头与中焦

　　今天，人们已经完全习惯了相机上标配的 24-105mm 或者 18-200mm 变焦，以至于年轻一代可能已经忘了"标准镜头"是怎么一回事了。对此有一个重要的提醒：在各个厂家的产品线中，50mm 镜头仍然是你所能得到的花钱不多、光学素质最好的镜头。

　　从理论上说，标准镜头的最大光圈越小，所得到的光学表现就会越出色——因为更容易控制各种像差。可惜这仅仅只是理论，仔细看一下各个厂家的产品线就能发现：那些最大光圈达到 F1.4 甚至 F1.2 的标准镜头，光学表现肯定超过 F1.8 或 F2 的型号——原因何在？其实道理很简单：如果小光圈的型号表现优于大光圈的型号，那么肯多花几倍的钱买大光圈型号的人岂不是要大大减少？于是多数厂家毫不犹豫地在光圈较小的版本上开始"缩水"——人为地降低其可能实现的光学质量。唯一的例外是徕卡：在徕卡的产品目录中，明确地标明 50mmF2 的镜头是"光学质量最优秀的镜头"。尽可能实现最好的质量——这也是我始终对徕卡保持好感的原因之一。不过，反过来看一看：谁更会做生意呢？

拍摄资料：Canon EOS 5D 相机 EF50mm F1.4 镜头 f4 1/4s 北京

2008 年，我很幸运地获得了一单"活儿"——为某杂志拍摄连续 6 期的封面。

为了实现图片编辑所要求的更平和、从容的视觉效果，我从柜子里翻出了很久没用过的 CanonEF50mm F1.4 镜头。

拍摄资料：Canon EOS 5D 相机 EF50mm F1.4 镜头 f16 1/15s 北京

长焦篇

　　源于长期使用徕卡 M 系列相机形成的习惯，在我日常的拍摄中已经很少会用到 135mm 以上焦距的镜头了——徕卡 M 系列最长的焦距就是 135mm，使用这个系列，你必须得接受"少就是多"这种观念。在我车的后备箱里，曾经总扔着一支老款的 EF35-350mm F3.5-4.5L 镜头以备不时之需。因为很少用到，以至于某一次我发现：不知什么时候它因为受不了长年累月的颠簸而开始罢工了！

一 有 机 会， 我 几 乎 会 向 所 有 用 佳 能 的 朋 友 推 荐 EF135mm F2L 这支镜头——我称它为"最容易被忽视的优秀镜头"之一。它不仅被列入"世界上 50 支顶级镜头"，与一支 70-200F4 镜头相比价格也并不算贵。在全开光圈的时候，它已经能提供少有的优异表现了：焦点无比锐利，焦外柔化效果迷人。不过，我也知道多数人还是抵挡不了来回推拉变焦环的"快感"而宁愿花同样的钱买一支 70-200F4。

因为经常需要拍车，我曾请教一位行业高手：拍车用什么焦距更合适？他的回答是——"越长越好"！

拍摄资料：Canon EOS 5D 相机 EF135mm F2L 镜头 f2 1/400s 正蓝旗

拍摄资料：Canon EOS 5D 相机 EF35-350mm F3.5-4.5L 镜头 f10 1/40s 北京

寻找更有趣的视角

　　新手最常见也最搞笑的毛病就是：一旦端起相机就好像中了定身法一样一动不动，来回反复拉动变焦环指望能有奇迹在取景器里出现……换一个位置、想办法升高或是降低 1m，某些时候是能够产生奇迹的。即使已经拍到了很满意的照片，收起相机之前也不妨想想：还有没有其他的拍摄可能？

在拍完上一张让人联想到生态环境保护的画面之后，我转了一个方向，尽可能低地伏下身贴近这条鱼——从旁边看起来，仿佛一个贪婪的家伙准备嗅嗅这条鱼是否还能吃一样——镜头的前沿已经快碰到鱼了。为了得到尽可能大的前景深，我把光圈收到了最小，把对焦距离调到了最近开始了盲拍……于是，我得到了一个仿佛来自远古洪荒般的有震撼力的画面。

拍摄资料：Canon EOS 5D 相机 SIGMA12-24mm F4.5-5.6 镜头 f22 1/40s 达里诺尔湖

拍摄接片

今天，不仅 Photoshop 和许多调图软件都提供了后期接片的功能，不少数码相机甚至把自动接片作为相机内置的基本功能之一，这使得拍摄接片似乎变得格外容易。

接片的拍摄并非数字时代的专有技巧——在胶片时代不少摄影师在拍摄全景或是超宽幅的画面时就已经在采用这种技巧了。只不过相对于数码拍摄来说，传统胶片拍摄接片在控制上难度要大得多。

可能还有很多人只把接片拍摄当做一种补救性的手段——只有当手中镜头不够"广"时才会想到它……实际上，专业摄影师很少有碰到镜头不够"广"的时候，他们采用接片拍摄更多的是出于接片所能带来的特殊的效果：在相对不那么广的焦距上获得更大的取景范围；在保持某个焦段透视效果的同时获得更大的视角。接片的透视效果与使用超广角镜头拍摄然后再剪裁的透视效果是不一样的——它获得的效果更像胶片时代的"摇头机"。

拍摄资料：CanonEOS 1DS MARKII 相机 EF24mm F1.4 镜头 接片拍摄

接片拍摄技术要点

1. 拍摄接片时，镜头本身的透视变形越小后期越容易衔接；通常 35mm-135mm 焦距镜头拍摄接片时最容易控制，类似 24mm 这样的镜头拍摄接片时控制难度则非常大——稍不留神后期就可能出现"接不上"的情况。变焦镜头拍摄时当然更不能中途变焦。

2. 拍摄接片最重要的技术是：拍摄时相机必须保持横向的同轴移动，如果上下摆动超过一定限度很可能后期就无法衔接了。因此，拍摄时最好使用三脚架，把仰俯调节锁死，只进行横向移动，同时不要移动拍摄机位。

3. 拍摄接片另一技术要点是一定要保持镜头的焦点基本上处于同一范围——两张焦点相差太远的片子接在一起视觉上会非常别扭。拍摄时最好把相机或镜头切换到手动调焦状态，保持同一焦点拍摄。

4. 每一张画面都变换取景范围多拍两组，避免因某一个失误而无法弥补。

5. 如果手中有移轴镜头，通过移轴拍摄接片会更加容易。

CHAPTER 8

专业化的工作习惯

时至今日，数码让摄影变得如此"容易"，以至于任何摄影爱好者只要稍下工夫，就可以轻易地获得在胶片时代专业摄影师需要花上数年和成千上万个胶卷才能练就的拍摄技巧。事实上，与比较专注的摄影爱好者相比，专业摄影师在器材方面甚至基础技术方面的优势已经越来越小，所凭借的主要是技巧、理念和专业化的工作流程。其中，专业化的工作流程是最容易也最值得爱好者们学习和借鉴的。

图片整理与存储

且不论摄影技巧的高下，专业摄影师工作最大的特点首先是必须尽可能杜绝那些最细小的失误。对于一个摄影爱好者来说，每年拍出几张、十几张满意的作品，已经足够让人高兴了；而对专业摄影师来说，每年中哪怕一次失误都可能给职业生涯带来严重的影响……比如，你总不能给客户打电话说："对不起伙计！我的移动硬盘坏了，咱们这次拍的东西全完了——让我们一起找那个·无良厂家索赔吧！"只要有这么一次，就算人家不找你索赔，你的客户和周边的客户也就真的全完了……

前面第 2 章里已经说过：使用任何电子产品都要首先想到它早晚有一天可能会出问题！因此不管什么时候，我是不敢只带一台相机出门拍摄的。对于存储设备来说，一旦发生问题后果更是灾难性的。解决的办法除了尽可能选择那些品质可靠的产品之外，最重要的方式就是永远都进行双备份以防万一！即使设备没有出问题，经过一整天路上驾车的疲劳，一个小小的误操作也可能使你追悔莫及。

出门旅行时，如果是一周左右的短期旅行，我会多带上几块 CF 卡和类似爱普生 P2500 这样的移动存储设备，每一天的拍摄旅程结束后，都将 CF 卡上的文件在存储设备里备份，同时保留 CF 卡的文件。如果是较长时间的旅行，则还会在装备中加入笔记本电脑和几块防震的移动硬盘——图片不仅在移动硬盘上备份，在 CF 卡存不下时还需要刻录成光盘。

很可能有人觉得这么做不仅太麻烦而且多此一举，我要说的是：一旦某一天当"那一刻"终于来临的时候，你就会为了自己养成了专业化的工作习惯而庆幸不已了。

CHAPTER 9

数字暗房

对数码影像而言，计算机后期调整的重要性是不言而喻的；很多新一代的摄影师是从一台苹果电脑而不是一个塞满器材的摄影包开始他们的摄影生涯的。

时至今日，或许还有人认为有了一个熟悉电脑的助手就可以轻松搞定一切——其实这很可能只是一个糟糕的逃避学习的借口而已。正如黑白暗房对于传统影像的作用一样，电子暗房不仅可以调整、提升或是挽救你的照片，通过它，你还可以不断地提升自己对于拍摄和数码影像的认识。

拍摄的延伸

电脑后期调整的过程，既是对拍摄过程的回顾和修正，也是拍摄的拓展和延伸。

在显示器前解开一个 RAW 图像文件的过程，实际上就是一个重新回顾、分析、总结拍摄的过程。在此过程中，你必然会对一个图像的焦点、景深、清晰度、反差、色彩倾向、饱和度、曝光、构图乃至用光、瞬间捕捉等等与拍摄有关的每一个环节进行研究和调整。同时，这个过程也是研究拍摄的过程，对每一个细节的调整和修正，必然会让你思考下一次拍摄如何能做得更好。反过来说，如果你是一位电子暗房高手，那么拍摄时也必然会更加胸有成竹——按下快门的时候，你已经完全清楚后期该如何调整，最终能达到什么样的效果了。安塞尔·亚当斯 Ansel Adams 凭着他的"区域曝光法"成为摄影史上里程碑式的大师，"区域曝光法"的核心就是在拍摄中结合后期暗房的工艺进行一体化考虑——坦白地说，对数码摄影来讲，做到这一点并不算难。

可以毫不夸张地说，今天一个摄影师的作品带给观者的第一印象，既非来自于拍摄技术、也不是来自于使用的器材，而是出自于专业、统一的数字暗房的水平。曾经有个朋友好奇地问我：为什么不管什么相机到了你手里好像拍出来的照片都特别清晰？——原因除了基本的拍摄技术如按下快门时的稳定性和曝光控制之外，最首要的还在于统一的后期数字暗房调整流程。在一个展览中或是如本书一样的出版物里，所用的相机、镜头的档次和水平差距可能是非常悬殊的，但是第一眼看起来图片的成像差距却没有那么悬殊——原因也在于统一的后期数字暗房调整流程。当然，不同水平的器材之间的差距，摄影师或暗房技师本人还是一眼就能看得出来的！

一个有趣的现象是：摆弄电脑出身的人与摆弄相机出身的，对待图像的基本态度可能完全相反——对摄影师来说，一幅完美的影像就是终极的追求目标；而在设计师眼里，好的图像仍然只是素材，只是工作的开始……近年来的确出现了不少"设计师类型"的摄影师，他们创作的核心不是在相机的取景器里，而是在电脑的显示器前面——他们的出现，给摄影的形态带来了很大的改观。

电脑设置与校准

在第 1 章里，我们已经强烈推荐过苹果电脑和 Color Vision 的屏幕校准仪，并且说明了对于显示器等硬件的标准。对于摄影师来说，简直无法想象一台偏色的显示器会给工作带来多少麻烦。所以在电子暗房工作开始之前，首要的工作就是校准你的显示器。按照 Color Vision 公司的 Spyder 随机提供的软件一步步操作，只要稍有电脑基础就不会有任何困难。

按照 Spyder 随机提供的屏幕校准软件一步步操作，过程非常简单。

比较传统的屏幕校准方式是通过标准的色谱色板手动设置屏幕的色彩，这种方式很容易受到操作者个人因素的影响。

目前，有相当多的软件可以用来处理照片，它们完全可能操作更简单，某些功能用起来更方便……但是，还没有一种软件真正可以和 Adobe Photoshop 相提并论。作为一个更专业化的基础，我们强烈建议你把 Photoshop 作为调整图片的基本平台，而把其他软件作为补充或是兴趣的尝试。如果图一时省事只使用 ACDSee 或是"光影魔术手"之类的软件来调图，那么很快你就会遇到无穷无尽的麻烦……

使用 Adobe Photoshop 之前，需要一些简单的设定：在"编辑"一项下的菜单里选择"颜色设置"，将工作空间的"RGB"一项选为"Adobe RGB（1998）"——这是最宽的色彩工作空间。

RAW 格式的基础调整

在开始之前，有必要再次重复强调一下：对于旅行摄影师（尤其是以风光拍摄为主的摄影师），我们强烈建议拍摄时使用 RAW 格式的文件——据我们了解，的确有相当多的摄影师虽然自称"喜欢"RAW 格式，但还是因为嫌其"麻烦"而更愿意用 JPEG 格式。与 JPEG 格式相比，RAW 的优势是非常明显的：RAW 是数码相机生成的原始文件，不仅未经压缩，而且保留着拍摄时的原始数据信息。在后期调整中——尤其是遇到幅度较大的调整——RAW 格式所能提供的调整范围比 JPEG 格式要大得多，不像 JPEG 格式那样容易出现图像"劣化"。为了这个突出的优点，就算麻烦一点也是完全值得的！

拍摄者不可能总碰见好的拍摄条件，对专业摄影师来说，很多时候天气、光线条件更是不容你去选择和等候，因此，依靠数字暗房的后期调整手段弥补拍摄条件的不足，也是摄影师的一种重要技术手段。下面所选的例图有意选择了光线条件较差的一张，以说明调整前和调整后的巨大差距。不过，还有必要再次提醒一下：千万不要因为有了后期调整手段就漫不经心地对待拍摄！

当前 CS5 版本的 Adobe Photoshop，提供了强大的 RAW 文件转换功能，基础调整的绝大多数内容——甚至包括局部调整和渐变调整——都可以在解开 RAW 文件的过程中加以实现。这种操作方式在最大程度上保证了数码相机所能提供的影像质量，下面，我们结合调整步骤详细解析这一基础调整的过程：

1. 我们以目前最新的 Adobe Photoshop CS5 为例演示调整 RAW 文件的过程。在 Adobe Photoshop CS5 中打开 RAW 文件，就会出现这样一个界面：

2. 通过"白平衡"一项，可以无损调整图片的基础色温，这里选择"日光"即 5500K；

3. 首先在第 3 列的锐化调整栏中将图片放大至 100%，检查图片的清晰度、焦点是否合格，然后选择适当锐化值：此处"数量"和"细节"均重新设定为 40（不同档次的数码相机所能"容忍"的锐化限度不同——往往相机档次越高，能"容忍"的锐化程度就越高）；

4. 在第 2 列"曲线"调整栏中，可以分别调整高光、亮调、暗调、阴影的曝光值，因原图显然光线很平淡反差也比较低，故此处通过调整以增加反差；

5. 进行"曲线"调整之后，应该回到初始界面，通过界面上显示的色阶分布来判断一下图片的情况：左侧的色阶代表暗部而右侧代表亮部。如果色阶中左边或右边的部分超出了范围，说明拍摄时存在较多的曝光不足或过度的情况。曝光不足可以通过"黑色"和"填充光亮"工具在一定程度上弥补；曝光过度可以通过"恢复"工具在一定程度上弥补高光部分损失的细节；

6. 如果拍摄时反差比较低，就会出现类似这个画面的情况：色阶两侧都存在着一部分"空"的情况，此时同样可以通过调整增加"黑色"和"曝光"来加以弥补。注意调整时不要超出允许的色阶范围——超出后最上端两侧的黑色箭头会变成其他颜色；

7. 在第 4 列"色相""饱和度""明亮度"栏中，可以分别调整画面不同色相的色彩，在"饱和度"栏将蓝色＋30，黄色＋30，橙色 +35；

8. 在第 4 列"明亮度"栏中将蓝色 -20, 黄色 -10, 橙色 -25; 此时画面的色彩已经很接近完成效果了;

9. 与以往的版本相比, Adobe Photoshop CS5 在 RAW 文件调整中增加了局部调整和渐变调整功能, 在进行局部调整时可以最大程度地保证影像质量: 在左上方工具栏中选择"渐变调整"工具, 将曝光设为 -40, 对比度项设为＋50——压暗画面下半部分同时增加反差突出地上泡沫的效果;

10. 在左上方工具栏中选择"调整画笔"工具, 适当局部提升飘舞的"飘带"的对比度、饱和度和亮度, 以进一步突出画面主体;

11. Adobe Photoshop CS5 在"镜头校正"选项里提供了多个厂家主要镜头的技术参数, 选"启用配置校正文件"一项就可以对镜头的各项像差、畸变进行自动校正——当然, 也可以手动逐步来完成;

12. 在这一步, 检查完所有调整效果之后可以打开图像, 保存为 TIF 格式并重新检查调整效果: 如有调整不足或者过度的情况, 可以重新打开 RAW 文件, 原来所做的调整数据会保留在原始文件中;

13. 将图像重新保存为 TIF 格式；

14. 因为拍摄使用的 Canon EOS5D 没有自动除尘功能，长期使用之后 CMOS 上已经留下了一些明显的黑点，使用"污点修复画笔工具"首先修去这些污点。再次检查整个画面；

15. 进行适当剪裁；

16. 这里推荐一款很有用的 Photoshop 小插件：Alien.Skin.Exposure.v2.0.for.Adobe.Photoshop-FOSI，安装之后在"滤镜"目录下，它可以模拟各种胶片、反转片的反差、色彩、饱和度和颗粒的特性；

17. 在 Alien.Skin.Exposure.v2.0.for.Adobe.Photoshop-FOSI 中选择"反转片"，在胶片种类中选择 Kodak 100VS，使用后，图像的色彩、反差都得到增加，很接近 E100VS 反转片的效果。

最重要的提示

　　刚接触数字暗房的人，往往以为通过它任何想法都可以实现——这种认识未必一定算错，但前提是需要有一个好的图像作为调整的基础。

　　数字暗房调整最重要也最关键的技巧在于分寸！一切调整都需要以保持影像质量不被"劣化"为前提。过分的调整很容易带来影像质量的劣化——细节层次丧失、色彩因为过分饱和变得像油漆涂的一样……这样的例子在每次业余摄影者喜欢参加的比赛、展览上几乎都随处可见——难怪让很多传统影像的维护者因此对数码厌恶至极。

　　就具体调整技术来说，Adobe Photoshop提供了多种的调整可能，而这些调整也是相互关联的。类似的效果，可以通过很多不同的途径来实现。而这一切都应该以保持较高的影像质量作为始终的标准。具体通过哪种方式去调整、调整到什么程度，则非常考验使用者数字暗房的功力，也是一个需要不断实践、学习、积累的过程。

　　至此，基础调整已经完成了。对比调整前的原图和调整后的效果，是否有"天壤之别"的感觉呢？

　　还能时常听到这样一种评论，一般来自年事已高的发烧友："这不过是用电脑调的效果，不算什么'本事'！"——难道为了显示勇敢和"本事"，今天的军人非要选择长矛大刀去拼杀吗？

色彩、色调、饱和度

　　与强调"准确还原"的广告、产品摄影相比，旅行摄影在色彩运用方面显然可以更主观、更随意，这就为摄影师提供了更大的空间，可以根据创作意图更灵活大胆地运用色彩。

　　在胶片时代，色彩的控制多数需要在拍摄环节完成，后期暗房中虽然也可以进行一定的色彩调整，但相对来说更难控制，所需的成本也比较高。对于数码摄影来说，拍摄时（尤其是拍摄 RAW 格式）可以不去过多考虑色彩方面的问题，而把这个步骤留给后期电子暗房环节。

　　色彩具有很强的情绪性，不同的色彩，很容易唤起不同的情绪和气氛，如倾向红、黄的色调容易产生温暖、火热的气氛；而蓝绿色调则可能产生清新、冷峻的感觉；黑色、紫色调容易带来神秘、孤独或是另类的视觉感受……随着运用程度的不同，产生的效果变化也非常微妙；随着人们的接受尺度越来越宽，色彩方面的禁忌也越来越少。唯一的尺度在于运用是否得当。

　　色彩调整虽然包含千变万化的可能，但其中最基本的法则无外乎两点：色彩的和谐与对比。色彩的和谐产生了统一的色调，让画面富于色彩感染力；而对比则会让画面效果更加强烈、更加丰富。思路虽然简单，效果仍取决于拍摄者的功力。

　　需要加以提醒的是，色彩的调整和处理，最好能在解开 RAW 文件的阶段加以完成，这种方式对影像质量的影响是最小的。

黄昏斜射的阳光带来金黄色的暖色调，带来了温暖华丽的视觉感受。在后期调整时强化了这种色调和阴影部分的蓝色作为对比。

斜射的阳光使背景的地平线上现出了动人的蓝紫色，与阳光照射到的地方形成了丰富的对比效果。

拍摄资料：Canon EOS1DS MARKII 相机 EF24-70mm F2.8L 镜头 f10 1/80s 坝上

拍摄资料：Canon EOS1DS MARKII 相机 EF135mm F2L 镜头 f2.8 1/30s 二连浩特

低速快门的使用让风中飘动的红色旗帜仿佛化成了火焰，而画面上蓝天、草地和红旗形成了对比强烈的3大块色块，更强化了热烈、火暴的气氛。

Canon EOS 5D 相机 SIGMA12-24mm F4.5-5.6 镜头 f16 1/30s

暮色中，深暗的蓝色笼罩了一切，而汽车大灯黄色的光则给画面带来了一些细微的对比和变化。

拍摄资料：Canon EOS5D 相机 EF24-70mm F2.8L 镜头 f2.8 1/6s 坝上草原

拍摄资料：Canon EOS1DS MARKII 相机 EF24-70mm F2.8L 镜头 f8 1/200s 官厅水库

彩的运用，当然不是永远饱和度越高越好——对比这幅经过数字暗房不同处理的画面，低饱和度的一幅是显得更有让人回味的空间呢？

似的饱和度或者某一种色彩倾向的处理，是当今网络的数码摄影者最喜欢用的手段——把握得比较好的，很容易达成某种"风格化"的视觉效果和个人特色。

高品质黑白影像的拍摄和数字暗房技巧

很显然，那些让人过目不忘的摄影史上的经典作品，大多数都是黑白的。从某种意义上讲，黑白影像更抽象也更深刻，更容易脱去表象而揭示出影像内在的意义——这也让黑白影像保持着永久的魅力。

就今天数码相机和数字成像技术的发展水平来说，黑白仍然是少有的让数码完全无法和传统胶片匹敌的领域之一。其中原因，也许并不仅仅在于传统银盐胶片、相纸与暗房工艺的高度成熟以及数码影像的成像特性，跟市场需求也有很大关系——虽然黑白影像是许多摄影师和爱好者所钟爱的，可这一部分人在消费者整体中所占的比例毕竟是极少数，相机厂家时至今日也还没有把"能拍摄高画质黑白影像的数码相机"作为追求的目标。所以，如果渴望深入体验黑白世界的魅力，胶片相机＋传统暗房仍然是唯一有效的途径。

从以往个人经验来说，传统黑白影像拍摄与制作所花的时间比例往往是 1:5——就是说如果花了 1 小时来拍摄某张照片，那么往往在暗房里呆上 5 个小时也未必一定能实现满意的结果。在我开始拍摄《偶像》这个黑白影像专题时，首先想到并采用的当然是传统黑白胶片，可是我很快发现：如此大的拍摄量如果加上认真的黑白暗房制作，那么整个专题也许在我 50 岁之前都是无法完成的！于是，我不得不开始尝试研究数字黑白的解决之道。

需要说明的是：我尝试的目标是经过纸面印刷之后，那些已经用胶片拍摄的黑白影像与用数码拍摄的黑白影像是否能够"兼容"？——放在一起能否不显得突兀甚至让一般读者忽略其中的差别？一幅经过传统暗房工艺冲洗、放大的黑白照片和一幅用数码拍摄、处理和打印的黑白照片，并列时能否让人看不到其中的差别？——这么费力不讨好的事，还是等我老得哪儿也去不了时再尝试吧！

黑白影像的数码拍摄技巧

1. 传统黑白摄影最重要的基础技巧之一就是"预先想象"（这也是安塞尔·亚当斯 Ansel Adams 最先提出的）：就是拍摄黑白时需要排除各种色彩的影响，把眼前的景象在头脑里预先"还原"成黑白影像，这一方式对数码摄影同样适用。

2. 拍摄时认真选择那些更适合用黑白影像来表现的题材，避免色彩的干扰而认真观察影调、层次、投影等这些对黑白图像更重要的因素。

3. 在拍摄时，对焦点、振动与曝光这些技术细节需要更仔细地控制——这些方面的缺失在彩色画面上可能不那么引人瞩目，在黑白画面上则一览无遗。

4. 包围曝光对拍摄黑白来说是一种更有效的方法。

黑白影像的数字暗房调整技巧实例

　　与前面重点提示过的彩色照片数字暗房的关键一样，黑白数字图片暗房调整的关键在于最大程度上保证影像的各部分层次，避免过度调整带来的像质"劣化"。

　　具体来说就是尽可能保证亮部和暗部的细节层次：让最亮的部分仍然保持必要的层次细节；在调整反差时，注意暗部不能丢失细节变得死黑一片。

1. 即使拍摄时设定了"黑白模式"，在 Adobe Photoshop 里打开 RAW 文件时往往都会重新显示为彩色的——对黑白图像来说，拍摄 RAW 格式的文件仍然是必不可少的！

2. 首先同彩色图片的调整一样，调整色阶、曲线、反差和锐化。

3. 与胶片的特性不一样，数码相机在曝光过度方面的宽容度比曝光不足时要小得多。所以在进行上述调整时，要格外留意保留画面最亮部分的层次——不要出现"死白"的部分。如果拍摄时就出现曝光过度较多的情况，在后期是无法挽救的。

4. 使用自动的镜头校正功能。注意！该项调整已经使亮部层次丢失了——色阶右上角的小箭头变成了浅蓝色。需要在起始页面中用"恢复"工具调整回来。

5. 从这一步开始，是与彩色图像调整不同的地方：在调整色彩的饱和度、明亮度时，应该有意识地调整得稍"过"一些，并且根据转化成黑白影调之后不同色彩的亮度需要来调整色彩亮度。途中压低了蓝色的亮度并提升了黄绿色的亮度，这一步直接影响到转成黑白时画面的影调明暗关系。

6. 运用局部调整"画笔工具"适当加强画面主体的反差——调整时仍然需要注意是否出现亮部层次丢失的警告（色阶旁小箭头变成其他颜色）。

7. 使用"渐变工具"适当压低左上角天空的亮度并增加反差。

8. 检查之后，可以打开图像并保存为 TIF 格式了，仍然按照彩色调整步骤一样进行画面的修整。

9. 注意色阶——去掉无效的色阶部分并注意保持所有细节层次，如果发现这一步色阶与"标准"相差太远，则有必要回头在 RAW 格式里重新调整一次。

10. 在"调整"工具栏中选择"黑白"工具。

11. 最关键步骤：在转换成黑白图像时，Adobe Photoshop 提供了各种颜色不同的转换系数——非常接近拍摄黑白胶片时使用不同颜色滤色镜的效果！这一步调整往往是最令人激动的，不过，仍然要时刻想着：过度的调整可能严重损失影调层次！

在此有必要将转成黑白的图像另存为一个文件，以免日后对效果不满意时要完全从头再来一次。

12. 此时应重点检查画面暗部和调整比较大的原本为蓝色的区域——过度的调整可能使这些部分产生色调分离现象。

13. 使用"加深"和"减淡"工具，调整需要加强和减弱的局部——注意将"曝光度"调整到 10% 左右甚至更低，否则效果难以控制。

因为数码生成的图像层次变化较平淡且都是呈线性的，所以可以交替使用"加深"和"减淡"工具并结合"阴影""中间调""高光"进行反复、细致调整，不断强化轮廓线、交界线和各部分层次变化，变化越多越丰富越好。

14. 最后，使用前面推荐过的 Alien.Skin. Exposure. 插件，选择一款合适的黑白胶片，不但可以获得接近该胶片的反差，连细节的颗粒也颇似该黑白胶片的效果。

15. 至此，一张高品质的黑白影像基本完成了。

高手的经验和忠告

1. 与其在使用时磕磕绊绊，不如经常花一点时间学习、练习一下软件的使用；

2. "垃圾进垃圾出"是一句难听的大实话——如果你使用的图像素材质量非常糟糕，那么结果也好不到哪里去；

3. 永远不要试图只凭一两个步骤就达到目的——简单的操作，只能带来廉价的效果；

4. 你当然可以尽情发挥想象力，不过要随时小心注意：图像是不是已经因为过度的处理而像质劣化了；

5. 如果你已经习惯了一种固定的处理方法，那么不妨朝着相反的方向试试；

6. 电脑前的一个小时的努力，也未必能改善按下快门那一瞬间的失误；

7. 当你非常想换一台新相机或者镜头的时候，首先看看你的电脑是不是该更新了；

8. 出奇的效果可能第一眼看上去很让人兴奋，但未必经得起时间考验，保持自然才是长久之道。

多数摄影师最常犯的错误是——他们往往太在意摄影了，以至于经常把每个技术细节都当成无比重要的事，以至于可能会忘了普通人是如何去看一张照片的。

很遗憾：对摄影没多少兴趣的人，往往把拍摄看得轻而易举——以至于根本想不到摄影师们辛辛苦苦在忙些什么。

摄影难就难在它看起来太容易了。

艺

透过镜头去寻找自己

　　旅途拍摄最有意思的地方在于：你永远无法预料会有什么在前面等着你。每个人出发的时候都会带着一些大致的目标和想法上路，有时候这些目标能够实现，更多的时候，一个目标的失落可能会带来一些完全超出预想到的结果。最有价值的想法，往往是随着汽车里程表的转动和一张张照片的积累，在某个瞬间一下子产生的。

CHAPTER 1 寻找自己的方向

什么样的照片才是一张好照片？

——最简单的问题背后，可能隐藏着深奥的玄机

这两年摄影出版空前繁荣，各种各样的摄影"秘笈"、"宝典"、"圣经"堆满了器材城的书摊，即使简单翻翻都能把人累得手软。在绝大多数摄影教程里，"好照片"的标准似乎都是天经地义、不言自明的——尽管有些用来当做范例的照片无论从哪个角度看都实在看不出好在哪里。

有趣的是：面对一张照片的时候，人们对于自己的审美和判断力总是抱着足够的自信——评价一幅油画或是一段古典音乐时，多数人都会先客气一下："我对油画不太懂……"或是"我不太熟悉古典音乐"……可是，好像从来没听谁说过自己不会看照片。难道说，摄影真的已经简单到可以一目了然的程度了吗？

在做编辑的那几年，我曾经接待过一位看起来非常酷的"90后"投稿者（那会儿"90后"还没到上大学的年龄）。看过片子肯定了其中的优点之后，我开始小心地指出其中存在的一些明显的技术上的失误。听到一半"90后"就忍不住说："您说这些，正是我的个性和风格啊！"……我当场无语，心里感觉自己可能真的是已经OUT了。

所以，尽管每年每天都在摆弄照片，一旦听见"什么是一张好照片的标准？"这样的问题，我难免立刻就会变得吞吞吐吐、小心翼翼。

究竟什么样的照片才是一张好照片呢？

这完全看对谁而言、由谁来评价。

对于初学者来说，一张焦点清晰、曝光准确、构图饱满的照片就是好照片；

对于喜欢打比赛的发烧友来说，一张画面漂亮动人、含义简单清晰、内容积极向上、容易打动评委老师的照片才称得上是好照片；

对执着于个性、风格的摄影者来说，唯美的画面可能影响作品的"深度"，完美的技巧也可能会妨碍个性化的表达……那么什么才算好照片呢——这里的问题就复杂了，通常最大的可能是能让人联想到某位摄影史上的大师才好……

对于职业摄影师来说，问题反倒简单多了：客户（或是领导、老板）不买账，拍得再好也是白搭！

所以，一个旅行摄影者弄清楚自己要去哪里、去找什么，也许并非想象的那么容易。

透过镜头去寻找自己

个人化的标准

摄影的技术问题容易谈，因为虽然有很多标准、法则，但是每一条都很明确；

摄影的艺术问题不太容易谈，因为同样有很多的标准、角度，但是通常都未必明确；

很多不同的角度甚至是互相矛盾的。

一幅出色的沙龙作品，从纪实摄影的角度来看可能一无是处；在艺术市场上高价拍卖的作品，从商业摄影的角度看可能完全乏善可陈。

中国传统画论喜欢用意境、意蕴这类词，虽然中国人听起来都能明白大概意思，但是这些词叠加在一起时还是难免生出"云里雾里"的感觉；摄影批评家习惯于站在文化和摄影史的高度来评判作品的价值，虽然常让听众感觉如拨云见日、茅塞顿开，但下次举起相机的时候，高屋建瓴的理论却不见得能帮你拍得更好——外在的理论和内在的感受毕竟是两回事……

沿着这种思路说下去，相信很快就能把所有聪明人都绕晕。因此，在"艺"这一章里，并不准备纠缠"艺术"问题，而重点说说"技艺"——那些有助于提升拍摄水平的思路和方法。

首先需要说明的是，每个走向成熟的拍摄者摄影的方式可能都是相当个人化的，本章的内容实际上只是个人体验与工作方式的演示，但求能有一定的参考价值而绝不能作为某种标准——事实上，采用完全不同的思路、方式，很可能会拍得更出色。

透过镜头去寻找自己

地
平
线
上
的
风
景

随时举起相机

摄影是件行动性很强的事，想的再多，如果错过了眼前的景象照样什么都拍不到。在旅途上，最好能让思想和行动随时保持着同步——旦心有所动，立刻举起相机先拍下来。至于整理、分析、总结，那是旅途结束之后才该做的事。养成"手不离机"的习惯，不仅可以避免错过许多转瞬即逝的珍贵瞬间，而且，那些当时不经意拍摄下的画面，可能会更多保留住生动的第一印象。在绘画里，素描中包括长期作业和速写——如果把郑重其事地架起三脚架当做一项作业的话，那么使用卡片机随时随地的拍摄则可看做是速写。

常常有这样的情况：那些认真拍摄的"创作"随着时间推移，渐渐可能就不愿意再去看了；而多少年之后还能在路上的"速写"中找到出乎意料的好照片。拍照不同于作画——尽管也有许多人实际上在用绘画的方式拍照片，但在更多数情况下，不太可能像绘画那样精心安排、反复雕琢画面上的一切……拍照这件事的动人之处，相当程度上在于你永远没法完全预见将要出现的一切。经过刻意安排的画面上，往往只呈现那些我们想要去表达的东西；而随手捕捉的瞬间却可能包含着许多意想不到的信息和感受。

拍摄资料：Leica M3 相机 SUMMARIT 50 mm F1.5 镜头 f2.8 1/30s 柯达 E100VS 胶片 北京

"1.20 元"的出租车价签只存在于北京人的记忆中了……这张照片拍摄于 10 年前，拍照时我刚刚取回了需要修理的徕卡 50mmF1.5 老镜头——这支镜头和徕卡 M3 相机的岁数比我还要大上两倍……我喜欢这张照片，不仅仅是因为漂亮的画面——它总能让我回忆起一个外省年轻人刚刚进入北京时一些难以言传的微妙感觉。

地平线上的风景

这里的照片都出自卡片机的随手拍摄——比起那些认真拍下的画面，它们或许更能唤起我对旅途的记忆和一路上的点滴感受。

透过镜头去寻找自己

拍摄资料：哈苏 2000FC/W 相机 35mm F3.5 镜头 f8 1/30s 柯达 E100VS 胶片 广

情境与故事

促使人举起相机按下快门的因素可能有许多种——一朵漂亮的小花、一缕转瞬即逝的光线……对一个技术熟练的拍摄者来说，拍下一个漂亮的画面并不难，难的是通过画面传递感情、表达感受。

仅仅看上去漂亮的画面是很难打动观者的，打动人的是画面所带来的情境与故事。我发现：那些能够唤起个人记忆的照片，往往更能引起他人的共鸣——尽管因此想到的东西可能完全不一样。显然，是拍摄时倾注的情感发挥了作用。

即使是执著的拍摄者，也不可能每天都在拍摄着某个宏大的专题，随时留住心里掠过的一丝触动，是保持状态最好的办法。

拍摄资料：Leica M6 相机 SUMMILUX-M 35 mm F1.4 镜头 f8 8s 柯达 E100VS 胶片 哈尔滨

CHAPTER 3 "风格"的变化与拓展

"风格"的切换

　　对页上的图片看起来风马牛不相及——它们之间唯一的共同点是：都是我在同一段时间里拍的。

　　以商业拍摄为业同时也坚持个人拍摄的职业摄影师，在各种题材之间来回切换既是必需的，也是自然而然的事。对于不同的拍摄题材，自然要根据需要转换不同的拍摄手法——这些原本与风格无关。

　　对摄影认真的人，往往更会专注于个人拍摄风格的思考——相信很多人都像我一样为此苦恼过……很常见的情况是一些拍摄者往往执著于某一题材甚至执著于某种相机、某个镜头的使用，并以此作为自己"风格"的基础……实际上，风格是一种成熟的标志，是强求不来也没办法"催生"的。一段时间内的执着和专注对于拍摄的提升当然也很必要，但是，过早地固化某种"风格"，对于摄影者尤其是旅行摄影者来说，则未必有什么好处——"风格"具有排他性，一旦你坚持只用某一种方式拍摄某一种题材，那么就很可能从此开始对路上无限丰富的"风景"视而不见；在这种"风格"告一段落的时候，就会发现其实更多的东西已经被错过了，而且很难再弥补。

拍摄资料：Canon EOS 20D 相机 EF24-105mm F4L 镜头 f5.6 1/30s 青海 摄影：杨戴骥

FUJI RDPⅢ   E   RDPⅢ-027

拍摄资料：Leica M6 相机 SUMMILUX-M 35 mm F1.4 镜头 f8 30s 柯达 E100VS 胶片 桃山

旅途最大的魅力，在于像生命一样充满了无法预测的未知数。

在路上的时候，我时常提醒自己放下过强的目的性，也不要对题材、风格之类的事情念念不忘……我慢慢发现一旦开始偏离了预定的目标、熟悉的方式，开始感觉有些茫然的时候，往往也就是新的机缘在招手了。这样的时候，忘掉风格之类的事情，先拍下来再说！

拍摄资料：哈苏 2000FC/W 相机 35mm F3.5 镜头 f5.6 1/8s 柯达 E100VS 胶片 广州

每个有经验的拍摄者，都会有自己最熟识的器材和最熟练的拍摄手法，这些既是个人的积累与财富，也可能不自觉地成为一种局限和"框子"。

从网上的摄影论坛里，我学到了不少东西——虽然每个论坛都不可避免地充满着浮躁和急于自我表现的气氛，但是，菜鸟们常常给我以很大的触动：他们不遵守规则甚至还不知道规则就急不可待地开始了自我展示——从他们的照片里往往看不见任何"框子"！这让我经常会想到"是不是非这样拍不可？"或是"那样拍有什么不可以？"之类关于规则和"框子"的问题——为什么不能换一种器材、换一种手法、以初学者的心态去试试看呢？

拓展自己的拍摄方式

每个摄影师和成熟的爱好者，都会有一些特别喜爱与擅长的器材和拍摄技巧；同样，也必然有另外一些方式是相对陌生的。经常有意识地尝试自己以往不熟悉不擅长的方式，对于拓展自己的摄影语言是非常有价值的。

在学习摄影基本技巧的时候，有很多的技巧和方法作为重要的法则会被牢牢记住。久而久之，这些法则会不自觉地被当做理所当然的东西。事实上，一旦熟练地掌握了某种技巧或者方法，就应该去尝试突破这些法则了——尝试当然可能失败，但也可能产生新的效果。习惯了焦点清晰、构图完整的画面之后，那些模糊虚动的画面是否能传递另外一种感受呢？

那些最熟悉的相机和镜头，往往也意味着最熟悉的拍摄方式。尝试一种截然不同的器材，是我感觉疲乏时最喜欢做的事。

拍摄资料：地平线 S2 摇头机　f4 1s 柯达 EPD400 胶片 手持拍摄　后海

拍摄资料：地平线 S2 摇头机　f8 1s 柯达 EPD400 胶片 三脚架拍摄　后海

CHAPTER 4 从一张到一组

——把握图片之间的视觉关系

一张图片哪怕再精彩，能传递的信息量总是有限的。当需要用图片表现一个很复杂的事物、事件，或者需要很深入地表达某种思想、观念的时候，仅凭一张图片显然就难以胜任了。这时候，就需要用一组图片甚至用一个图片专题来完成任务。

从拍好一张图片到成功地完成一组图片，对摄影者来说是一个很大的挑战和跨越。这意味着摄影者不仅需要熟练地把握每个画面的形式，而且要能够通过摄影语言的控制在不同画面所传递的多层次信息，并且把这些信息有效地组织成一组明确的、富有感染力的故事。

倍增效应

将 2 张以及 2 张以上的图片安排在一起，所取得的效果不能总是 1+1=2 的关系，而应该努力得到 1+1 ＞ 2 的效果——这就需要通过图片间关联产生进一步的联想空间。如果图片彼此间的信息只是重复甚至互不关联，那么不仅无法带来 1+1 ＞ 2 的结果，甚至可能相互影响，造成 1+1 ＜ 2 的可能。

如果单看其中一张图片，可能会觉得只是北方冬季街头的平常一景和孩子的游戏场面，最多只是从环境中得到一些老旧、残破的印象。可是，当两张图片并列在一起，加上《孩子的游戏》与《父辈的生计》标题中传达的信息，让人立刻对老街上生活的人们和他们几代人延续的生存状态和生活环境产生了密切的关注——这种情感的共鸣就来自两张图片画面的关系；来自于画面之外所包含的联想与情感空间。

孩子的游戏（选自摄影专题《老街故事》）

拍摄资料：Leica M6 相机 SUMMILUX-M 35 mm F1.4 镜头 f4 1/15s 柯达 E100VS 胶片 哈尔滨

父辈们的生计（选自摄影专题《老街故事》）

拍摄资料：Leica M6 相机 SUMMILUX-M 35 mm F1.4 镜头 f4 1/15s 柯达 E100VS 胶片 哈尔滨

信息的传递与视觉规律

　　对于一个图片专题来说，以适当的说明文字作为信息的补充是很必要的，能起到扩大感染力、深化主题的作用。不过，一组成功的图片专题不能过分依靠文字来关联，其主要的感染力仍然必须来自图片本身。

　　通过画面来传递信息是一件非常微妙的事情，它不仅取决于拍摄者的选取的内容、表现的方式，更取决于其中折射出的拍摄者的情感、态度与思考。而信息传递是否成功，取决于这些内容能否引起观者相同的感受和共鸣，这当然也离不开观者的人生阅历、欣赏习惯与文化素养。一个摄影者当然不可能预知所有观者的不同接受情况，而只能按照最普遍的视觉规律通过图片传递感受，以达到最大化的传递效果。其中最关键的就是把握图片的感觉——这是不是一件很微妙且非常需要技巧的事情？

拍摄资料：林哈夫 4X5 相机 Schneider-Kreuznach APO-Symmar-L 150mm F5.6 镜头　f11 1s 柯达 E100VS 胶片北

摄资料：林哈夫 4X5 相机 Schneider-Kreuznach APO-Symmar-L 150mm F5.6 镜头 f8 30s 柯达 E100VS 胶片 北京

　　视觉规律是带有普遍性的。看看这里的两张图片：单独看起来当然能引起观者怪诞、有些超现实甚至可能有点恐怖的感觉；当两张图片组合在一起得到了什么？大多数观者通过两张图片之间的联系，可能会得到下面的信息：1. 拍摄画面的场景是城市，并且是城市的夜景；2. 画面中最引人注目的东西是原本绝不应该出现在这些场景里的怪诞"动物"……凭着这两张图片之间信息的联系，大多数观者会产生这样的预期：这两个因素必然会在下张图片中再次出现，拍摄者一定是想通过这种"错位"表达某种感受和思想……如果第三张图片只是一张普通的夜景，那么观者一定会感觉莫名其妙——前两张图片之间的联系所传达的信息已经完全被打乱和破坏掉了……

　　这种带有普遍性的反应，就来自视觉规律的微妙作用。

不同摄影门类的信息传达

不同的摄影门类，对于信息传递的要求与把握方式是完全不一样的。例如，新闻摄影的五个"W"——新闻事件的"时间"（WHEN）、"地点"（WHERE）、"人物"（WHO）、新闻事件是"什么"（WHAT）以及新闻事件发生的"原因"（WHY），是新闻摄影作品要反映出来的五个关键要素。对于一组新闻与社会纪实图片专题来说，这五个要素必须始终作为内在的线索。

与新闻摄影要求清晰、明白的信息传递相比，艺术类图像的信息传达往往更加抽象、复杂，创作者往往会在信息传达的多义性、矛盾性方面花费大量的心思——这往往也是最能体现创作者思想、创造力与艺术追求的地方。

这里不能不提一下"沙龙"风格摄影（或者叫"摄影界"的风格也可以）——这种摄影最大的特点就是在形式感上不停地花样翻新，然而在图片内在信息的传达方面要么空空如也，要么重复着似乎永远不变的内容：例如祖国山河多么壮丽、各民族生活多么幸福一类的儿歌式的感叹。我知道，这么说很可能冤枉了"摄影界"里一些最出色的人物，不过我实在是想不明白：为什么古今中外的沙龙里几乎永远普遍处于这样一种思想的真空状态……

类似这样的图片组合，实际上不能真正称之为"一组"——这些照片只是因为内容相同、形式和拍摄器材手法相近放在一起而已，其中包含的视觉信息是完全重叠的。如果加上一个"漫步在钢筋水泥的丛林里"之类的题目，那么或许可以去参加"摄影界"的比赛了——摄影大赛的组照经常就是这样一种方式。

当然，我知道这连个鼓励奖也未必能评上：因为形式上不够讲究；内容方面也不够清楚、积极……"摄影界"的比赛可真不是件容易事！因为只留下很窄的一条路，所以想"挤"过去绝对不容易。

我承认，在这方面，我的智商实在是有限得很。

拍摄资料：哈苏 2000FC/W 相机 35mm F3.5 、80mm F2.8、150mm F2.8 镜头 柯达 E100VS 胶片 上海、广州

CHAPTER 5 调动视觉元素

——组照的构成、角度与视觉节奏

　　当我驱车接近内蒙边城二连浩特的时候，显然缺乏必要的"心理准备"，以至于被地平线上不断冒出的无比巨大的恐龙惊得合不拢嘴（当然，是恐龙的雕像，不过惊人程度丝毫不减）……我内心里无比钦佩不知是哪一任的二连浩特地方领导，居然能让这个带有孩子般天真的想法以如此宏大的规模出现在大地上。要知道，领导们从来不缺老到的阅历，但极少会欣赏天真……

　　我不由自主地要用照片记录下我的惊讶和巨大的超现实感——这组照片完全围绕这种感觉展开的。如果从纪实或报道角度，其中包含的信息点显然不够充分、完整……不过，我已经完全被如此具有超现实感的大手笔彻底惊呆了——纯视觉的震撼对我来说在此足够了。

拍摄资料：Canon EOS 5D 相机 SIGMA12-24mm F4.5-5.6 镜头 f16 1/50s 二连浩特

拍摄资料：Canon EOS 5D 相机 EF24-70mm F2.8L 镜头 f11 1/30s 二连浩特

作为一组照片的开始，这两张照片有意拍得"弱"一些、平淡一些——仿佛一首乐曲的开始，试图表达在茫茫天地间第一眼看见它们由远及近时那样难以置信的感觉。

这组照片也是《偶像》专辑其中的一组。

拍摄资料：Canon EOS 5D 相机 SIGMA12-24mm F4.5-5.6 镜头 f16 1/40s 二连浩特

　　忽然出现的强音，描述主体与环境的关系——不可思议的夸张与视觉的和谐。在一组图片之中，主打照片的质量和感染力对于整组图片的效果有着巨大的影响。在主打图片上，应使用尽可能富于力度的视觉语言。

这4张图片在视觉上采用的是同一种方式——通过巨大的骨架与"渺小"的人物的对比，进一步强化超现实的感受。

Canon EOS 5D 相机 EF24-70mm F2.8L 镜头 f16 1/60s 二连浩特

拍摄资料：Canon EOS 5D 相机 SIGMA12-24mm F4.5-5.6 镜头 f11 1/30s 二连浩特

超广角镜头的抵近特写，类似影视剧中的主观镜头。

拍摄资料：Canon EOS 5D 相机 SIGMA12-24mm F4.5-5.6 镜头 f18 1/30s 二连浩特

这是视觉节奏上的第二个高潮——以平静的、极富现实感摩托车骑手和行人为前景，在交代环境的同时强化视觉上的对比。

拍摄资料：Canon EOS 5D 相机 SIGMA12-24mm F4.5-5.6 镜头 f22 1/40s

　　描述"恐龙"存在的环境和人们平静的态度，节奏逐渐减弱，以逐步返回现实之中作为一组图片的尾声。

一组图片的完成质量取决于两个主要方面：

1. 图片之间的关系是否完整、节奏安排是否得当。

2. 重点图片的感染力。

　　拿这组图片来说，在基本节奏形成之后，我始终觉得如果作为重点的图片能有更多的变化，对于提升整组图片的品质会极有好处。因为恐龙雕塑的拍摄环境固定，所以感觉的变化最好从季节、环境的变化

拍摄资料：Canon EOS 5D 相机 EF24mm F1.4L 镜头 f11 1/50s 二连浩特

入手。我设想着如果有一张冬天出现在茫茫雪原上的黑色恐龙骨架，肯定能让整组图片在视觉上更加丰富——为此我在冬季两次专程驾车前往二连浩特，可惜终于还是失望而归……这里的图片基本出自第一次拍摄，只有第二张和最后一张是在那个"没有雪的冬天"里补拍的。

看来，拍照片终究还是离不开一点好运气。

技巧提示： 与把握构图、镜头语言等拍摄技巧一样，对视觉节奏的掌握并非只要清楚原理就够了，需要经过一次次的拍摄实践和总结，直到这种能力变成一种"下意识"的行为——显然，这比拍出一个漂亮的画面难度大多了。不过，对于以媒体为服务对象的职业摄影师来说，这又是一种必备的能力——要求你学会像图片编辑一样去看照片。

CHAPTER 6

用图片讲一个故事
——浅析图片专题的拍摄

一张照片，可以表现一个人物的典型形象或是一个事件的"决定性瞬间"。

一组照片，可以较完整地讲述一件事或是比较全面地表现一个拍摄对象。

如果希望表现更多层面、更大信息量的内容，表达更复杂、深刻的意识和思想，往往就需要靠摄影专题的形式来实现了。

从一张、一组到一个摄影专题，其中不见得一定有层次、高下之别——实际上，一张精彩的照片影响力远远超过一个平庸的图片专题，这样的例子并不少见。但是，因为其中不仅包含着多幅甚至多组照片，更涉及到讲述角度、叙事线索、视觉节奏、"情节"安排等一系列因素，一个专题的拍摄，无疑要比一张或一组照片复杂得多。一个成功的图片专题可能要用几个月、几年甚至十几年才能最终完成——更有这样的摄影大师：一生可能只致力于一个专题的拍摄。

从一组照片到一个专题，因题材的需要与拍摄的构想的不同，组织画面的方式与构成组照和专题的线索也是多种多样的。事实上，同一个专题以不同的线索进行编辑，也可能呈现出完全不同的效果。限于本书的定位和篇幅，这里例举的组照和专题都是以视觉方面的元素为主要线索的。不过，作为专题来说，仅凭图片毕竟难以达到完整的呈现，因此在《老街故事》这个专题中包含了部分关于拍摄题材的文字资料作为背景。

开车上路，早晚会碰见这样一个令人驻足的地方——甚至能让你忘记对远方的渴望，忘记你的越野车，而只想多停留一些时间，感受一下空气中某种独特的味道，用脚步来感受一下这里的土地……当你回到家里，在屏幕上浏览着一路上各种奇异的风景的时候，却又会不由自主地回想、思念那个在别人眼里可能是普普通通的地方……对我来说，老街就是一个这样的地方。

《老街故事》这组图片又给我留下了无尽的遗憾——今天，那些老街已经完全被一片乏味的高楼大厦吞噬掉了。

拍摄资料：Leica M6 相机 SUMMILUX-M 35 mm F1.4 镜头 f2 1/30s 柯达 E100VS 胶片 哈尔滨

拍摄资料：Leica M6 相机 ELMARIT90mm F2.8 镜头 f11 1/30s 柯达 E100VS 胶片 哈尔滨

背景资料

铁路·老街·傅家甸

　　先前，哈尔滨这里叫"傅家甸"。在傅家甸之前，哈尔滨不过是元朝的一个有 12 个狗所的驿站。这条江叫松花江，先前叫速水，比较有名气，也很古老，颇为寂寞地流了几千年。两堤的歪柳，婆婆娑娑，可以望到将尽不尽之处。速水时代，江水大阔，浩兮荡兮，霸去了现今道里、道外和松蒲三个区镇所据的几万公顷土地。就是现在，三个区镇仍在南岗区的鸟瞰之下。故此，南岗区，一直被哈尔滨人仰慕为"天堂"。"天堂"地势伟岸，文明四达，人之心态也日趋居高临下：自矜自诩，贤恰自爱，以为领着哈尔滨几十年的风骚。

　　位次"天堂"的道里区，异人汇集，洋业鼎盛，歌兮舞兮，朝夕行乐，几乎无祖无宗，誉为"人间"。人间者，比上而不足，比下则有余。善哉！道外区，行三。净是国人，穷街陋巷，勃郁烦冤。为生活计，出力气，出肉体，也干买卖，也来下作。苦苦涩涩，悲悲乐乐，刀拼、秽骂，亦歌亦泣，

拍摄资料：Leica M6 相机 ELMARIT90mm F2.8 镜头 f4 1/60s 柯达 E100VS 胶片 哈尔滨

生七八子者不鲜，"今朝有酒今朝醉，明朝没酒现掂对"。得"地狱"之称不枉。

上面这段话出自哈尔滨作家阿成的手笔。哈尔滨这地方出产的名作家不少，作品能让人记住的似不甚多，阿成当属其中出类拔萃之辈。阿成笔下，城与人无不尽得这座冰雪之城的魂魄。我曾经想请阿成写一写道外，他以"不太熟悉"而婉拒。其实，在阿成的名篇《良娼》中，老哈尔滨人一眼就能看出道外的色彩。

不必说北京、西安、南京这样的古都，即便与许多动辄有千年历史的南方小城相比，哈尔滨都是座年轻的城市。哈尔滨有案可查的历史大致始于金代，渐成今天的格局则是晚清的事。在1896 年李鸿章与俄国在莫斯科签订了《中俄密约》，条约中规定俄国可以在中国的吉林、黑龙江两省建造铁路，就是所谓的中东铁路。哈尔滨是作为这条铁路沿线的一个站而逐步形成的一个城市，所谓的道里、道外，就是沿当年的中东铁路划分的。

今天所说的道外是哈尔滨很大的一个区，在各种报纸上，总习惯以日新月异、蓬勃发展一类的词来形容它。不过，在普通哈尔滨人的话语里，"道外"一词更多指的还是老街——大致是从景阳街到南十六道街这一片地方。这个范围也并不准确，因为每个月都会传来消息，又有几座老楼在火灾中或者在推土机的轰鸣里倒塌；每一年都会有一批新的火柴盒式的楼房在老街的边上崛起。在它们耀眼的反光之下，老街尚存的几条街道更见寥落，仿佛都市里的一个村落，因为被暂时忘记而偏安一隅。

拍摄资料：Leica M6 相机 ELMARIT90mm F2.8 镜头　f2.8　1/4s 柯达 E100VS 胶片 哈尔滨

背景资料

同记·圈里·裤裆街

　　道外当年因属"地狱"，城区自然也少有规划，街巷窄而曲折，不像今天这般纵横贯通。转弯和汇集之处也往往出人意料。顺着一条陌生的小巷走下去，感觉上似乎永无尽头，可转过一个楼角猛一抬头，就会发现自己已经站在一个车水马龙的熟悉的街口。

　　道外最主要的街道有三条，一为南北向的景阳街，一为东西向的承德街，两条街道交汇之处称承德广场，是道外心理意义上的中心（并非就地理意义而言）。景阳街旧称许公路，为纪念东清铁路公司首任督办许景澄而命名。景阳街北起松花江边，南连南岗、火车站，街两侧自一百年前起就店铺林立，热闹非凡。承德街旧称国境街，今已拓成立体快速路，向东直通南岗和太平区。承德广场以南，景阳街以西，多为工厂、货仓、粮栈所在。景阳街以东，承德广场北面直到江边这块地方，则是人们所说的老街。

拍摄资料：Leica M6 相机 SUMMILUX-M 35 mm F1.4 镜头 f11 1/30s 柯达 E100VS 胶片 哈尔滨

　　老街上最长的街道旧称正阳街，解放后为纪念抗日英雄杨靖宇改名为靖宇大街，为道外另一主要街道。靖宇大街西端与景阳街成丁字交汇，整条街如一根鱼脊，串连着两侧鱼骨般排列的小巷，道外诸多的老字号大都分布在这条街上。当年的哈尔滨，南岗与道里的"秋林公司"是真正的洋行，道外的同记、大罗新百货商行才是民族产业，是老百姓开开眼界、寻一些满足感的地方。"不逛同记、大罗新，不算去过哈尔滨"。同记商场今天还在，大约十年前被改建成一座当时瞧着很时髦、今天无论从哪个角度看都很难受的建筑。大罗新门脸依旧，里面则早已改为"市百货批发采购供应站"。

　　靖宇街两侧的街巷排列大致整齐，由西向东分别以头道街、二道街为名依次排列。每条街又分南北，如南头道街和北头道街，中间以靖宇街划界。街道之间亦有大小不等的街巷相通，如南勋街、太古街、桃花巷等，不一而足。其中还有

一条哈尔滨最古老的街道——天一街。天一街旧称裤裆街，顾名思义，这条街呈"人"字形，一些当铺、小店就在"人"字形两撇的交叉点上。由太古街到裤裆街开始分道，一条通往道外江边的渡口，一条通往道里的兆麟公园、九站，这便是裤裆街的由来。裤裆街两侧当年居民多为山东人，从事打鱼、跑船、行商、种地诸多行当。为加强同乡情谊，互济有无，聚居在这一带山东同乡设有山东会馆，为山东同乡谋了许多福利，所以裤裆街两侧山东文化传统最为浓烈。1933年因"裤裆"二字不雅，改称天一街。

　　想当年，道外是真正的底层百姓汇集之所，也是民族工商业聚集之地，各种商行、客栈、钱庄、粮栈、皮货行、当铺以及戏院、饭铺、茶楼酒肆乃至烟馆、娼寮、赌局鳞次栉比，声名远播。各路大小商贾往来忙碌，老街上更是三教九流五花八门无所不包，一派繁荣景象。

拍摄资料：Leica M6 相机 SUMMILUX-M 35 mm F1.4 镜头 f5.6 1/4s 柯达 E100VS 胶片 哈尔滨

拍摄资料：Leica M6 相机 ELMARIT90mm F2.8 镜头 f8 1/8s 柯达 E100VS 胶片 哈尔滨

背景资料

秋高时节，更有东北的各色粗豪汉子——其中亦不乏腰里别着家伙的"胡子"、响马之类——搭船沿江而至，在道外码头卸下各人的货物：或是山里打猎得来的皮货，或是各种山货乃至私种的大烟葫芦之类，都自会有人上前盘桓交易。捏着手中的银钱，汉子们一般直奔"烧锅"（东北制酒的小作坊人称烧锅）先买一醉，趁着酒兴，胆大些的也许会寻一赌局试试手气，心野一些的就奔"圈里"，将辛苦所得换来一夜风流。第二天，汉子们又会视口袋里消费所余或多或少采办些乡下没有的事物儿，然后恋恋不舍地搭船循江而去。东北苦寒之地，辛苦一年，盼的就是这潇洒风流的一夕。

"圈里"为当年道外娼寮、妓院聚集之地，因为中心有一圆形广场（今南十六道街与南十七道街中间）而得名，楼台灯火，颇盛一时。1917年官方将四家子地段出租，后各妓院次第迁入，定名荟芳里。娼家例分五等，迁入荟芳里的总计有 34 家，均为二三等妓馆。荟芳里地名尚存，"圈里"已于 20 世纪 80 年代末拆除，当日观者如堵。

拍摄资料：Leica M6 相机 SUMMARIT 50 mm F1.5 镜头　f4　1/8s 柯达 E100VS 胶片 哈尔滨

背景资料

老街·圈楼

　　俄国十月革命后，有大批白俄流落至此，哈尔滨对这些流亡者的接纳则颇为宽容，他们真正融入了这个城市，在哈尔滨城市生活的方方面面，今天依然能找到他们留下的印记。流亡者中就有不少当年欧洲一流水平的建筑师，今天哈尔滨多数的保护建筑和教堂就是他们的杰作。

　　大多数最著名的建筑都在南岗和道里，道外的一类保护建筑约有二十余处。想当年，建筑师中出类拔萃者自然要选择"天堂"来大展才华，稍逊一些的才会屈就于道外。道外建筑多为巴洛克风格，本已豪华复杂的巴洛克风格加上二流建筑师过度矫饰的手法，让不少道外的老楼看上去极尽雕琢与奢华。从建筑角度看，它们究竟有多高的艺术价值我不敢确定；经过了多年风雨之后，昔日浮华的雕饰让人感触更多的是岁月的沧桑和逝者的情趣，站在这里，面对的仿佛不仅仅是一座楼，而是数页已经翻过的历史。

　　与哈尔滨诸多著名建筑原汁原味的经典欧洲风格不同，道外的老楼还有一大看点——"中西合璧"。不难想见，当年的"老毛子"建筑师虽然满腹欧洲经典，面对的却是闯关东发了财的中国财主，于是不能不顺着主顾的意思，在巴洛克风格的屋顶再加上一道中国味十足的女儿墙，惯用的希腊柱饰也少不了换成主顾喜欢的荷花金鱼之类……有一座老楼，欧式结构上所开的门窗，竟一色是标准西北窑洞的样式，让人一望即知房主人的来历和乡土意识。文化的硬性嫁接和某种程度的"无法无天"，在这里催生出了一批土洋结合的怪味道的东西。不过，历经时光的冲刷，土与洋都已一起老去。

　　除了那些昔日的豪宅之外，更多底层市民住的老楼也颇值得一看。哈尔滨不愧是座洋气的城市，与其他城市的老城区相比，道外少有平房，多的是"圈楼"。圈楼的平面结构有点像四合院，有些还保留着四合院前后两进的格局，甚至在入口处立一块影壁。圈楼一般楼梯与走廊均在室外，邻里相通，住户间的关系也就有了些四合院般亲近和睦的感觉。在楼梯与走廊的装饰上，可以找到各种中国园林流行的栅格结构，同一座房子出现五六种不同花样变化的也不算少见，从这些装饰的繁复程度上大致可以判断出当年主人的身份。作家萧红当年落难道外，曾居住过的东兴顺旅馆就是一座大规模圈楼，而内侧走廊原以绿色木板封闭，在道外圈楼中应属少见。不过目前已大部分被拆毁，仅保留了临街的一段。上次回哈尔滨的时候，我还专门前去看过。

地平线上的风景

背景资料

老街的圈楼里，昔年一家的空间至今被分成若干户，每户人家又纷纷在院子和走廊里圈起自己的地盘，搭起形状千奇百怪的临时建筑，而且从来是只见增加不见减少，经年累月，让人不禁大为感佩人们"在夹缝中生存"的能力。这些棚舍又分明展示着争取空间、将日子过得更好的强烈欲望。这欲望与已经败落的昔日雕饰那么自然地叠加在一起，构成的一道道风景让人忍不住会对世事和人生发出种种感慨。

老街之人重节日，敬先辈，亲宗族，亲戚邻里间和睦照顾，与"外人"交往则颇有界线。有几年中我为了拍摄关于老街的专题，经常游荡在老街上，后来索性租房住进了老街。面对镜头，老街居民的反应常会有截然不同的两种：很多人会热心上前，为你指点老房老屋，讲述种种掌故，素不相识也会拉你到家里吃饭，其真诚热情常让我感动得近乎惶恐；另一类则冷言冷语相拒，上前百般刁难寻事者也时有所见。事后想来，这两种态度，也许正说明老街居民心里既留恋老街、又厌倦了这种败落拥挤的复杂心态吧。

透过镜头 去寻找自己

拍摄资料：Leica M6 相机 SUMMILUX-M 35 mm F1.4 镜头　f4 15s 柯达 E100VS 胶片 哈尔滨

老街的大年夜，老住户们保留着逢年过节在路口给故去的亲人烧纸祭奠的习惯。

　　尽管在陆续几年时间里用去了几百卷胶片，其中也并不缺少一些很好的照片，但《老街故事》这组专题始终没有完成——遗憾的是看来也不会有机会完成了。

　　其中的原因有二：1 拍摄时过于求全求多，"面"铺得太大而每个点又不够深入，最终很难整理出一条集中的吸引人的线索将各个点穿起来；2 显然我在那个阶段身上的"沙龙"习气太重了，过分注重形式、美感，以至很多单独看起来非常漂亮的画面，放在专题里却几乎没什么用——而我当时拍了大量这样的东西。

　　记得好像是尤金·史密斯说过这样的话．"当你以一个城市作为拍摄对象时，你几乎注定要失败；当你以一条街作为拍摄对象时，你成功的机会高了一些；当你以其中一个人作为拍摄对象时，你已经成功了一半……"感动了，投入了，最终却发现还是错过了……这种失落，非同道中人往往是很难体会的。

CHAPTER 7

行走中诞生的专题

今天那些在艺术市场走红的艺术家有个习惯的说法："做作品"——作品是"做"出来的，构思创意之类的过程都已提前完成，甚至可能已经联系好了投资人和赞助，"做作品"的过程只是一个纯粹的操作过程。对于传统类型的摄影师来说，这种方式可能是匪夷所思的。

旅途拍摄最有意思的地方在于：你永远无法预料会有什么在前面等着你。每个人出发的时候都会带着一些目标和想法上路，有时候这些目标能够实现，更多的时候，一个目标的失落可能会带来一些完全超出预想到的结果。最有价值的想法，往往是随着汽车里程表的转动和一张张照片的积累，在某个瞬间一下子产生的。

《偶像》这个专题完成于 2007~2008 年，是最典型的在行走中萌生和完成的作品。其中最早的照片可能出自六七年之前，开始时，我只是下意识地对这一类的内容感兴趣，不知不觉就积累了好多这方面的照片，直到某一天忽然在一大堆图片中发现了可能的线索，然后有计划地按照这条线索去拍摄，在不到一年之内就基本完成了——这里最关键的是自驾车旅行带来的无数拍摄机会，如果靠出差或者其他旅行机会"碰到"这些内容，很可能整个专题的完成要花上五年甚至更长的时间。

《偶像》的基本想法是从"偶像"——公共雕塑的视点出发，表现其中透射出的我们流行文化中的浮躁、夸张、矛盾、媚俗、失落、盲目、荒诞等种种文化现象，从大量人们习以为常、视而不见的东西中有所发现和感悟。这组专题是由一个个散点构成的，正是这些"点"的不同与共同之处构成了整个专题的张力。即使在集中拍摄这个专题的时候，我也并没有很明确的计划和预想，只是每到一地更留意地寻找可能遭遇它们的地方。拍摄中，每一张照片上最重要的因素不仅仅在于"偶像"——而是"偶像"与环境的关系和人们对它的"态度"。图片好或不好，往往是由这种"关系"是否得到充分的表现而决定的。

通常情况下，除了某一次非常具体的拍摄任务之外，我一般会带着 3~4 个这样的专题构想出发上路。随着里程的积累，看着一个专题一天天的成型，是我一路上最快乐的事情。

拍摄资料：Canon EOS 5D 相机 EF24-70mm F2.8L 镜头 f22 1/80s 曲阳

12mm 镜头夸张奇异的空间效果对这组专题来说再合适不过了，以至于后来我不得不有意把这支镜头"忘"在家里——为了避免过分依赖它的夸张效果带来的单调。

拍摄资料：CanonEOS 1DS MARKII 相机 SIGMA12-24mm F4.5-5.6 镜头 f6.3 6s 天津

　　天津真是一座勇于展现大俗大雅的奇妙城市。如此表现情爱的雕塑，对其他城市也许是难以想象的——不过反对者似乎也不好多说什么：因为这些雕塑都出自法国大师罗丹的作品原型。

　　通常我极少为了拍照早起，这次是例外：为了等一个特殊的光线，我凌晨 4 点多就起来了——我住的酒店离这里不过 100m 远。

拍摄资料：Canon EOS 5D 相机 SIGMA12-24mm F4.5-5.6 镜头 f10 1/250s 威海

拍摄资料 Canon EOS 5D 相机 EF24-70mm F2.8L 镜头 f8 1/100s 塘沽

拍摄资料：Nikon P6000 相机 f5.6 1/60s 卢龙

这又是一个提醒我随时准备好相机的例子：当时我正在高速上行驶，忽然看见了这个可遇不可求的景象，急忙抓起手边的尼康卡片机，来不及调整光圈、速度，也顾不上单手能否持稳相机就举起来连拍了3张。就在不到一分钟之后——当我准备超过去停车等它的时候，这辆车从前面的出口驶离了高速。

拍摄资料：CanonEOS 1Ds MARKII 相机 EF24mm F1.4 镜头 f2 30s 曲阳

　　我在一条窄路上掉头的时候，偶然向车灯照亮的远处一瞥，立刻被所看到的惊呆了。于是，我把车停在了这个尴尬的角度上，全部照明来自于车灯。

拍摄资料：Canon EOS 5D 相机 EF24mm F1.4L 镜头 f3.2 1/1.5s 正蓝旗

地平线上的风景

不得不经常面对这样的情况：有时候好照片来得很容易；而另外一些时候则无论如何达不到满意的效果。正蓝旗的忽必烈广场我前后拍了4次，前3次花了好多时间，总有这样那样的问题出现；第4次，当我在一个冬天天刚黑时驶进正蓝旗，一眼就看到了眼前这个景象，整个拍摄过程还不到5分钟。后期数字暗房做了接片。

有人经常说"今天没有灵感"——职业摄影师可是不能过分依赖灵感来工作的。

拍摄资料：CanonEOS 1Ds MARKII 相机 EF24mm F1.4 镜头 f13 1/80s 塘沽

拍摄资料：CanonEOS 1Ds MARKII 相机 EF24mm F1.4 镜头 f9 1/200s 塘沽

对于《偶像》来说，每一张照片后面最重要的线索就是"偶像"与人和环境的关系。这个专题涉及的范围虽然很广，但始终是围绕着这个线索展开的。每到一地，吸引我的其实不是新的雕像，而是某种新的"关系"。

当一组专题在头脑中还没有完全清晰的时候，拍摄中最难把握的就是视觉上的"分寸"——拿不准究竟该从什么视角入手、该将画面控制到什么程度，往往是拍摄过程中最让我感觉困扰的。

目前，我通常的解决办法是多拍——尽可能捕捉住心里闪过的所有念头，先不去做太多的判断，在后期编辑时再去考虑如何选择取舍。这种方式会让拍摄变得轻松了许多。

拍摄资料：CanonEOS 1Ds MARKII 相机 SIGMA12-24mm F4.5-5.6 镜头 f8 1/200s 周口店

　　那些平日里习以为常以至于视而不见的东西，一旦以新的视角发现、定格，就会呈现出异乎寻常的荒诞感……究竟哪里出了问题？是我们的眼光还是身外的这个世界？

　　还记得一首"老流行歌"里的一句歌词："那被你遗忘的旋律却是我宿命的追寻……"拍了多年的照片，想弄清自己究竟要找什么，仍然很难。

拍摄资料 Canon EOS 5D 相机 EF135mm F2L 镜头 f8 1/200s 锡林浩特

　　如果不是单独一人驾车旅行，我肯定不会停下来拍这张有点过分讨巧的照片。当时天气很差，我一个人有点百无聊赖，正准备找点儿什么打发时间。

　　135mm 镜头通常是我摄影包里随身携带的最长的镜头。

拍摄资料：CanonEOS 1Ds MARKII 相机 EF24mm F1.4 镜头 f4.5 1/2s ISO400 北京

　　为了能凝住雪花飞舞飘落的痕迹，我将感光度提到ISO400，雕像上的光与雪花的痕迹都是被汽车大灯照亮的。

　　出于对画质的苛刻，通常情况下，我宁愿使用三脚架延长曝光时间也不太愿意提高感光度。在我看来，CanonEOS 1Ds MARKII 最大的"可用"感光度就是ISO400，超过这个感光度，画质的劣化就比较明显了。

拍摄资料：PENTAX67II 相机 105mm F2.8 镜头 f5.6 1/60s 柯达 T-max100 胶片 山海关

从此以后，再看其他地方的鳄鱼，都觉得欠了点儿意思。

关于《偶像》

这些照片，来自于 2007~2008 年间几万公里的驾车旅行。

"在路上""生活在别处""身未动、心已远""人生就是一场旅行"……对于旅行，随便就能想起很多现成的漂亮的话。仔细想想，多数话尽管挺扯淡的，但是仍然很动人。

自驾旅行像毒品一样，会让人上瘾。来了，见了，走了——还有什么日子比这更飘渺？每次，在一个岔路口停下来，根据路标上的地名漫无边际幻想着一种从未经历过的生活，我都会陷入巨大的幻觉之中——仿佛在这一瞬间生活失去了全部的质感和分量，飘忽而又自由。某次，我沿着海岸线旁的一条烂路开了很久，找到了一个叫"独幽城"的地方——这里不但不"独幽"，甚至也没有城，而是一条高速公路的入口……尽管经过了不少的麻烦——包括在一个冬夜的荒郊野岭，我的车"自燃"成了一个巨大的火球——这种幻觉仍然让我深深自溺其中。

旅行，需要理由吗？

如果一场旅行持续了 2 年，恐怕就需要一个很好的理由了；不仅如此，事后也应该有一个交代。

要知道，汽油又涨价了。

理由也是现成的——我在拍照片。为了让整件事看起来更像样一些，还需要整理出几个专题什么的。对于"偶像"，我认真准备了一篇长篇大论，听起来很深刻很批判很文化的……不过，类似的话，从评论家、策展人或者哥们嘴里说出来，显然更得体一些——对着一堆自己的照片滔滔不绝，总难免显得犯傻。

到了这个岁数，是否更会蒙人姑且不论，反正已经很难再骗自己了……克制一下自命不凡的冲动扪心自问，批判和深刻，和路上的我又有多少关系呢？

也许，最真实的感受是：这些偶像——这些立在路边的石头与泥做的玩偶——让我感到非常的忧伤。尽管知道对于中年男人来说，忧伤是一种很猥琐的情绪，可是，我依然不可救药地忧伤着……

——转自笔者《偶像》专辑 中国图书出版社 2009 年 4 月第一版

透过镜头去寻找自己

地平线上的风景

　　摄影的技术问题容易谈，因为虽然有很多标准、法则，但是每一条都很明确；

　　摄影的艺术问题不太容易谈，因为同样有很多的标准、角度，但是通常都未必明确；

　　很多不同的角度甚至是互相矛盾的……

　　幸好在旅行的时候我不需要去想这些

透过镜头去寻找自己

SECTION 6

路

经典自驾摄影线路

　　自驾旅行，有两个时刻让我兴奋：一是在家中对着地图勾画行程路线的时候，另一个就是随着某一刻心头的一动驶入一条岔路、彻底把原来的目的地抛在脑后的时候……

　　推荐线路，其实只是对刚开始尝试自驾旅行的人会有一定价值。等到你已经能够根据自己的喜好来规划设计仅属于自己的"经典"线路，更精彩的旅程也许才算真正开始了。

CHAPTER 1

关于线路与路书

自驾旅行，有两个时刻让我兴奋：一是在家中对着地图勾画行程路线的时候，另一个就是随着某一刻心头的一动驶入一条岔路、彻底把原来的目的地抛在脑后的时候……自驾出行，胜在自由自在、信马由缰，对于旅行拍摄者来说，所谓的黄金线路也并不重要——一切都可能因时因地因人而异。

不过，在出行之前——尤其是前往一个完全陌生地域的时候——仍然很有必要做一些功课，充分了解目的地及周边可能到达地区的各方面情况。好在网上现在有无数热心的人，经常提供各地最新的路书，其中行车路线、途经的地点、里程、道路特点、途经的景点、食宿安排、天气状况等等都能找到很详细的介绍。在计划出行时认真研究一下这些路书是非常必要的：除了对所经过的地区的历史、风土人情、自然环境等有一定了解之外，有很多因素是地图难以体现的，例如，路况、饮食、住宿、加油站等所在位置，这些要素必须做到心中有数。这样可以最大程度减少不必要的麻烦和风险。

很多网上俱乐部都能查阅各种旅游攻略，那里有很多优秀的路书可资借鉴。在拥有原始资料的基础上，可以从中发掘出自己想找的信息。除了有什么风光景点之外，了解当地的人文风俗、旅行期间的气候特点，都会对进行一次愉快的旅行有莫大的帮助。特别是去少数民族地区，看看出游期间有没有民族节日，如能遇上当然是再好不过了。出发前，充分了解旅游目的地少数民族的风俗习惯非常重要。

本章选择介绍的是从北京出发的 7 条经典的自驾旅行线路和各地的 10 条值得推荐的路线，内容来自多位亲历者的经验，也参考、转引了部分来自网上的相关资料。所谓"经典"，也只是摄影人最经常选择的路线而已。有很多路线可能更受自驾旅游者的青睐，但从拍摄角度看意思不大，故未收入其中；还有一些以大城市为主要目标的线路（如上海、杭州、广州等），由于自驾旅行实际上不如选择其他交通工具更方便、经济，故也未列入。因篇幅所限，各线路的内容主要是一些重点与提示，准备亲身前往的朋友，还建议更多地查阅、参考专门网站路书和自驾线路书籍。

推荐线路，其实只是对刚开始尝试自驾旅行的人会有一定价值。等到你已经能够根据自己的喜好来规划设计仅属于自己的"经典"线路，更精彩的旅程也许才算真正开始了。

CHAPTER 2 从北京出发的 7 条经典自驾旅行拍摄路线

NO.1 草原风光之旅

旅行线路： 北京（八达岭高速）—张家口（张石高速）—张北（207 国道）—太仆寺旗（宝昌镇）、桑根达莱、锡林浩特市—达里诺尔湖—锡林浩特市—东乌珠穆沁旗—西乌珠穆沁旗—赤峰克什克腾旗（经棚）—热水镇—红山军马场—塞罕坝森林公园（机械林场）—围场县—承德方向—承德—京承高速—北京

里程与时间： 约 3000km 7~8 天

最佳季节： 每年 5~10 月、12 月

风光拍摄指数： ★★★★★

人文拍摄指数： ★★☆

道路难度系数： ★

越野难度系数： ★☆（夏、秋）★★★★（冬）

线路提示

　　这条线路已经是北京、天津、河北一带车友的经典自驾线路，沿途草原风光、民族风情等拍摄题材丰富，还包括了许多摄影发烧友眼中的拍摄"圣地"——坝上草原。

　　如果出行时间不那么充裕，也可以选择其中部分地点而不必跑完全程。其中北京—锡林浩特市—达里诺尔湖这一段虽然沿途风光赏心悦目，但非常适合休闲旅游而不太容易"出片子"。如果对草原民族风情感兴趣，重点在于锡林浩特市—东乌珠穆沁旗—西乌珠穆沁旗—赤峰克什克腾旗这一段；如果非常喜爱拍摄自然风光，那么从北京直奔围场坝上无疑"效率"要高得多。

　　达里诺尔湖位于从锡林浩特市—赤峰克什克腾旗的路上，如果走锡林浩特市—东乌珠穆沁旗—西乌珠穆沁旗这条线路，去达里诺尔湖需要走一段回头路；如果时间不充裕，在达里诺尔湖与东乌珠穆沁旗—西乌珠穆沁旗之间选择一条线路，可能会节省 1~2 天的时间。

　　对自驾经验丰富的老手，还有一条备选的线路或许更值得推荐：

　　北京（八达岭高速）—沙城出口下高速—赤城—沽源—太仆寺旗（宝昌镇）、桑根达

莱、锡林浩特市—达里诺尔湖—锡林浩特市—东乌珠穆沁旗—西乌珠穆沁旗—赤峰克什克腾旗(经棚)—热水镇—红山军马场—塞罕坝森林公园(机械林场)—多伦—正蓝旗—沽源—北京。这条线路尽可能避开了比较乏味的高速驾驶，里程上也近了许多，而且多伦、正蓝旗两座草原小城也很值得一看。虽然前些年路况不太好，部分路段只有越野车才能通行。但近几年基本都是柏油路了，道路情况已完全没有问题。不过有些季节路上的大货车可能比较多，另外在沽源、坝上等一些地方道路的标识不是很明确，需要一点找路的经验。

驾驶提示

内蒙古近年经济高速发展，道路建设情况也是我所去过的最好的省份之一。不少省道的道路规格甚至已经优于国道了。由于路况非常好，路上车不多也没有行人，一路风光旖旎，心情愉悦，所以很容易在国道上开出 120km/h 以上的速度，这样在遇到情况时还是可能存在危险，需注意控制车速。

此行唯一不好走的路段是从坝上下坝到围场的一段，路面不平，窄，且多急弯，一定要小心。围场到承德段路况很好，但人车混杂，路口多，要注意。

如果一路"规规矩矩"地沿着柏油路开，那么这条线路对车辆完全没有要求——任何家用轿车都足以胜任；不过因此也就会错过最重要的拍摄景点：草原风情和坝上风光。在内蒙中部，真正原生态的牧民生活已经大大减少，沿途看见的蒙古包大都是专门为城里人准备的旅游景点。想拍摄原生态的牧民生活，需要在东乌珠穆沁旗—西乌珠穆沁旗这一段离开公路沿着草原路向草原深处行驶，这些路就只有越野车才能胜任了。另外，坝上的许多最好的拍摄地点也只有越野车才能到达——这个问题相对好解决，可以租当地的越野车和司机前往。

如果在春天雪化后不久前往，草原路可能因为泥泞不堪而变成最难走的路，最强悍的越野车也会举步维艰；冬季这条线路虽然也颇有可观，但是大量的冰雪路段让驾驶难度成倍增加，只有硬派越野车才能够胜任。此外，坝上的很多路段在冬季会因大雪而封路，很多理想的拍摄地点都无法到达了。

食宿提示

从北京出发到锡林浩特市的路程大约有 600km，这条路最好一天之内走完。在张家口和张北可不必停留，午餐可选在太仆寺旗初尝一下草原的风味。锡林浩特市的宾馆条件很好，锡盟的羊肉也大大有名，不可不尝。

如果选择去达里诺尔湖，达里湖边住宿条件一般。湖边有不少宾馆饭店，餐饮以鱼为主，很值得一尝。在东乌珠穆沁旗、西乌珠穆沁旗都能找到条件不错的宾馆，草原餐饮也比较地道。如果不是非常有兴趣，一般不建议在路边开设的蒙古包景点食宿。

克什克腾旗新开设的一些宾馆食宿条件尚可。还可选择去克什克腾旗以北的热水镇，全镇都是能提供天然温泉洗浴的宾馆，不过在旺季时价格奇贵。

从克什克腾旗方向进入坝上需要交每人 65 元的门票，更离谱的是离开坝上进入河北境内时还得每人再交 75 元（如果走去多伦的小路目前还没人收费）……在坝上一般都选择住在红山军马场，这里原本只是个小村子，在这些年旅游的带动之下村民新盖起了很大的旅店，比较出名的有"大胡子"、"老宋酒家"等，住宿条件尚可，不过服务已经是乡村式的了。这些地方通常很愿意做摄影人的生意，对搞摄影的人会格外热情，并且愿意提供各种支持和信息。如果开轿车前去可以在饭店租车，对理想的拍摄点司机一般会比你更清楚。

让人扫兴的是坝上旅游虽然很火，但几乎谈不上什么管理——尤其在野外骑马的旅游点，每年都能听到几十个当地人围殴游客的事情发生……对骑马之类的项目，建议不要轻易尝试。

景点拍摄提示

锡林浩特：锡林浩特市是典型的内蒙新兴小城，新区气势恢弘，虽不见得很适合拍摄，但仍然很值得转转。锡林浩特市内的景点有贝子庙和"锡林九曲"，城外约 30km 有平头山。从拍片角度来说，这些景点都可去可不去，倒是快到锡林浩特的路上有大片的风力发电机很可能引起拍摄的兴趣。

达里诺尔湖：达里诺尔湖近年来商业气氛浓厚，很可能会让初次去的人失望。这里最吸引人的拍摄景观是每年春秋两季会有大量的天鹅迁徙经过这里，不过停留的时间不长，拍摄机会不太好碰。另外每年 12 月 25 日达里湖冬季捕捞开始有一个冬捕节，祭湖、开网一类的活动很有地方特色，很值得一观。

坝上草原：因为地处内蒙高原与河北平原的交界，常年雨水丰富，加上地势起伏、变化多样，坝上是理想的风光拍摄之地。只不过经过国内众多摄影人多年的深入"挖掘"，拍摄方面已经难有新意。类似将军泡子、公主湖、盘龙峡谷一类的"著名拍摄点"可去可不去，如果能开着越野车随意转转，也许会有意想不到的收获。如果希望拍出得意之作，拍摄角度与光线条件都至关重要，所以钟爱风光摄影者很值得在这里多留几天，很多路线值得在不同时间、光线下反复走几遍。

克什克腾旗：克什克腾旗宣传最多的景点是地址公园，是否能引起拍摄兴趣完全因人而异。值得一提的是每年冬季 12 月 24 日至次年元月 1 日当地有一个"克什克腾国际蒸汽机车旅游摄影节"每天 7：00—9：00 时，15：00—18：00 时在热水和经棚之间会特意发两组蒸汽机列车。该地地形复杂，山高、坡陡、多弯道、多桥涵、多隧道、坡度大，机车速度慢，吐出的烟汽大，非常利于表现宏大的场面，每年都吸引了大量来自国内外的摄影发烧友和蒸汽机迷们，可惜已经接近人满为患的程度。

NO.2 阿尔山秋色之旅

旅行线路： 北京（八达岭高速）—张家口（张石高速）—张北（207 国道）—太仆寺旗（宝昌镇）、桑根达莱、锡林浩特市—东乌珠穆沁旗—满都湖宝拉格—宝格达山林场—五岔沟—阿尔山—伊尔施—新巴尔虎左旗—新巴尔虎右旗（贝尔湖）—满洲里—（大通道）桑根达莱—太仆寺旗—张北—张家口—北京

里程与时间： 约 4200km 7~8 天

最佳季节： 每年 9 月

风光拍摄指数： ★★★★

人文拍摄指数： ★★★☆

道路难度系数： ★★★☆

越野难度系数： ★☆

摄影：王国梁

线路提示

从东乌珠穆沁旗—满都湖宝拉格—宝格达山林场—五岔沟—阿尔山这段路相对路况较差更难走一些。如果时间紧或者不愿意费力，也可以来回都走大通道经满洲里前往阿尔山，这一路虽然距离较远，但驾驶非常容易——大通道虽然属内蒙省道，但规模路况均好于高速，不仅收费低而且路上车非常少。

从锡林浩特市出发，经过东乌后约 50km 左转上小柏油，路标为：宝格拉苏木 2km，后半段路窄路边狼牙石多，应放慢速度小心爆胎，五岔沟后路况转好。从满都宝力格沿 303 省道向宝格达林场方向，需经过大段的草原路，路非常不平，随着山势有很多起伏，一定要注意车速。接近宝格达林场开始进入盘山路，路面多坑，需小心驾驶。

进入呼伦贝尔盟境内，会遇到森林警察要求办防火证，如发现烟、打火机等可能没收。

在阿尔山市应安排停留 1~2 天的时间前往周边的景点：多数景点如天池、杜鹃湖、石塘林、三潭峡等都在阿尔山国家森林公园内。

各景点距市区的距离

阿尔山国家森林公园—70km，门票 60 元　玫瑰峰—25km　杜鹃湖—92km　松叶湖—111km 好深沟—124km 三潭峡—77km　天池—74km 石塘林—84km 呼伦贝尔大草原—80km

驾驶提示

从锡林浩特—阿尔山这段路上不仅包括草原泥泞路段和盘山路，有许多路况较差的路段，而且经常会遇到修路，一路上各种复杂的路况交替出现，对于驾驶者的技术有一定考验。这些路段驾驶越野车或者 SUV 当然会更从容一些，但多数情况下轿车也完全能够通过。因为路窄且损坏之处较多，所以不管什么车型均需要控制好车速小心驾驶。这一路最好保持在白天行车，一定不要轻易尝试夜间驾驶。

在满都宝力格和宝格达林场有一些岔路通向一些景点，路边可能找不到明显的路标，需要提前打听、留心寻找。

食宿提示

前面已经介绍过，锡林浩特、东乌珠穆沁旗都有很好的住宿、餐饮条件，可尽情享受地道的蒙餐和著名的锡盟羊肉。阿尔山市也有几家不错的宾馆，不过在旅游旺季时可能住得比较满，出发前最好在网上查询一下提前预订房间。在阿尔山吃饭可选择东北风味：红烧肉炖粉条、笨鸡炖黄蘑、鸡蛋炒黄瓜、烧大茄子、杂蘑炖鸡肉丸子，黄蘑炒肉……菜量很足，吃起来非常痛快。阿尔山的蘑菇非常有名，一定不可错过。

满洲里因为是口岸城市，住宿条件非常好，各种档次的选择都很好找。满洲里能找到很多经营西餐的餐馆，不过多数属于充门面的水平，不试也罢，不如尝尝美味的呼盟羊肉。

景点拍摄提示

　　这条线路中包括了纯正的草原风光、大兴安岭森林，且有多处湖泊景点。内蒙古中部的草原经逐年退化，大多已难见"风吹草低见牛羊"的景象。如果想拍摄理想中的水草丰茂的草原，当属东部的呼伦贝尔与西部的鄂尔多斯草原。

　　这一路上大小湖泊不少，在合适的光线下都能够拍出很美的画面。从东乌旗到阿尔山这一路约有500km，在满都宝力格和宝格达林场都能找到很不错的景点，如果时间允许一定不要急着赶路，这些无名的景点极可能带来许多精彩的画面。

　　阿尔山的秋色美不胜收，而且不像坝上那样已经被摄影人过度开发。不过阿尔山山林茂密，不像坝上那样容易寻找较高的视点，虽然一路上美景无限，但在拍摄角度上还是应该多花一些心思。

　　呼伦贝尔大草原的景色，很符合人们心目中典型的草原景象，而且这一带景点比较集中，不像锡林郭勒草原那样需要跑几百公里才能找到一个景点。黄昏时的呼伦湖（达赉湖）景色动人，一定不要错过。对民族风情感兴趣的拍摄者，很值得在这一带多停留几天。

NO.3 额济纳——大漠胡杨之旅

旅行线路： 北京—京藏高速—呼和浩特—包头—乌拉特前旗—杭锦后旗—阴山—银根—乌力吉—额济纳旗—乌力吉—巴彦浩特—乌海—临河—包头—呼和浩特—北京。

里程与时间： 约 4000km 6~7 天

最佳季节： 每年 9 月

风光拍摄指数： ★ ★ ★ ★ ★

人文拍摄指数： ★ ★ ★ ★

道路难度系数： ★ ★ ★

越野难度系数： ★ ★ ★ ★

线路提示

从北京出发一路高速到包头，建议第一天在包头夜宿。从包头走杭锦后旗这条线路需要穿越戈壁、阴山。走五乌线，过三道桥、太阳庙，此段路非常好走。过太阳庙后进入砂石路面，一路尘土飞扬。到了阴山脚下开始穿越阴山。右转沿着车辙前行，一路多岔路，需凭方向和经验选择道路，道路非常狭窄，两车同时通过难度很大，错车时要相当注意。

翻越阴山后，是相对平整的土路，过银根检查站312省道285km处进入柏油路，到乌力吉共306km。当然也可以走高速直奔乌海，只不过会错过著名的阴山风景。轿车不必考虑走乌力吉这条线。

路上只有乌力吉、达来呼布镇有中石油的加油站，最好在这里把油加满，其他都是私营加油站。乌力吉之后道路改为S312经温都尔毛道、苏宏图一直到达额济纳旗所在地达来呼布镇。

额济纳周围适合拍摄的景点很多：一道桥—八道桥（东线）、怪树林、黑城、神树、居延海、枯树林等。

去黑车和怪树林需要通过"漫水桥"，据说新修了直达公路，以前的路况相当糟，一路都搓板砂石路面，非常颠簸。路两边就是沙漠，随时可能陷车。

驾驶提示

穿越阴山路上很少有车和人，手机信号不通，一路岔路很多，一旦遇到人最好随时打听道路。去额济纳最好驾驶越野车前往，轿车不是绝对不能去，但在周围景点转的时候会处处受限；搓板路轿车开起来会更难以忍受。搓板路段非常颠簸，但如果沙漠驾驶经验不够丰富，最好不要轻易下路，否则很容易看着近在咫尺的公路却动弹不得。额济纳当地景区有专门干拖车生意的人，不过很可能借机漫天要价。

食宿提示

额济纳旗这条线路季节性很强，除了秋天旅游旺季平时少有人前往。与内蒙其他地方相比，食宿条件都差了不少。旺季时很可能因宾馆客满找不到住处。当地餐饮条件比较粗糙，服务态度也差。上路前最好多准备食物和饮料，很多时候只能随便将就一下。去额济纳旗的摄影发烧友比较多，如打算进行很舒适的休闲游不会选择这条线路。

随车最好带上帐篷等野营装备，可以在枯树林露营，露营条件不错，有水和专人管理。

景点拍摄提示

额济纳旗位于内蒙古自治区最西部，东南西北分别与阿拉善右旗、甘肃省金塔、酒泉及蒙古国相邻。总面积达 11.46 万 km^2，是内蒙古最大的旗。额济纳旗所在地达来呼布镇位于世界第四大沙漠——巴丹吉林腹地的沙漠绿洲之中，这里是胡杨树的故乡。摄影资源极其丰富：大漠、河曲、戈壁、古城、胡杨以及原生态牧人的生活……其中最重要的则是拍摄大漠胡杨和黑城人文考古题材。

阴山海拔 1800m，在山顶放眼望去，眼前俨然是一个制作精美的沙盘，高低错落，青红相间。考虑到历史上阴山对北方游牧的重要性，这个景点不应错过。

拍摄胡杨从一道桥到七道桥，路的两旁都是胡杨林，随处都可以找到不错的拍摄点，时间以清晨、黄昏为最佳。怪树林是倒地的胡杨一千年不朽的地方，由于河水改道导致了此处大片的胡杨林枯萎，形成现有景观，拍摄者不应错过。景区周围有不少当地人出租的骆驼，如果肯花些费用不难拍到"沙漠驼铃"的景观。

额济纳旗的胡杨林很有视觉震撼力，稍有摄影基础往往就不难拍出动人的画面——也正是因为其自身的视觉冲击力太强了，所以经常看到大量雷同的画面，不太容易拍出更加风格化、个性化的作品。

黑城是西夏党项人构筑的一个军事要塞，元朝在此基础上进行了改造扩建，到明军灭元后弃城，黑城为长方形，周长约 4km。东西两墙中部开设城门，并筑有瓮城，现在城墙仍高耸地表，高达 10m。城内的街道和墙壁及整齐排列的木头檐柱从流沙中露出。几百年来，风沙以其无坚不摧的力量将黑城侵蚀，沙漠已经越过城墙进入城池。

黑城外围有一片南北长约 40km、东西宽约 25km 的地域。据说，在重叠的沙包下埋藏着一个古屯田区和田舍。沙包连绵，神秘莫测，连最有经验的牧民深入其中也有迷路的危险。内蒙古文物工作队于 1963 年曾经从沙窝中清理发掘出一座庙宇，发现了一些色彩斑斓、姿态优美的元代佛像。近代，黑城曾经吸引了许多外国探险队来此探宝，如俄国的科兹洛夫、英国的斯坦因等，并且屡有重大发现。对人文考古有兴趣的摄影者，在此会找到很多宝贵的拍摄题材。

NO.4 甘南——西部探胜之旅

旅行线路： 北京—石家庄—太原—运城—西安—宝鸡—天水—麦积山—兰州—临夏—夏河—拉卜楞寺—夏河—桑科草原—碌曲—尕海—玛曲（黄河第一弯）—朗木寺—碌曲—临夏—兰州—银川—临河—包头—呼和浩特—北京

里程与时间： 约5000km 8~10天

最佳季节： 每年6-9、1月

风光拍摄指数： ★★★★

人文拍摄指数： ★★★★★

道路难度系数： ★★★

越野难度系数： ★★★☆

摄影：王国梁

线路提示

甘南藏族自治州是全国十个藏族自治州之一，位于甘肃南部，地处青藏高原东北边缘，西临青海，南接四川，平均海拔超过3000m。这里草原广袤，山脉纵横，河流蜿蜒。山有阿尼玛卿山、西倾山、岷山，水有黄河、洮河、大夏河、白龙江，湖有花湖、尕海，游拉卜楞寺、郎木寺更可以体味浓郁的藏民族风情和藏传佛教文化。相对于驾车进藏来说，甘南线路是一条可以免去很多风险仍然能充分体验藏族风情、佛教文化的旅行线路。

从北京到兰州，也可以走京藏高速经呼和浩特、包头、临河、银川到兰州。相对而言，南部线路途经的地域、风景变化可能更多一些。南北这两条线都有一些可能严重堵车的路段，路上大货车也比较多。还可以走南线前往，回程时从兰州走北线返回。从兰州出发上兰临高速。从康家崖收费站下高速，走临夏方向（兰郎线）。从这里就进入临夏回族自治州。进入陕西后加油站明显减少，而且不少地方可能加不到93号汽油，遇到正规加油站一定要加满油。

临夏到夏河走213国道，夏河海拔2900m，部分人到此可能会出现高原反应。从夏河出发前往各景点的路大多是砂石路和土路，雨雪天气之后路可能非常难走。进入藏区后因

为语言不通，问路将很困难。

　　该区域寺庙众多。除了拉卜楞寺外，还可向北到甘加草原，经青海同仁县到隆务大寺，路上还经过白马寺、吾屯下寺与吾屯上寺等寺院。如果时间紧也可不走这条线，经桑科草原、碌曲、直接奔郎木寺。

　　从夏河出发，经桑科草原至夹尕滩有一段约20km为碎石土路，右转至阿去木乎，上213国道至碌曲县，至则岔石林景区，继续向南前行至尕海景区（往景区的路标不明显，行驶时注意），然后驱车至甘川边界处的郎木寺。此路有一段路况不太好，但一路可欣赏到桑科草原的壮丽美景。还可绕道王格尔塘上213国道经合作市到碌曲县，要多跑几十公里的路程，但路况较好。

驾驶提示

　　213国道可能是路况最差的国道之一，很多路段的"柏油路"上甚至根本看不见柏油，一路坑坑洼洼，还经常遇到修路，需要下路或绕道行驶。从夏河出发前往各景点的路大多是砂石路和土路，雨雪天气路很难走，不过整条线路并没有多少需要深度越野的路段，大多数地方无需越野车也一样能够胜任——一路上都能看到各种型号的轿车在艰苦"跋涉"。

　　甘南地区海拔高（部分地区最高海拔可能接近4000m），对初次高原驾驶者来说最好一车准备两个以上的司机，以备出现身体不适时替换。此外，与内地的气候不同，在每年5月和9月仍可能会下雪，为砂石路面驾驶增加了不小的难度，需提前做好心理准备。

　　初入藏区需要注意：当地的藏獒和藏狗都非常凶悍，一定不要轻易接近；没有主人在场时遇到藏獒千万不要轻易下车。

食宿提示

甘南这条线路虽然近年来旅游异常火爆，但是整体来说住宿的条件、规模都比较差，与其显赫的名声形成不小的反差。最突出的是不少饭店、宾馆的卫生条件差，服务态度也明显欠佳。因为一路上会经过多个少数民族居住的区域，要特别注意提前研究一下当地民族的习惯与禁忌。

临夏的食宿条件尚可，可以尝到正宗的清真风味。夏河在旅游旺季住宿情况可能非常紧张，宾馆的卫生条件也比较差。餐饮方面可以试试藏餐，不习惯的话四川风味也很容易找到。

朗木寺镇已经过了高度商业化的"开发"，在朗木寺街道上，有很多喝咖啡奶茶的小店和西餐，这个高原的边陲小镇，也就变成了各国人云集的地方，有种与其他高原小城完全不同的悠闲氛围。对有些人来说这里是"小资天堂"，在另外一些人眼里过分的商业化可能非常令人反感。不过，这里的食宿情况的确比其他地方要好，可以尝试一下藏族风格的旅店。

景点拍摄提示

甘南的景观除几处固定的寺庙群外，大部分有吸引力的自然景观都在行车的路途当中出现。自驾旅行可以随意随时停车欣赏沿途不时出现的美景，拍摄到更多动人的瞬间。

临夏号称"陇右名邑，河湟重镇"，这个中国的"小麦加"集回、东乡、撒拉、保安、藏、汉等多个民族，城里到处可见漂亮的清真寺，还能拍到佛教寺庙与清真寺和谐共处的景象。

夏河最著名的景点拉卜楞寺，是建寺 300 年的藏传佛教格鲁派六大寺院之一，规模仅次于布达拉宫，是安多藏区的宗教中心。拉卜楞为藏语 " 拉章 " 的转音，意为佛宫所在之地。拉卜楞寺始建于清康熙四十八年（1709 年），有 18 座金碧辉煌的佛殿和万余间僧舍。前殿供藏王松赞干布像，正殿可容 4000 喇嘛同时念经。寺中还有两座讲经坛以及藏经楼、印经院等。拉卜楞寺还有 " 拉康 "18 处。" 拉康 "（佛寺）即全寺各扎仓的喇嘛集体念经的聚会之所。其中以寿禧寺规模最大，有 6 层，高 20 余米，殿内供高约 15 米的释迦牟尼佛像，屋顶金龙蟠绕，墙旁银狮雄踞，拉卜楞寺每年农历正月和七月都举行大法会，场面非常壮观。

拉卜楞寺有全世界最长的转经廊，从北塔开始，南塔结束，约 3km 长，有转经轮一千七百多个，环绕整个寺院，转一圈大约需要一个半小时，一定要顺时针转。沿着转经廊可到一座小桥边，小桥后面有几个小山坡（拉卜楞寺南边），这里是日出日落时拍照拉卜楞寺的最好位置。

桑科草原：平均海拔超过 3000m，高原草场面积达 70km²，大夏河从草原上蜿蜒流过，这里能找到典型的高原牧区和藏族牧民生活的景象。

尕海位于碌曲县西南的尕海乡境内，距县城 53km，213 国道穿越尕海旁边，海拔3479.2m，面积 3.5 平方公里，湖面呈椭圆形，野生动植物资源丰富，水草茂盛。

朗木寺是一个镇，号称 "东方小瑞士"，这里地处甘、青、川三省交界的白龙江源头，小镇位于两座山夹的一条山沟里。白龙河从镇中间流过，于是自然形成了甘川两省的分界线。两边的山上各有一座寺院，甘肃这边叫朗木寺，规模更大些，而四川那边是格尔底寺，规模较小。

达仓郎木赛赤寺，为甘丹寺第五十三任甘丹赛赤坚赞桑盖大师，于藏历第十三胜生土龙年（公元 1748 年）创建。寺内陆续设立闻思、续部、时轮、医学、雕版印经等五大学院，僧侣近千人。原来的殿堂佛塔及无数珍宝遗址圣物，均已被毁。藏历第十六胜生铁猴年（公元 1980 年）重建。现初步建成大经堂、藏经楼、弥勒殿、长寿殿、护法金刚殿、马头明王殿和尊胜塔、禅和塔等十余座建筑，另建有赛赤寺活佛寝宫，及僧舍近百院。郎木寺还有一处比较有名的天葬台，经常可以看到天葬，车可以直接开到天葬台下 25m 处。

玛曲是川北草原上一个小镇。黄河流到这里的时候转了几个弯，于是留下黄河九曲的著名景点。看黄河九曲要往小镇边上的山上去，最佳拍摄时间为黄昏。不过，像许多著名景点一样，这里拍出很有新意的作品不太容易。

摄影：王

NO.5 新疆——令人毕生难忘的旅程

旅行线路：北京—呼和浩特—包头—兰州—武威—张掖—嘉峪关—玉门—哈密—奇台—吐鲁番—乌鲁木齐—阿勒泰—喀纳斯—禾木—哈巴河—布尔津—克拉玛依—赛里木湖—霍尔果斯—伊宁—库车—喀什—塔什库尔干、红旗拉甫—喀什—英吉沙—莎车—叶城—和田—于田—若羌—博斯腾湖—乌鲁木齐—达坂城区—吐鲁番—柳园—敦煌—北京

里程与时间：约 10000km 15~25 天

最佳季节：每年 6~9 月

风光拍摄指数：★ ★ ★ ★ ★

人文拍摄指数：★ ★ ★ ★ ★

道路难度系数：★ ★ ★

越野难度系数：★ ★ ★

线路提示

与前面推荐的侧重于"景点"的线路不同：新疆维吾尔自治区幅员辽阔，无论风光地貌、自然景观、人文风情与历史遗迹等各方面的旅游资源和拍摄题材都非常丰富，其中众多的

引人入胜之处，也绝不是一次自驾旅行就能发掘出来的。

新疆的自驾旅行线路，可以简要分为北疆和南疆两条线，北疆线路大致为乌鲁木齐—阿勒泰—喀纳斯—禾木—哈巴河—布尔津—克拉玛依—赛里木湖—奎屯—石河子—乌鲁木齐这条线路；南疆基本为：乌鲁木齐—奎屯—霍尔果斯—伊宁—库车—喀什—塔什库尔干、红旗拉甫—喀什—英吉沙—莎车—叶城—和田—于田—若羌—博斯腾湖—乌鲁木齐这条线路。北线围绕着准格尔盆地和古尔班通古特沙漠；南线线路围绕着塔里木盆地与塔克拉玛干大沙漠——无论南疆北疆一路上都有着丰富的拍摄资源。从摄影的角度考虑，则不建议一次游遍南疆和北疆——如此不仅会相当疲劳，很多值得停留的拍摄地点也难以仔细体会，一次新疆之行如果能走完一条线，相信所得就已经足够丰富了。

对于路上经验丰富与希望拍摄富有深度的摄影专题的旅行者来说，还可以设计"重走丝绸之路"、"西域乐舞"、"沙漠与绿洲"等这样有特色的线路。

驾驶提示

新疆的道路交通主要依靠公路，这也非常适合自驾车的旅行。新疆的公路网发达，多数地区的道路条件也都比较好。在新疆驾车旅行，首要防备的是疲劳和超速：在连续的笔直的公路上行驶，两旁都是戈壁、沙漠的单调景色，疲劳和超速的情况很容易出现——很多交通事故，往往都发生在看起来没有任何风险的路段。在新疆驾车要非常注意道路的限速标志，不要超速。

还有一点非常需要注意的是：新疆的交通情况受气候影响很大，平时一马平川的道路，在大风、大雪和沙尘天气里可能变得寸步难行——遇到沙尘暴时，能见度可能只有几米；部分风口地段强大的侧风很容易让车身较高的越野车发生翻车事故……这些情况，对于没经历过的人可能是无法想象的。因此，在新疆自驾旅行一定要在出行前了解三日内天气及咨询相关人员，切勿逞强在坏天气里冒险出行！

新疆地广人稀，车辆维修和救援条件都远不如内地。遇到夏季，沙漠戈壁的地表温度非常高，对老旧车辆来说容易因高温引发故障。因此在新疆驾车旅行不仅应提前做好车辆的检查与维修，尽可能消除车辆存在的一切隐患，还应该在每天出发前都认真地检查车辆各方面的情况，以免一时大意带来无尽的麻烦。同时，除了专业的探险、科考人员之外，即使驾驶硬派越野车也不要轻易尝试进入沙漠、戈壁地区，尽量避免不必要的风险。

食宿提示

新疆的美食天下闻名，烤羊肉串、大盘鸡、烤馕……几乎所有人都耳熟能详，新疆的奶制品和鱼类同样是少有的美味。维吾尔族人非常爱干净，所以新疆的餐馆、宾馆卫生条件大多很不错。在哈密、吐鲁番的夏、秋季可以去路旁的田地里品尝西瓜、哈密瓜和葡萄，口味甜美无比——与我们平日里超市卖的新疆水果完全不可同日而语。在新疆，食宿方面要特别注意尊重维吾尔族的生活习惯。许多正统的维族饭店不卖酒，也不允许在店里饮酒。

新疆多数地方住宿条件都很好，不过类似喀纳斯湖这样的旅游胜地，在旅游旺季时同样可能碰见客满找不到房间的情况。

当地一些人做生意很精明，对不同的人要价可能差得非常远。消费方面，如果能有当地朋友的协助和指点会省去很多的麻烦。另外，出了市县城镇之后，就比较难碰到会讲汉语的人了，问路或求助都会不太方便。

景点拍摄提示

有关新疆的风光、人文拍摄资源，已经足以写成一本非常精彩的大书，这里无法一一介绍，只能提及最著名的一些拍摄景点。

喀纳斯湖，中国新疆阿勒泰地区布尔津县北部一著名淡水湖，位于阿尔泰山脉中，面积 45.73km^2，平均水深 120m，最深处达到 188.5m，外形呈月牙状，被推测为古冰川强烈运动阻塞山谷积水而成。该湖风景优美，四周林木茂盛，有"无处不风光"的说法，为中国国家 5A 级旅游景区。

禾木村位于喀纳斯湖旁，素有"中国第一村"的美称。原木垒起的木屋散布村中，小桥流水，炊烟袅袅……让人亲身体会一下"世外桃源"的景象。

魔鬼城又称乌尔禾风城。位于准噶尔盆地西北边缘的佳木河下游乌尔禾矿区，西南距

克拉玛依市 100km。独特的风蚀地貌形状怪异，当地人蒙古人将此城称为"苏鲁木哈克"，哈萨克人称为"沙依坦克尔西"，意为魔鬼城，是著名的影视剧拍摄地点。

天山天池位于新疆维吾尔自治区阜康县境内。是以高山湖泊为中心的自然风景区。天山博格达峰海拔 5445m，终年积雪，冰川延绵。天池在天山北坡三工河上游，湖面海拔 1900 多米。湖畔森林茂密，绿草如茵。随着海拔高度不同可分为冰川积雪带、高山亚高山带、山地针叶林带和低山带。

火焰山位于吐鲁番市东北 10km 处，东西走向，长 98km，宽 9km，主峰海拔 831.7m。每当盛夏，山体在烈日照射下，炽热气流滚滚上升，赭红色的山体看似烈火在燃烧。火焰山是全国最热的地方，虽然它的表面寸草不生，但山腹中的许多沟谷绿荫蔽日，溪涧潺潺，是火洲中的"花果坞"，著名的葡萄沟就在这里。由于自身独特的地貌，再加上《西游记》里有孙悟空三借芭蕉扇扑灭火焰山烈火的故事，使得火焰山闻名天下。

吐鲁番的葡萄沟坐落于吐鲁番市东北，吐鲁番市位于天山东部博格达山南麓，吐鲁番盆地中心，市区距乌鲁木齐市 184km。市域南北长约 262km，东西狭窄不规则，最宽处约 90km。隶属于吐鲁番市吐鲁番县城东北 15km 的葡萄乡，距城市中心 10km，海拔 300m。

苏公塔位于吐鲁番市东郊 2 km 处的葡萄乡木纳格村，是一座造型新颖别致的教塔。苏公塔是新疆境内现存最大的古塔，建成于公元 1778 年，迄今已有 200 多年的历史，它是清朝名将吐鲁番郡王额敏和卓自出白银 7000 两建造。

交河故城位于吐鲁番附近，是世界上最大最古老的土建筑城市，搞摄影的朋友不应错过。

五彩城位于新疆乌鲁木齐以东 210km 到火焰山前线指挥部附近、新疆富蕴县城南约 220km 处。去五彩城，走高速公路到火烧山前线指挥部，在阿勒泰、富蕴岔口转向火烧山采油厂的石油公路，走大约 8km，寻找向北下柏油路的路口（没有路标，只有车辙，很容易走错了道），沿着车辙向北走，经平坦的河滩地，行进 25km 左右就到了尽头——五彩城。五彩城，是新疆雅丹地貌中最美的，色彩丰富，用五彩比喻一点都不过分。五彩城的雅丹地貌层层叠叠，红黄白蓝黑色彩绚丽，徜徉于沟谷中，犹如一个迷宫，一个个被水风蚀了的土包，可能是土质含的化学元素不同，呈现红黄白蓝黑色彩。

喀什是非常值得留住的南疆城市。可以看看艾提尕尔清真大寺和壮观的礼拜场景，逛狂老城库木代尔瓦扎巷和恰萨古巷，徜徉在喀什也是中国、中亚最大的露天巴扎——中西亚国际贸易市场。

NO.6 青藏线——西部朝圣之旅程（一）

旅行线路： 北京—张家口—呼和浩特—银川—兰州—西宁—塔尔寺—日月山—青海湖—格尔木—茶卡盐湖—唐古拉山—那曲—当雄—纳木措—拉萨—日喀则—定日—珠峰大本营—日喀则—拉萨—北京

里程与时间： 约9000km 15~20 天

最佳季节： 每年 6-9 月

风光拍摄指数： ★★★★★

人文拍摄指数： ★★★★★

道路难度系数： ★★★

越野难度系数： ★★★

线路提示

西藏是许多中外旅行者梦想中的圣地，也是摄影方面长久不衰的热点。作为一个摄影者，你当然不一定非要去凑这个热闹；但对于一个旅行者来说，西藏的空白是很难用其他经历来填补的。

西藏自驾归来的人，往往喜欢渲染一路上如何艰难，久而久之，西藏的路难免给人留下很恐怖的印象——这虽不是危言耸听，但也并不全面。其实，像所有边远省份一样，西藏既有好走的路也有难走的路——其中当然还有一些根本算不上路的路。西藏自驾之所以让人感觉风险大，并不仅仅是路的原因：高原反应、多变的气候、维修救援不便等占了其中的大部分因素。

进藏的公路共有4条：青藏线、川藏线、滇藏线和新藏线——青藏线是其中最好走的路。对于初次自驾进藏的旅行者来说，这也是最佳的选择。青藏公路起于青海省西宁市，止于西藏拉萨，是世界上海拔最高、线路最长的沥青公路，也是目前通往西藏里程最短、路况最好且最安全的公路。沿途景观大气磅礴而且丰富，可看到草原、盐湖、戈壁、高山、荒

漠等。青藏公路一年四季通车，是 4 条进藏线路中最繁忙的公路。

西宁是进入藏区的起点，车辆的检查与保养、食物的补给都应该在这里准备好。

格尔木是一座自然环境较为艰苦的城市。格尔木地处青藏高原腹地，全市有近 90% 的土地属于荒漠、半荒漠的戈壁滩，自然条件恶劣，每年的风沙天气有近 180 天，格尔木犹如戈壁沙漠上的一座绿洲。

从格尔木到拉萨，出格尔木 128km 到达玉珠峰脚下的西大滩，远眺遥相呼应的玉虚峰，传说这两座山峰是玉皇大帝的两个女儿。翻越海拔 4767m 的昆仑山，山口旁是为保护可可西里藏羚羊而牺牲的索南达杰纪念碑前。在这附近经常可以看到高原野生动物如藏羚羊、野驴、黄羊等。翻越五道梁，这里天气变幻莫测，就算夏季也会突遇暴风雪，故有俗话说"到了五道梁，哭爹又喊娘"……这里是最容易出现高原反应的地方。翻越风火山口（海拔 5000m），抵沱沱河可观赏长江第一桥。翻越唐古拉山（海拔 5231m），这里是西藏与青海的分界线，可以遥望长江的发源地——格拉丹东冰峰，感受青藏高原 - 世界屋脊 - 地球第三级的雄伟风姿和变幻莫测的高原气候。进入羌塘草原抵那曲。如果是有高原反应的体质，这段路会比较艰苦。由于沿途基本上没有像样的食宿点，不如从格尔木早点出发，一天直接到达。若是去纳木错，可以当天从格尔木到当雄县，住一晚上，第二天去纳木错湖后再赶到拉萨。

去珠峰，一般取道日喀则，从日喀则出发，大半天的时间就可以抵达珠峰大本营。但

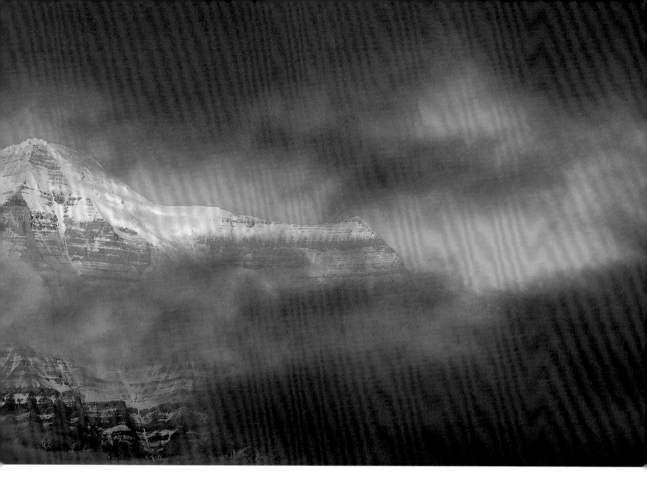

是要留意的是，在新定日就需要购买进珠峰的门票，车要单独买票，每车 400 元，旅客如果逗留 2~3 日是 75 元 / 人。在珠峰住宿主要是在绒布寺，绒布寺海拔 5000m，是世界上海拔最高的寺庙，在它的旁边有 30 元 / 铺的简陋旅社，还有新建的宾馆。从那里到大本营有 8km 的路，可以坐管理处的马车前往。

如果有专业的装备，也可以在绒布寺旁边或者大本营露营。

到西藏旅游需要办理边境证的旅游点　日喀则地区：仲巴县、萨嘎县、聂拉木县（樟木）、定日县、康马县、亚东县、岗巴县、定结县、吉隆县；山南地区：错那县、隆子县、洛扎县、浪卡子县；林芝地区：米林县、朗县、察隅县、墨脱县；阿里地区：普兰县、扎达县、日土县、噶尔县。

驾驶提示

高原行驶，车辆最可能遇到两方面的问题：一是因为高原含氧量降低，可能造成车辆因进气不足（当然主要是氧气）而导致的动力下降。老款的化油器车型可以通过调整混合比来解决这个问题，丰田、三菱等一些越野车型的行车电脑能够自动进行补偿，还有一些越野车型可以通过加装高原增补器来解决。另一个问题是要非常注意防止爆胎：高原的低气压会让平原地区原本正常的胎压逐步升高，进入高原地区需要时时关注胎压变化，并根据情况适当放气让胎压回到正常程度。另外高原地区糟糕的路况也让轮胎被扎、爆胎的可

能性大幅度上升。所以去西藏旅行之前，一定要换掉老旧的轮胎。越野车需要选装 AT 或
MT 型越野胎——这些轮胎胎壁厚、强度高，能大幅度减少扎胎、爆胎情况的发生。

青藏线上的交通事故多数未必是路况的原因——驾驶员长时间开车易疲劳，加上高原
反应，驾驶的反应可能远比平时迟钝，遇到情况更可能发生事故。

像西藏的几个大城市：拉萨、日喀则、林芝、泽当城市的藏民由于受教育程度和外来
人员的影响，一般可以听懂普通话，交流也没问题，特别是比较年轻的藏民；但在其他的
路上或比较偏僻的地方，能听懂普通话的藏民就不是太多了，问路之类的会比较困难。

西藏的雨季主要集中在 6、7、8 月份，一到雨季路况非常糟糕，不可预见性很高，第
一天好好的路面，晚上一场暴雨，路可能就被冲断，这二天可能就无路可走或需绕道而行。
西藏的养路工非常多，而且都还有当地的驻地部队帮助（有些部队就是保护当地路段而设
的），一般的断路情况，几个小时就可能解决。

国道两侧有很多加油站，中石油和中石化的都有，加油不成问题。但沿途没有高标号
汽油，97# 的也不是很多，大多为 93# 及以下的，油价也随着海拔上升而不断上涨，最高
的可以达到 8~9 元 / 升。油质在格尔木以前都没有问题，但过了格尔木后就不一定了，为
了保险起见，建议自带车的朋友在出发前准备几瓶油精，加油时加进去，可以净化油质。
开越野车去最好能准备几个 20 升的油桶，遇到正规的加油站一次把油加满——在一些偏

僻的地方，往往只能找到私人加油站——油品质量和价格都可能很离谱。

关于进藏前的车辆、装备准备，在第1章里已经有过很详细的介绍，这里就不再重复了。

食宿提示

格尔木最好的酒店就是格尔木宾馆，不过比较旧，也可以住在金轮宾馆，还便宜。记得去保养维护一下车！这里的修理厂都比较正规。在格尔木一定要尝尝当地的烤肉串。

青藏线上一路住宿已经都可以保证，条件较差的像西大滩、五道梁、沱沱河也有招待所和兵站可以住宿，基本上随到随住，很少有住满的时候。而过了唐古拉山口，到了安多一带，还有宾馆，有宾馆的地方就有热水可以洗澡，当然，招待所就无法保证热水了。餐饮也绝对没问题，沿途川菜馆和清真餐馆很多，只要不是特荒凉的路段，基本上有村庄或部队的地方，十几分钟就可吃到热饭或面，而且沿途小卖铺也很多，可买到方便面或饼干。

随着旅游开发和游客的增加，西藏的住宿条件已经得到了很大的改善，比较大的几个城市，各等级的星级宾馆都已经具备，各县城也都至少有招待所可供住宿，但整体宾馆和招待所的水平要比内地同一水平低一个档次。像拉萨有从普通的招待所到四星级的各类住宿房间，日喀则、江孜、泽当、林芝有从普通的招待所到三星级的各类住宿房间，定日、樟木、那曲有从普通的招待所到二星级的各类住宿房间，其他比较偏僻或较小的地方主要以招待所为主。

拉萨、日喀则这种主要旅游地，星级宾馆较多，拉萨有四五十家星级宾馆，日喀则一二十家，除了"五一"、"十一"和八月"雪顿节"三个黄金周住宿非常紧张外，其他时间住宿都没问题。其他地方的星级宾馆比较少，但相对来说去旅游的游客也不多，所以，住房很少出现"紧张"的局面。由于西藏地处高原，旅游淡旺季很明显，淡季基本处于歇业状态，故旺季房费比内地的房费相对较高，贵30%左右，部分时段房费也可能翻倍。

在拉萨，背包客旅馆主要有八朗学旅馆、吉日旅馆、亚旅馆、龙达觉萨旅馆、雪域旅馆等，多集中在北京东路。其中八朗学旅馆、吉日旅馆都能提供免费洗衣、免费寄存的服务。价格也不高，一般淡季每个床位15元左右，旺季每个床位30元左右。

糌粑、酥油茶、牦牛肉、藏面、甜茶、青稞酒都是藏区的特色。遍布西藏各地的甜茶馆，是不可不去的地方。在那里，可以尝到正宗的藏面、甜茶，还能感受热烈的气氛，这在内地无论哪个地方都是比不上的。如果还想进一步品尝藏餐，您可以到大昭寺旁边的阿罗仓餐厅，有多种地道藏餐供选择，但价格较高。

自驾西藏旅行，建议带上帐篷和睡袋，若到比较偏僻的地方，可能要住招待所时，建议带上睡袋比较好，主要是为了卫生和防寒。拉萨有不少户外用品店，都有出租业务，帐篷和睡袋很方便可以租到，费用按天计算，按质论价。如果准备在西藏户外露营的话，就要充分考虑一下自身的条件和户外能力了，因为毕竟在高原，搭帐篷、野外烹调都是比较辛苦的工作。如果准备露营，建议能抗零下15℃的羽绒睡袋和双层防风雨的高山帐。高原露营，通常风较大，平时游玩用普通的睡袋和帐篷起不了什么作用。

去珠峰或者中尼边境等西藏的很多地方都有边防检查站，需要事先办好边境证，不过最省事的办法还是办理护照，这样可以省去很多麻烦。

拍摄景点提示

位于青藏高原东北部的青海湖，是我国最大的内陆咸水湖，蒙语"库库诺尔"，意为"青色的湖"。青海湖湖面海拔3260m，湖面浩瀚如海，湖水共蓝天一色，湖畔是"羊羔花盛开"的草原，菜花飘香，金黄耀眼。每年4~7月，湖中鸟岛汇集了从中国南方和东南亚等地飞来的数十万只候鸟，它们或翱翔于蓝天之间，或嬉戏于碧波之中，或栖息于沙滩之上，鸟声如雷，扬声数十里，蔚为壮观。

塔尔寺始建于公元1379年，距今已有600多年的历史，占地面积600余亩，寺院建筑分布于莲花山的一沟两面坡上，殿宇高低错落，交相辉映，金碧辉煌，气势壮观。位于寺中心的大金瓦殿，绿墙金瓦，灿烂辉煌，是该寺的主建筑，塔尔寺布局严谨，风格独特，是集汉藏技术于一体的宏伟建筑群。栩栩如生的酥油花，绚丽多彩的壁画和色彩绚烂的堆绣被誉为"塔尔寺艺术三绝"，寺内还珍藏了许多佛教典籍和历史、文学、哲学、医药、立法等

方面的学术专著。

那曲在藏语中为"黑河",地处西藏自治区北部,也称羌塘草原,平均海拔为4500m以上,最高海拔为6500m。整个地区在唐古拉山脉、念青唐古拉山脉和冈底斯山脉的环抱之中。那曲地区最著名的旅游盛会是一年一度的那曲赛马节,也称羌塘赛马节。此外,申扎鸟类王国、双湖野生动物乐园、白嘎自然保护区、文部象雄王国遗址等拍摄者也不应该错过。

纳木错,藏语为"天湖",是我国仅次于青海湖的第二大咸水湖,湖南岸是雄伟壮丽的念青唐古拉山,北侧和西北侧是起伏和缓的藏北羌塘保护区。湖面东西长70km,南北宽30km,面积约1940km²,海拔4718m。在纳木错湖的东南端扎西半岛向被延伸到湖中。几百年来,无数藏人长途跋涉,虔诚地来到这里转经。藏俗,羊年转湖,马年转山,猴年转森林是佛的旨意。纳木错是身、语、意之圣地。如果能绕湖而行,便能得到渊博的知识和无量功德,并舍去恶习及痛苦,最后获得正果。

过了昆仑山口,跨过楚玛河,再翻过风火山口就到了近代被认为是长江的正源的沱沱河。沱沱河沿是长江源头与青藏线的交汇点,往西南面百余公里,就是发源于唐古拉山格拉丹东雪峰的长江源头。远处是格拉丹东雪山,海拔6621m,为唐古拉山脉最高峰,藏北群山之首领。格拉丹东,意为"哈达质的矛形佛身"。横亘绵长的昆仑以她那雍容大度,气势磅礴,静静地横卧在青藏高原之上。沱沱河沿海拔4533m,是青藏公路昆仑山口至唐古拉山口路段中海拔最低的地方,因此也是江源地区气候较好的地方。

红山是拉萨市西北部的一座小山,在当地信仰藏传佛教的人们心中,它犹如观音菩萨居住的普陀山,因而藏语称之为布达拉(普陀之意)。举世闻名的布达拉宫就依据此山山势蜿蜒修建,直至山顶。这座辉煌的宫殿缘起于公元7世纪,当时西藏的吐蕃王松赞干布为迎娶唐朝的文成公主,特别在红山之上修建了九层楼宫殿一千间,取名布达拉宫供公主居住。松赞干布建立的吐蕃王朝灭亡之后,古老的宫堡也大部分被毁于战火,直至公元17世纪,五世达赖建立噶丹颇章王朝并被清朝政府正式封为西藏地方政教首领后,才开始了重建布达拉宫,时年为公元1645年。以后历代达赖又相继进行过扩建,于是布达拉宫就具有了今日之规模。

作为藏传佛教的圣地,每年到布达拉宫的朝圣者及旅游观光客总是不计其数。他们一般由山脚无字石碑起,经曲折石铺斜坡路,直至绘有四大金刚巨幅壁画的东大门,并由此通过厚达4m的宫墙隧道进入大殿。在半山腰上,有一处约1600m²的平台,这是历代达赖观赏歌舞的场所,名曰德阳厦。由此扶梯而上经达松格廓廊道,便到了白宫最大的宫殿东大殿。有史料记载,自1653年清朝顺治皇帝以金册金印敕封五世达赖起,达赖转世都须得到中央政府正式册封,并由驻藏大臣为其主持坐床、亲政等仪式。此处就是历代达赖举行坐床、亲政大典等重大宗教、政治活动的场所。

红宫是达赖的灵塔殿及各类佛堂。共有灵塔8座,其中五世达赖的是第一座,也是最

地平线上的风景

大的一座。据记载仅镶包这一灵塔所用的黄金就达 11.9 万两之多，并且经过处理的达赖遗体就保存在塔体内。西大殿是五世达赖灵塔殿的享堂，它是红宫内最大的宫殿。殿内除乾隆御赐"涌莲初地"匾额外，还保存有康熙皇帝所赐大型锦绣幔帐一对，此为布达拉宫内的稀世珍品。

布达拉宫，不论是就其石木交错的建筑方式，还是从宫殿本身所蕴藏的文化内涵来看，都能感受到它的独特性。它总能让到过这里的人留有深刻的印象。统一花岗石的墙身、木制屋顶及窗檐的外挑起翘设计、全部的铜瓦鎏金装饰以及由经幢、宝瓶、摩羯鱼、金翅鸟做脊饰的点缀……这一切完美配合使整座宫殿显得富丽堂皇。大殿内的壁画亦算是布达拉宫内一道别致风景。在这堪称巨型绘画艺术长廊内，既记载有西藏佛教发展历史，又有五世达赖生平、文成公主进藏过程，还有西藏古代建筑形象和大量佛像金刚等，说它是一部珍贵的历史画卷毫不为过。

需要注意的是，布达拉宫的宫殿内是禁止拍照的，也不建议在此做偷拍的尝试。

大昭寺位于西藏拉萨市中心，建于公元 7 世纪中叶，是佛教教徒向往的朝圣中心，大殿主供文成公主从长安带去的释迦牟尼金像，配殿供松赞干布、文成公主和尼泊尔尺尊公主像，寺内还有唐代稀世文物，其走廊和宫殿布满了壁画，描写历史人物的神化故事。

八廓街是拉萨最古老的一条街道，也就是通常所说的"八角街"，过去只是单一地围绕着大昭寺的转经道，藏族人把它称作"圣路"。如今的八廓街既是转经道，又是一条充满民族特色的购物长廊，是一整片旧的、有着浓郁藏族生活气息的城区。一栋栋石砌的藏式楼房组成的街道大都保留了原有风貌，地面铺就着手工打制的石板。八廓街是拉萨乃至整个藏区人文景观的缩影。

哲蚌寺与甘丹寺、色拉寺合称拉萨三大寺，位于拉萨西郊 5km 更丕乌孜山下，全名吉祥米聚十万尊胜洲。哲蚌寺西南角的是公元 1530 年左右由二世达赖根敦嘉措主持修建的甘丹颇章，曾被作为格鲁派政教合一地方政权的代称。位于拉萨北郊的色拉乌孜山下的色拉寺兴建在一片野蔷薇花盛开的地方，故取名"色拉寺"，野蔷薇藏语发音也为"色拉"。寺院全称为"色拉大乘寺"。

前往珠峰大本营，沿着曲曲折折的盘山路翻上加错拉山口，远处的雪峰一字排开展现在眼前：马卡鲁峰(8463m)、章子峰(7543m)、洛子峰(8516m)、珠峰(8848m)、加穷岗日峰(7985m)、卓奥友峰(8201m)、希夏邦马峰(8012m)，全世界 14 座 8000m 以上的山峰，在这里就有五座尽收眼底。

珠峰大本营，海拔 5200m，坐落在珠峰脚下一条狭长的山坳里，与珠峰峰顶的直线距离约 19km。这里是拍摄珠峰最好的地方，不过由于气候原因，珠峰经常云雾环绕，能否在光线合适的时候拍到就看各人的运气了。

Tibet, China
萨市

附1：初次到西藏旅行的注意事项（转自网络）

1. 初次进藏切切不可剧烈运动，多喝水、多吃水果、蔬菜、多吃碳水化合物及易消化的食品，晚餐不宜过饱，使体内保持充分的水分。

2. 涂抹防晒霜十分钟以后再出门，最好每隔两小时涂一次；晚上睡觉前一定要洗脸，早上起床最好不要洗脸。

3. 如果你想在藏区呆下去，学会喝酥油茶是必修课之一，藏区最普通的饮料是酥油茶，寺庙中酥油茶的味道可能更胜一筹。

4. 禁忌在别人背后吐唾沫、拍巴掌，遇到寺院、玛尼堆、佛塔等宗教设施，必须从左往右绕行，走反了方向藏民认为是罪过。

5. 在拉萨街上散步，小巷和屋子里有些凉，最好是穿一件长袖（随穿随脱）以防感冒；早9点到晚6点左右是转经高潮，在八角街最好顺时针走，这样既快又不担心挡道。

6. 大昭寺周围一般不要贸然进入，可以用手势、眼光和语言先向当地人示意后决定；布达拉宫广场、青年路和八角街一带扒手较多，注意钱包；照相需征得同意，八角街上照人像要先问是否收钱，但通常一支烟即可。

7. 别瞎买野牦牛、藏羚角、盘羊角，很可能带不出各个关卡；遇到讨钱的可给可不给，径直走掉了事；发善心掏钱时多看看周围，不然会遇上蜂拥而来的乞者。

8. 在寺庙捐钱时若无小钞，可自行找补，如放一张五元的 再找回四元；在寺庙的殿堂里拍照，一定要征得僧侣的允许。

9. 不要当着藏民杀生，哪怕是一只苍蝇；不要贸然进入藏民的家门，可能会有猛狗把守。

10. 参观布达拉宫，一定要在前一天17：00点以前去拿第二天的预约证，因为每天的参观人数是限定的。

11. 青藏线全线最高限速是80km/h，过倒淌河时一定注意，前方是Y形路口，向右拐是去格尔木，直行大宽马路是去共和。这里路标不明显，许多人都走错过。

12. 川藏北线著名的塌方路段通麦天险——色季拉山口；一般泥石流和塌方都发生在以下几个路段，邦达到八宿，波密到八一镇等几个固定地段。一旦断了路被堵几天是常事，所以这些危险路段应在天气好时及时通过，以免被困在路上。因此走川藏线要准备充足的时间，一般要15~20天左右，季节应在5~6月为宜。

13. 药王山是拍摄布达拉宫最好的角度，尤其是半山腰。在旅行季节的清晨，经常会有密密麻麻的摄影师和摄影发烧友汇集在药王山上等待第一缕光线照亮布达拉宫的瞬间。上山的小路在布达拉宫右侧对面马路白塔后面。

14. 藏族饮茶和饮酒礼俗很多，平时在家喝茶各自用自己的茶碗，不能随便用他人的碗。喝茶时，碗中的茶不能喝干，而是喝一半或一大半，斟满后再喝，最后结束喝茶时也不能全部喝干，而要留下少许，表示茶永远喝不完，财富充足，寓意颇深。

15. 在饮食禁忌中，藏族人对吃大蒜有较多的禁忌，如果要去转经或朝拜则绝对不可食蒜，忌讳食蒜后的臭气玷污和熏脏了圣洁之地。

16. 佛教中"布施"是信徒的标志之一，布施中的最高境界是舍身，藏民把希望都寄托在"来生"。

17. 在寺庙内参观，不能随意触摸佛像，要尊重喇嘛；有的佛殿女性不能进入参观；在西藏不要谈敏感问题；不要摸小孩的头。

18. 西藏旅游应多带些零钱，用来赠给藏胞、化缘的喇嘛和乞讨者，捐些酥油钱给寺庙（一定要是纸币，藏胞不收硬币）；近距离拍摄人物，尤其是僧侣、女人，一定要事先征得对方的同意，以避免不必要的麻烦；许多寺庙在外面可以拍照，但是进入里面后，是不能拍照的，否则后果十分严重。

19. 藏族十分重视馈赠，且有送必有还，准备一些小礼品作见面礼，往往会得到意想不到的礼遇和帮助。

附2：关于高原反应

高原反应是人到达一定海拔高度后，身体为适应因海拔高度而造成的气压差、含氧量少、空气干燥等的变化，而产生的自然生理反应。海拔高度一般达到 2700m 左右时，就会有高原反应。高原反应的症状一般表现为：头痛、气短、胸闷、厌食、微烧、头昏、乏力等。部分人因含氧量少而出现嘴唇和指尖发紫、嗜睡、精神亢奋、睡不着觉等不同的表现。部分人因空气干燥而出现皮肤粗糙、嘴唇干裂、鼻孔出血或积血块等。

大部分人初到高原，都有或轻或重的高原反应，一般什么样的人会有高原反应没有规律可循，避免或减轻高原反应的最好方法是保持良好的心态面对它，许多的反应症状都是心理作用或有心理作用而引起的。比如：对高原有恐惧心理，缺乏思想准备和战胜高原决心的人，出现高原反应的机会就多。

建议初到高原地区，不可疾速行走，更不能跑步或奔跑，也不能做体力劳动；不可暴饮暴食，以免加重消化器官负担；不要饮酒和吸烟，多食蔬菜和水果等富有维他命的食品；适量饮水，注意保暖；少洗澡以避免受凉感冒和耗体力。不要一开始就吸氧，尽量要自身适应它，否则，你可能在高原永远都离不开吸氧了（依赖性非常强）。

可服用一些缓解高原反应的药品：高原红景天（至少提前 10 天服用）、高原安（到达西藏后服用）、西洋参含片、诺迪康胶囊（对缓解极度疲劳很有用）、百服宁（控制高原反应引起的头痛）、西洋参（对缓解极度疲劳很有用）、速效救心丸（不可多服）、丹参丸（治疗心血管）、葡萄糖液（一盒五支的那种，出现高原反应的症状时服用有一定的疗效）等等。对于高原适应力强的人，一般高原反应症状在 1~2 天内可以消除，适应力弱的需 3~7 天。

西藏一般宾馆或有一定规模的城镇都有医院或卫生院，轻微的高原反应建议通过自我调节来适应它，严重的可以看医生。出现高原反应后，应多休息，少活动，坚持进食，可服用一些缓解高原反应的药品。

严重的高原反应，比如出现：浮肿、肺水肿、重感冒等症状，建议一定到医院输液、吸氧等治疗，并尽快离开高原，在比较严重的情况下，宁可选择其他交通工具离开也不要冒险继续驾车——毕竟生命比其他东西都重要。

进藏对于健康的身体并无特殊要求，但有严重呼吸气管、心脏、心血管、精神方面疾病的人不宜进藏，因此，对于有严重的高血压、心脏病、（支）气管炎、糖尿病、感冒的患者限制进藏。建议在进藏前对身体做一次心肺方面的检查，确认是否患有以上几种严重疾病。另外，在进藏前不要刻意地锻炼身体，如果您在平时一直坚持锻炼，在赴藏前半个月也应停下来，因为通过锻炼后的身体，耗氧量增大，增加了在西藏时心脏的负担，反而容易引起高原反应。

摄影：王国梁

NO.7 川藏线——西部朝圣之旅程（二）

旅行线路

成都—雅安—康定—新都桥—雅江—理塘—巴塘—芒康—八宿—然乌—波密—林芝—巴松错—工布江达—墨竹工卡—拉萨—青藏线—北京

里程与时间： 约 10000km 20~25 天

最佳季节： 每年 5~10 月

风光拍摄指数： ★★★★★

人文拍摄指数： ★★★★★

道路难度系数： ★★★★★

越野难度系数： ★★★★★

线路提示

G317
　　川藏线是陆路进藏风景最美的路线，但这条线也是最危险的一条线路，路况基本以砂石或石子路面为主，危险主要来自自然条件，此线路横穿横断山脉，雨季多泥石流，冬季多大雪封山，途中四季变幻无常，住宿和餐饮条件很简陋，建议初次进藏的游客不要选择这条线路。

　　川藏线（成都—拉萨）始于四川成都，经雅安、康定，在新都桥分为南北两线：川藏北线经甘孜、德格，进入西藏昌都、邦达；川藏南线经雅安、理塘、巴塘，进入西藏芒康，后在邦达与北线会合，再经巴宿、波密、林芝到拉萨。北线全长2412km，川藏旅游最高点是海拔4916m的雀儿山；川藏南线总长为2149km，途径海拔4700m的理塘。川藏南线与北线间有昌都到邦达的公路（169km）相连。

　　川藏南线于1958年正式通车，是西藏与内地间通行汽车的第一条公路，也最有挑战的公路之一。

　　川藏线2000多km的路段，一半以上是在海拔3000m以上的峡谷以及山脊上穿行，中间需要翻越数座海拔4000~5000m的雪山，跨数条江河，狭窄的道路与颠簸的路面让坠落深

渊或跌入湍急的江流的危险大大增加；而一路上不停的塌方以及泥石流更增加了这条线路的凶险。有些路段（比如通麦、怒江峡谷、芒康、东达山等）在雨季可能会随时中断，发生十几小时、几天甚或更长时间的堵车并非新鲜事。而高原气压减低也容易提高车辆车胎爆炸造成的翻车危险，车辆还可能被两山之间的低凹中起风时卷落的石块击中……不过，作为在北纬30°地区为数不多的大通道，川藏线是连接了中国最多的省份的公路，一路穿越青衣江、大渡河、雅砻江、金沙江、澜沧江、怒江、帕隆藏布江、雅鲁藏布江、尼洋河、拉萨河，河水清澈，温婉，水量较小与峡谷形成更大落差，视觉冲击力强烈。沿途拍摄峡谷风光、两岸民居，了解藏族人民民风民俗，经典的川藏南线318国道也因为其自然景观的丰富多彩而被称为中国的景观大道。

川藏线最佳行走季候是每年5月到10月；11月至次年4月大部分是冰雪覆盖，高海拔山口通常被大雪封路无法通行。5月的景色为春天景色，8~10月为秋天的景色。

沿着川藏公路南线前行，路途中可见一个个典型的藏族村落依山傍水地散布在公路两旁，一群群的牦牛和山羊，点缀在田园牧歌式的图画中。虽然会遇到泥石流、雪崩塌方还有凛冽的风雨，但是雨过天晴后远处的山脊，舒缓地在天幕上画出一道道优美的弧线，满眼蓝色、白色、金黄、黑色、绿色的饱和色块，使人恍如置身画中。

如果时间充裕，从成都出发还可以考虑：成都—日隆—丹巴—新都桥—雅江—理塘—

摄影：万戈

稻城—乡城—中甸—德钦—芒康这条线，一路上经过云南著名的香格里拉和许多景点。不过，从摄影角度来说，这条线已经完全可以构成另外一条精彩的线路了。一次旅程经过太多的景点，结果往往容易"审美疲劳"。

驾驶提示

川藏线最佳行走季节是每年5月到10月；11月至次年4月大部分是冰雪覆盖，高海拔山口通常被大雪封路无法通行。5月的景色为春天景色，8~10月为秋天的景色。

川藏线一直是越野车和重型卡车的天下，一路上时常碰见的塌方、修路，还有"正常"路面上的坑坑洼洼、大小石块，时常会令轿车举步维艰、不堪重负。不过，的确见过开着桑塔纳单人单车就走完川藏线的——除了这样"大侠"级人物外，普通人还是少做这种尝试为妙。

不过，川藏线真正的危险，多数与车辆越野性能关系不大：在狭窄颠簸且急弯多的道路上行驶，会车时必须战战兢兢擦车而过，路边就是悬崖深谷，深谷中激流的声音仿佛近在耳边……这样的路段，除了小心再小心之外，并没有更好的应对办法——即使是多年的老手，在川藏线上也不太容易"轻松自如"——因为一旦失手，后果往往就是翻车、坠江，实在不是适合逞能的地方。

在川藏线与青藏线上，"暗冰"是另一种比较常见的危险：一般在开春时遇到海拔比较高的山口，路面的冰雪大多已经融化，而在背阴的路面上可能还结着一层薄冰，远看和柏油路的颜色差不多而不容易发现。如果在山路转弯处遇到"暗冰"，很可能发生失控翻车等非常严重的事故。

并非所有事故发生都是因为路况太差，例如青藏线然乌去波密的318国道3910km处，汽车翻滚坠江事件多有发生，成为著名的"死亡路段"、"魔鬼路段"——"魔鬼"的存在往往不是因为道路的险要，恰恰是因为该路段路况比较好，经过前面一段艰难的路段之后，良好的路况很容易让人松懈下来在不知不觉中放开了车速，遇到侧倾较大的路面和急弯操作不及，才酿成了频发的事故。所以，控制车速、小心驾驶几乎是唯一的诀窍。

食宿提示

川藏线沿线住宿很容易，不过多数条件不算好——很多宾馆老旧而且往往卫生条件欠佳，好在价格也不高。走川藏线的多数是资深"老驴"，陶醉于山川壮丽、经历道路险峻之余，一般也不会太挑剔住宿的条件。吃的方面，如果吃不惯藏餐，一路上都能找到很地道的川菜，味道、分量都很足。

进藏服装：由于西藏紫外线特别强，最好不要穿短袖上衣和短裤，必须备毛衣，春秋冬季建议带上羽绒服、保暖内衣，到珠峰、阿里地区、藏北地区一年四季都必须带羽绒服；鞋子最好是旅游鞋或登山鞋。对于户外活动比较多的人来说，冲锋衣、防雨衣裤、速干内衣、登山鞋，都是必不可少的。

常备药物：随车准备一些感冒药品、胃肠类药品和一些去热止痛的药品，如：感冒片剂、感冒冲剂、泻痢停、复方阿斯匹林、扑尔敏、抗生素，若对高原反应没有信心，可以准备一些抗高原反应的药品：高原红景天（至少提前10天服用）、百服宁（控制高原反应引起的头痛）、高原安（抵西藏后服用）、西洋参含片。

对于较深度的自驾游旅游，建议还要备以下一些药品：

常备药物：牛黄解毒片、黄莲素、牙周宁、息斯敏、乘晕宁；抗高原反应药：诺迪康胶囊、西洋参（对缓解极度疲劳很有用）、速效救心丸；外用药：云南白药、万花油、创可贴、清凉油、风油精、伤湿止痛膏、眼药水、药棉、纱布、绷带、白胶布；维生素类：金施尔康、善存片、其他维生素片。

拍摄景点提示

摊开中国地图，在西南部的四川、西藏等地，可以看到一些熟悉和陌生的地理名词。雅安、泸定、康定、理塘、昌都、工布江达、拉萨，如果可以用一条线将这些地理名词连接起来，那么这连线，就是闻名遐迩的"茶马古道"。

雅安，曾是西康省省会，以"雅雨、雅女、雅鱼"三绝而闻名于世，自古以来就是川藏、滇藏的咽喉，也是古南方丝绸之路和茶马古道的门户和必经之路。沿秀美青衣江直至巍巍二郎山，穿越国内海拔最高、埋深第一的公路隧道二郎山隧道（4176m），海拔3437m的二郎山以前由于山高、路面狭窄、坡急而成为川藏路上的第一天险。

一曲《康定情歌》唱醉了天下有情人。康定的木格措（野人海），红海、黑海、白海等几个小海子围绕着她，犹如众星捧月。木格措的左侧金色沙滩，被誉为爱情滩，其沙细柔软，自然呈现金黄，在川西高原地区，于湖泊周围自然形成乃属罕见。爱情滩总面积达8800km^2，会随着季节的更替出现水涨覆沙，水落凹沙的场景。

翻越海拔4298m的塞外屏障折多山，进入真正意义上的藏区，新都桥是川藏线南北分岔路口，北通甘孜、南接理塘。神奇的光线，无垠的草原，金黄的柏杨，吃草的牛羊，藏寨散落连绵起伏的山峦间，川西的平原风光美丽地绽放。这光与影的世界被誉为"摄影家的天堂"：路两旁和村落前后满是挺拔的白杨树，立曲河蜿蜒而过，一幢幢藏式民居就宁静地散落在小河两边；成片的青稞田，让你仿佛置身于田园牧歌式的风景画中。抵达甲根坝，百十米的长街好似回到从前，除却公路，压根就寻不到人工刻意雕琢的痕迹。道旁是红、黄、蓝、绿、黑饱和色块的木雅民房，如浓墨染出显得十分跃眼。随着海拔的上升，将看见一泻千里的泉华滩，贡嘎群峰开始慢慢进入视线，抵达海拔4700m雅哈垭口，贡嘎山已经完全的雄立在眼前，近在咫尺，壮观至极。这里是拍摄贡嘎山全景的最佳位置。如果有时间可以在此等候日照金山。

位于金沙江东岸的芒康，以丰富多彩的民歌、舞蹈和藏戏闻名于世，这里盛产苹果。跨过金沙江，便正式进入了西藏自治区。芒康县城，就是进入西藏后的第一个县城，海拔为3780m，川藏南线和滇藏线便在芒康会合。发源于青藏高原唐古拉山脉的金沙江、澜沧江和怒江，在此区域近几百公里的范围内呈平行竞流之势，构成所谓"两壁夹三江"的三江地区，境内层峦叠嶂，多峡谷，地形复杂。跨越蜿蜒的澜沧江，翻越川藏线上最高的山口东达山，海拔超过5008m，经左贡出发到邦达草原。海拔在4400m的邦达是川藏南线和北线的交会处，翻越横断山最大的天险——怒江山，山口海拔4839m，经著名的九十九道拐下行到怒江边抵八宿（海拔3910m）。八宿藏语意为"勇士山脚下的村庄"，海拔3910m。这天的行程对每个人都是一个考验。在东达山，邦达草原气温可达摄氏零度以下。可是在澜沧江和怒江江畔气温却是20℃左右。一天经历的海拔落差起伏可近2500m。

到达西藏然乌就已走过了川藏线的一半。这里散布着上百眼温泉，泉水温度很高，富

含人体所需的微量元素，具祛病强身之效。"男女同浴"的温泉文化现象在这里至今可得一见。

前往然乌，向察隅方向行驶，抵达被称为世界三大冰川之一的来古冰川。来古冰川是美西冰川、雅隆冰川、若娇冰川、东嘎冰川、雄加冰川及牛马冰川等6个冰川的统称，其中雅隆冰川最为雄壮、瑰丽。冰川长约1122km，从海拔6606m的主峰一直延伸到海拔4000m的岗日嘎布湖中，可谓一泻千里，气势磅礴。游览冰川后返回，沿着名的高原冰川湖泊——然乌湖，该湖面积22km²，海拔3850m。湖畔有很多原始的藏族村落，环湖茂密的原始森林，碧蓝乳白的两色湖水，美丽的雪山森林倒映，湖面的水鸟成群，宛如仙境一般。

出雅江后翻越两座海拔均在4000m以上的剪子弯山（4658m）、卡子拉山（4718m），进入毛垭大草原。理塘毛垭大草原面阔5000km²左右，平均海拔4000m以上，虽然海拔甚高，但地形却相对平缓，这里是一片茫茫的草原构成的高山牧场。最后到达素有"世界高城"之称的海拔4014m的理塘。在理塘城北的仲莫拉山坡上，依山而建有一座金碧辉煌的康区的第一大藏传佛教格鲁教派寺院——长青春科尔寺，该寺每年藏历正月十五的酥油花会被喻为康区一绝（在长青春科而寺上可看理塘县城及毛垭草原全景）。离开山顶，沿318国道翻越海子山（海拔4500m）高原上布满了第四纪冰期留下的古冰川遗迹，雪山雄壮，海子蔚蓝清澈。下山进入河谷地区，前往金沙江边康南地区最大的平原、中国弦子之乡——巴塘县。金沙江峡谷的平均海拔2300m，受暖湿气流的影响，这里四季如春，地茂物丰，苹果也很出名，被誉为"高原江南"。

沿美丽的然乌湖行驶，进入川藏南线最美的一段，湖边是一大片碧草如茵的草甸，和着碧蓝的湖水、白雪皑皑的雪峰，景色如诗如画。沿帕隆藏布一路向西，离然乌镇10km处有一村名"瓦村"。村里的房屋是典型的藏东南林区建筑，大量采用木材建造，连屋顶都是用木材铺就。阳光下黑亮的木屋顶反射着光线，村落里弥漫着浓郁的藏家韵味。前往位于波密县玉普乡米美、米堆两村的米堆冰川，冰川主峰海拔6800m，雪线海拔只有4600m，末端海拔只有2400m。是西藏最主要的海洋型冰川之一，也是世界上海拔最低的冰川。该冰川常年雪光闪耀，景色神奇迷人，米堆冰川旅游类型齐全，尤以巨大的冰盆，众多雪崩，巨达700~800m的冰瀑布（车只能开到米堆村，徒步往返需要4小时左右）。波密素来享有"绿海明珠、冰川之乡"、"西藏的瑞士"、"雪域的江南"、"旅游之胜地"的美誉，是旅游、摄影、绘画、探索生物奥秘者的理想境地。

从波密县城扎木镇向西行，通过卡达桥后进入古乡嘎朗村。嘎朗村下就是嘎朗湖，站在岸上俯瞰湖水，四面的雪山、森林、村庄、田园尽收湖底。嘎朗村是1717年以前嘎朗部落的首府驻址，嘎朗王宫的遗址，茂密的原始森林中屯驻千军万马，任何外来之敌都难以预测，也因此波密王能够与雄厚的西藏地方政府对峙多时。返回318国道，在原始森林中穿行，向川藏线上最后的天险通麦出发。通麦至排龙15km路段，在雨季时，山洪和泥

石流常引发山体滑坡而使公路中断，著名的 102 滑坡段就在其间。排龙门巴民族乡是通往雅鲁藏布大峡谷的重要入口，从该乡沿帕隆藏布南行，抵大峡谷拐弯弧顶处一段是最具探险旅游特色的路线。过排龙之后路况好转，穿过密林似海的鲁朗高山牧场一片欧陆风光，鲁朗藏语意为"龙王谷"、也是"叫人不想家"的地方，是我国面积最大、保持最完好的第三大林区。翻越冰雪覆盖，云雾缭绕，海拔 4702m 的色季拉山，该山以春夏时的杜鹃花海闻名，同时此山也是观看南迦巴瓦峰最好的地方之一。翻过色季拉山即一路下坡抵尼洋河下游河谷的林芝县城，距林芝地区首府海拔 2400m 的八一镇 19km，全是两排柏杨装点着的柏油公路，沿途可欣赏距八一镇 4km 的号称"世界柏树王"巴结乡巨柏林。

到林芝后，一定要前往雅鲁藏布大峡谷景区，沿途可以欣赏到苯日神泉、尼洋河观景台以及两江交汇处的迷人景色。行至派镇．在这里不仅可以欣赏到美丽的峡谷景色，壮观的跌水，雄伟的雪山，还可以欣赏到曲角吾寺、佛掌沙丘、迎客松等自然人文奇观。然后驱车前往直白，沿途可以游览到嘎那珠布寺、大渡卡古堡遗址，还可以去格嘎村自费沐浴温泉洗去一身的疲惫。在直白最近距离欣赏著名的南迦巴瓦峰，观赏闻名于世的雅鲁藏布

摄影：万戈

江一号和二号大拐弯，后返回八一镇。

　　沿途欣赏秀美的尼洋河风光（传说中尼洋河是"神女的眼泪"会聚而成的，绿波见底，水色格外的清幽明澈。尼洋河发源于米拉山，东流300多km，于八一镇南约40km处汇入雅鲁藏布江）。过工布江达后，在尼洋河支流巴河桥头分路口继续行使44km抵达红教圣湖巴松错。巴松错又名错高湖，藏语的意思为"绿色的水"，海拔约3500m。此湖四面环山，如镶嵌在高山峡谷中的一块碧玉，绿幽幽的泛着如绸缎般的光泽。之后，返回川藏公路干线，再沿拉萨河谷前行，便抵达达孜。过达孜西行，远远就能看到红山上雄伟的布达拉宫，魂牵梦绕的圣城拉萨就在眼前。

CHAPTER 3 | 10条适合自驾摄影旅行的线路推荐

NO.1 徽州民居风情自驾之旅

旅行线路：

　　北京—京沪高速—杨村—天津外环—静海—沧州—泊头—吴桥—德州—济南—泰安—京福高速公路—曲阜—徐州—宁徐高速公路—宿迁—马坝—下高速公路，进入宁连公路—205国道—南京—宁马高速—马鞍山—205国道—芜湖—宣芜高速——宣城西—318国道—南陵—205国道—汤口—黄山—西递、宏村—218省道—渔亭—326省道—休宁—岭南—江湾—婺源—宣城—芜湖—北京

里程与时间：约3200km 5~7天

最佳季节：每年4~11月

风光拍摄指数：★★★

人文拍摄指数：★★★★

道路难度系数：★☆

越野难度系数：☆

NO.2 西北民风之旅

旅行线路：

    北京—太原—汾阳—柳林—吕梁—绥德—米脂—榆林—靖边—安塞—延安—南泥湾—壶口—吉县—介休—平遥—太原—北京

里程与时间： 约 3000km 5~7 天

最佳季节： 每年 5~10 月 /1~2 月

风光拍摄指数： ★★★

人文拍摄指数： ★★★★★

道路难度系数： ★★☆

越野难度系数： ★★☆

NO.3 北方冰雪之旅

旅行线路：

    北京—山海关—沈阳—四平—长春—吉林市—小丰满水电站—雾凇岛—吉林市—长春—哈尔滨—牡丹江—双峰林场—哈尔滨—北京

里程与时间： 约 3000km 5~7 天

最佳季节： 每年 1~2 月

风光拍摄指数： ★★★★

人文拍摄指数： ★★

道路难度系数： ★★★★★

越野难度系数： ★★★★★

NO.4 西部怀古之旅

旅行线路：

    北京—大同—云冈石窟—雁门关—太原—平遥—临汾—吉县—壶口—延安—甘泉镇—黄帝陵—西安—沣峪—秦岭顶—西安—太白山—西安—华清池—潼关—华山—三门峡—运城—石家庄—北京

里程与时间： 约3000km 5~7 天

最佳季节： 每年 5~10 月

风光拍摄指数： ★★★★

人文拍摄指数： ★★★★★

道路难度系数： ★★☆

越野难度系数： ☆

NO.5 九寨沟风光之旅

旅行线路：

    北京—石家庄—太原—西安—宝鸡—风县—两当—徽县—成县(鸡峰山、西峡)—康县—阳坝—康县(望关收费站)—武都(万象洞)—文县(天池)—东峪口—黄龙—九寨县—文县—碧口—广元—汉中—西安—太原—石家庄—北京

里程与时间： 约4000km 5~7 天

最佳季节： 每年 4~10 月

风光拍摄指数： ★★★★☆

人文拍摄指数： ★

道路难度系数： ★★☆

越野难度系数： ★★☆

NO.6 探访彩云之南

旅行线路：

北京—济南—菏泽—商丘—开封—郑州—洛阳—西安—汉中—成都—重庆—长寿—垫江—丰都—涪陵—南川—万盛—綦江—遵义—贵阳—安顺—黄果树—关岭—兴仁—兴义—罗平—丘北—开远—个旧—元阳—绿春—江城—思茅—景洪—勐罕—勐仑—勐罕—景洪—思茅—玉溪—昆明—石林—昆明—楚雄—大理—丽江—虎跳峡—香格里拉—白马雪山—香格里拉—松赞林寺—石鼓 (长江第一弯)—丽江古城—宁蒗—泸沽湖—宁蒗—盐源—西昌—冕宁—石棉—泸定—天全—雅安—成都—西安—太原—石家庄—北京

里程与时间： 约 9000km 15~20 天

最佳季节： 每年 1~12 月

风光拍摄指数： ★ ★ ★ ★ ★

人文拍摄指数： ★ ★ ★ ★ ★

道路难度系数： ★ ★ ★ ☆

越野难度系数： ★ ★ ★ ☆

NO.7 无限风光——阿里大北线

旅行线路：

拉萨—那木错—班戈—申扎—尼玛—文布—尼玛—洞错—改则—革吉—噶尔（狮泉河）—班公错—日土乡—噶尔—那木如—札达—札不让（古格王朝遗址，8km）—岗仁波齐—拉昂错、玛旁雍错—巴噶—普兰—科加—普兰—巴噶—即乌寺—帕羊—仲巴—萨嘎—萨噶—拉孜—日喀则—拉萨

里程与时间： 约2800km 15~18天

最佳季节： 每年8-9月

风光拍摄指数： ★★★★★

人文拍摄指数： ★★★☆

道路难度系数： ★★★★★

越野难度系数： ★★★★★

NO.8 寻幽探胜——福建客家土楼之旅

旅行线路：

泉州—龙岩—永定（土楼）—漳州南靖（土楼）—漳州（上高速）—泉州

里程与时间： 约700km 2-3天

最佳季节： 每年1~12月

风光拍摄指数： ★★★

人文拍摄指数： ★★★★

道路难度系数： ★☆

越野难度系数： ☆

NO.9 椰风海韵——海南自驾之旅

旅行线路：

    海口—琼海—博鳌—万宁—日月湾—陵水—三亚—天涯海角—蜈支洲岛—五指山—琼中—屯昌—海口

里程与时间： 约 1600km 4~5 天

最佳季节： 每年 1~5 月 /11~12 月

风光拍摄指数： ★ ★ ★

人文拍摄指数： ★ ★ ★

道路难度系数： ★

越野难度系数： ☆

NO.10 寻访潇湘——张家界、凤凰自驾之旅

旅行线路：

    长沙—长常高速—常德—常张高速—张家界市—张家界国家森林—张家界市—吉首—王村 (芙蓉镇)—古丈—吉首—G209 国道—凤凰—长沙

里程与时间： 约 750km 2~3 天

最佳季节： 每年 2~12 月

风光拍摄指数： ★ ★ ★ ★

人文拍摄指数： ★ ★ ★ ★

道路难度系数： ★ ★

越野难度系数： ☆

对真正热爱旅行的人来说，目的地并不那么重要，路上的收获也不是靠词语和照片就能传达的。

最重要的东西只能靠自己去体验……

ANOTHER
摄影——不同的玩法

摄影是艺术吗？——这句听起来有点弱智的话，可能会意想不到地惹恼很多人。前些年，一位新锐评论家一本正经地提出这个质疑，还曾引起一场轩然大波。

在我们国家，有一个独一无二的东西叫"摄影界"，其中当然有组织、有领导、有大师、有赞助商、有媒体……当然，最重要的是有无数真心喜爱摄影的爱好者。如果摄影不是艺术，那么多靠着"摄影界"吃饭的人的存在价值岂不是很值得怀疑？那么多摄影发烧友历尽千辛万苦拍出的作品岂非白忙活一场？于是，"摄影界"不遗余力地维护、抬高摄影的艺术地位——这样让很多人都觉得更安心。

其实，对不同的对象和场合来说，摄影包含着很多的可能：它可能是一项高科技技术，可能是一种记录、考察、科研乃至举证、侦破手段，可能是一门赚钱的生意，可能只是一种消遣和娱乐……当然，还可能是一种艺术。摄影的艺术价值得到充分体现之后，"摄影界"的权威当然也得到充分提升。于是，喜欢这门艺术，自然就得按照"摄影界"的规则来玩：从参加活动、听讲座、购买摄影刊物认真学习开始，进而频繁外出创作、投稿、打比赛，最后获大奖、加入组织、成为职业摄影家、最终功成名就……几十年的时间里，摄影艺术差不多只有这一种玩法。

近些年，摄影的玩法渐渐有点乱了。

首先是一批职业新闻摄影师站出来质疑摄影艺术的"唯美"标准而倡导人文价值；而后又有一批画画的、搞雕塑的、玩行为的现代派进来"搅局"——完全不按"摄影界"的玩法乱拍一气居然也在国际国内搞得名利双收；此后又有一批新生的富豪加入，凭着一掷万金的大手笔让"摄影界"没法不充分加以重视；进而，各种各样的摄影网站纷纷开宗立派，网络摄影论坛人声鼎沸……"摄影界"的门庭虽依然严整，但是后院墙已经倒了一大半儿了。好在中国实在是太大了，各种玩法都不难找到老的或是新的圈子，都足以自得其乐。

摄影这些不同的玩法，也必然会带到路上来。

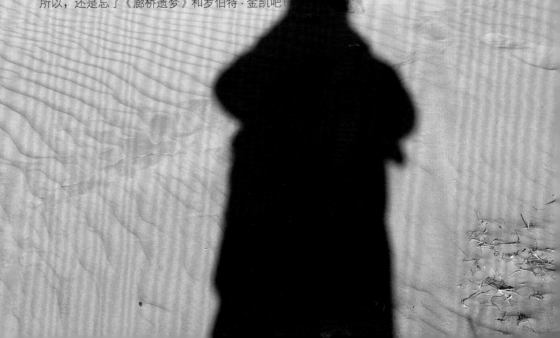

《国家地理》的童话

上世纪末，热衷于各种民意调查的美国人搞了一个调查——"美国人最羡慕的职业"，结果，排在第一位的既不是美国总统、银行家、也不是电影明星，而是《国家地理》杂志的摄影师！能远走天涯饱览世间的风景，拍摄令人激动的作品，同时还有不菲的报酬，这不仅符合美国人的理想，也是中国摄影师和爱好者心目中最令人羡慕的完美职业状态和追求的目标。

可惜，这毕竟是20世纪的事了。在电视、网络、手机等新型媒体的冲击之下，传统纸媒已经风光不再；数码化的浪潮也极大地改变了摄影行业的生态。摄影已经真正变成了一项"全民"活动，在这样的情况下，尽管社会经济飞速发展，职业摄影师的日子却不见得更好过——与律师、医生、建筑师、IT工程师等诸多职业相比，摄影显然不是一个很赚钱的职业——尽管成为一个优秀摄影师所需要的投入和付出一点儿也不比上述职业少。

显然《廊桥遗梦》一类的电影太能迎合人们的想象了，以至于多数人以为职业摄影师的生活差不多就是罗伯特·金凯的翻版——实际上，这跟大多数摄影师（尤其是中国的摄影师）的生活完全不沾边儿。国内的职业摄影师，很少有人能只靠在路上拍照片的收入活着。的确能见到很多职业摄影师喜欢在路上跑，但这些往往不是他们的职业行为，而是一种对于个人追求的投入——这一点跟执着的爱好者并没什么不同。

所以，还是忘了《廊桥遗梦》和罗伯特·金凯吧！

路上的 4 类摄影人

哪怕在非常偏僻的地方，时常都能看见一辆停在路边的越野车——有人正兴致勃勃地在路旁拍照。他乡遇"同行"，少不得要打个招呼攀谈几句。如果在穷乡僻壤的小客栈里相遇，很可能还要推杯换盏把酒言欢……与"摄影人"打交道是件挺有趣的事：有的人可能一见如故相洽甚欢；有的人一谈到摄影就免不了要与人"较劲"……久而久之，我发现在路上的摄影人大致可以归为如下 4 种类型。

享受生活型

这样的人是不会把自己当作"摄影人"的。他们手里可能拿着一台入门级的单反或是一台卡片机，不过拍照的热情极高——不管看见什么都会饶有兴致地拍上一气。此种类型的人往往极喜欢拍摄，却不怎么在乎"摄影"……拍照对于他们只是记录旅程、留住快乐的一种方式。每次旅程之后往往留下了一大堆照片，却并不会拿来比赛或是投稿，顶多在论坛里贴出来分享一下。在这些人的电脑里其实完全不乏真正精彩的瞬间和难得一见的景象，不过从来不会被当成"作品"来认真看待……

他们是最快乐的一群人，对于他们来说，摄影没有负担，只有乐趣。

不知所措型

往往一眼就能看出是不缺钱的主儿——他们手里可能端着最新的数码单反相机，包里是成套的"标准装备"：包括16-35mm F2.8、24-70mm F2.8、70-200mm F2.8之类，所开的越野车往往也价值不菲……这些人往往害怕被人看做是新手而喜欢强化自己的专业感觉，不过，从摆弄相机镜头的动作就能看出来，他们其实只是不缺乏器材购买能力的"成功人士"，对摄影所知并不多或者刚刚决定开始"搞"摄影。如果遇见"狂热追求型"的人，他们往往很快会就佩服得五体投地——不过，他们毕竟是"成功人士"，习惯始终保持着成功人士的精明和身份感。

狂热追求型

在内心里，这样的人往往认为自己才是真正的摄影家。他们是多年的老手，对"摄影界"的人和事往往了如指掌，同时也真心地认同"摄影界"对于"作品"的标准——对那些缺乏美感的东西怀着由衷的厌恶，并且很为自己所精通的技巧而感到骄傲。他们跑在路上的目标非常明确：拍出能够获奖或者发表的作品，为此不惜跋山涉水、风餐露宿。在心里，他们非常看不上只知道发烧器材的初学者以及那些总喜欢标新立异的家伙，并且往往忍不住会在脸上流露出来……这样的人喜欢穿摄影背心、身上全副武装，喜欢探讨技巧、观念、底蕴、境界等等严肃的摄影问题，遇到同类也愿意侃上一顿器材，不过对初级发烧友，则可能忍不住地来上一堂"摄影课"……

执著探索型

与前一种类型相反，这些人往往生怕被他人看出是"摄影人"，并且有意无意地回避关于摄影的话题——在内心深处，他们已经快修炼到了"百毒不侵"的境界，对摄影有一整套自己的看法，却不再愿意轻易去谈论，也容忍不了关于摄影的老生常谈。走在路上往往是为了完成某个专题或是打磨自己的摄影风格。这样的人往往也是路上的老手，一般不愿意与人结伴而行，虽然通常外表谦和，骨子里却极孤独而骄傲。

把摄影当做崇高的艺术追求也好，还是只当做一种娱乐也罢——对你来说不容置疑的标准，对他人而言可能完全无所谓……多元，意味着各种各样的观念、目标、价值标准，都得学会和睦相处。水平或许有高低之别，追求却并无好坏之何必一定要分个高下呢？

POSTSCRIPT
行走的意义

　　一个人开着车满世界乱跑，经历了许多路上的艰难和考验，投入了许多平日辛苦攒下的积蓄，这么做究竟有意义吗？难道只是为了看看风景或拍下一堆照片？

　　这个问题让一切又回到了原点。

　　有！当然有！——行走的意义，不是以投入和产出为标准就能够衡量的；这正如生命的过程，并不是一本收入与支出的流水账所能概括的。

　　我们正活在一个高度物质化的社会里，每个人为了活得更好、获得更多，都不得不倾注所有。在每一天里，我们都不得不小心计算着收入、开支与结余；日复一日，我们已经太善于计算投入与产出的关系，以至于不知不觉中就把它当做了生活的全部。在这个高度物质化的社会里，我们每天都在紧张地计划与估算着，每天都在为了一个个物质目标的实现与否而欣喜或者焦虑。我们没法不这样——物质离我们如此之近，稍不留神，就能感到它带来的切肤之痛。

　　佛家讲，得救的途径是开悟。吾辈凡夫俗子没有高僧大德的悟性，满脑子都是柴米油盐、饮食男女、收入与支出的时候，既没有顿悟、也没有渐悟的机缘。

开上越野车，经历了高山大川的险峻，看见了无数别处的风景和别处的生活，呼吸了自由空气之外，再反观自己平日里那一片天空，是否会有所领悟？那些平日里每天念念不忘孜孜以求的东西，是否已经显得不那么重要了……距离，让我们重新审视自己，在体验别处生活的时候，也开始重新审视自己的生活。

每一次出行，最终还要以出发点为结束，还要回到我们既满腹抱怨又无法割舍的都市生活中去。是的，我辈无法超越这一切；但是，如果能因为在路上有所领悟而变得更超脱、超然一些，这是不是很有价值呢？

从某种角度而言，自驾旅行甚至可能意味着一种生活方式和生活态度：一种渴望自由、超越的方式；一种拒绝妥协、平庸的态度。

听起来，这些话离摄影和自驾旅行扯得很远了……原本只是件让人开心的事情，干吗非要弄点深刻出来——人终究还是离不开对于意义的思考与渴求，不是吗？

2010 年 12 月

图书在版编目（ＣＩＰ）数据

地平线上的风景：自驾游摄影完全手册 / 郑玮刚著
；北京拓客影像传媒工作室组编. -- 北京 ：人民邮电出
版社，2011.7
ISBN 978-7-115-25341-5

Ⅰ．①地… Ⅱ．①郑… ②北… Ⅲ. ①旅游指南－中
国－手册②旅游摄影－摄影艺术－手册 Ⅳ.
①K928.9-62②J416-62

中国版本图书馆CIP数据核字(2011)第081227号

内 容 提 要

　　这是一本为自驾游摄影爱好者度身打造的图书，作者围绕着自驾旅行摄影的方方面面，详细介绍了车辆的
选择、改装，摄影器材选择、性能，道路、越野安全驾驶技巧，旅行摄影技巧，旅行摄影专题拍摄和自驾游摄
影经典线路。

　　本书不仅内容翔实、作品精彩，而且给久居都市怀揣自驾旅行摄影梦想的人士提供了行动的动力和依据自
身情况出行的良策。

地平线上的风景——自驾游摄影完全手册

◆ 著　　　　郑玮刚
　　组　　编　北京拓客影像传媒工作室
　　设　　计　郑玮刚
　　责任编辑　胡　岩
◆ 人民邮电出版社出版发行　　北京市崇文区夕照寺街 14 号
　　邮编　100061　　电子邮件　315@ptpress.com.cn
　　网址　http://www.ptpress.com.cn
　　北京盛通印刷股份有限公司印刷
◆ 开本：787×1092　1/16
　　印张：22.5
　　字数：490 千字　　　　　　　2011 年 7 月第 1 版
　　印数：1 – 3 000 册　　　　　2011 年 7 月北京第 1 次印刷
ISBN 978-7-115-25341-5
定价：99.00 元
读者服务热线：(010)67132692　印装质量热线：(010)67129223
反盗版热线：(010)67171154
广告经营许可证：京崇工商广字第 0021 号